# 짝사랑 탐정 오이카케 히나코

츠지도 유메 장편소설
손지상 옮김



제우미디어

# 짝사랑 탐정

## 오이카케 · 히나코

츠지도 유메 지음 · 손지상 옮김

Contents

## ♥ 프롤로그 ♥

오늘도 어김없이 '같이 쓰는 방' 안에서는 절대 그냥 넘어가기 어려운 사태가 터지고 말았다.

"우왓!"

방에 발을 들이자마자 비상사태라고 느낀 쇼헤이가 얼굴을 잔뜩 구겼다.

"또, 또 갈아탔네……."

보고 또 봐도 항상 적응이 안 된다. 이제는 익숙해질 법도 한데 절대 그럴 수는 없다고 쇼헤이의 이성이 겨우 버티며 명령했다.

가방을 바닥에 놓고 두 손을 허리에 댄 채로 사방의 벽을 둘러본다. 평균적으로 2, 3주에 한 번은 터지는 사건이다. 안타깝게도 언제 터질지를 미리 알지는 못해 예측할 방법도 없다.

자기 의지와는 관계없이 일상다반사로 방 '인테리어 대격변'이 벌어진다.

범인이 누구인지는 안 봐도 뻔하다. 접이식 플라스틱 커튼으로 나뉜 방을 10년도 넘게 같이 쓰고 있는 바로 그 '괴짜'다.

"아, 이번엔 또 누군데?"

벽을 바라보며 중얼거리는 와중에 계단을 올라오는 슬리퍼 소리가 들렸다. 한 발 뒤로 물러서 뒤를 돌아보니 청소기를 마루에 놓고 전기 코드를 뽑는 앞치마 두른 엄마와 정면으로 마주쳤다.

"엄마, 있잖아요."

"왜?"

"나도 이제 나이 먹을 만큼 먹었는데, 언제까지 '재'랑 방 같이 써야 돼요?"

"방법이 없잖아. 너네한테 방 한 개씩 주면 엄마랑 아빠는 어디서 자라고?"

"그게 아니라, 방을 나눌 거면 제대로 된 벽을 치지 왜 이렇게 했냐고요?"

"리모델링은 공짜로 하니? 너네 독립하고 나서 방 좁게 쓰는 건 싫어."

"아니, 그럼 이 접이식 커튼은 굳이 달아놓고 왜 이렇게 다 열어놓는대요?"

"내가 안 열었어, 히나가 열었지. 그래도 옷 갈아입을 때랑 잘 때는 닫아놓는다면서?"

엄마는 느긋한 동작으로 쭈그리고 앉아, 벽 콘센트에 청소기 전원 플러그를 꽂았다.

"여자애니까, 사춘기 되면 개인적인 공간이 필요할까 싶어서 달았는데, 의외로 또 그렇지도 않네? 그만큼 히나가 오빠를 좋아하는 거겠지, 이런저런 이야기도 하고 싶고."

"아니, 걔는 그게 아니고 그냥……."

부정하는 말은 엄마가 청소기 스위치를 켜자마자 뿜어져 나온 소리에 묻혀버렸다.

청소하는 데 방해가 되지 않도록 쇼헤이는 방으로 들어갔다. 새삼 다섯 평짜리 방 안을 둘러본다. 문을 기준으로 오른쪽이 쇼헤이, 왼쪽이 히나코가 쓰는 공간이다. 양쪽에 싱글 침대와 공부용 책상이 하나씩 놓여있는 광경은 초등학생 때부터 변함이 없다. 하지만 이 방 인테리어에서 원치 않은 '통일감'은 해를 거듭할수록 정도가 심해지는 모양이었다.

여동생 히나코가 고등학생이라는 감수성 예민한 시기에 접어들었는데도 불구하고 오빠랑 방을 나눠 쓸 생각조차 하지 않는 이유는 무엇일까? 오빠랑 이야기하고 싶어서도 아니고 폐소공포증이 있어서도 아니었다.

……그저 방 면적을 줄이고 싶지 않을 뿐이다.

벽 한 면을 가득 채운 꽃미남 남자 사진. 문득 고개를 들어보니 천장에서도 남자의 시선이 쏟아져 내린다.

머리카락을 쓸어 올리거나, 흘러내리는 물을 맞거나.

활처럼 허리가 뒤로 휘거나, 자유자재로 뇌쇄적인 포즈를 취하거나.

천진난만하게 손으로 V자 내보이거나, 진지한 얼굴로 입술 깨물거나.

우측에서나, 좌측에서나.

앞쪽에서나, 뒤쪽에서나.

위쪽에서나, 밑쪽에서나.

얼굴, 안면, 면상, 페이스…… 온갖, 모든 각도에서 찍은 똑같은 얼굴 몇 백 개가 뜨거운 시선을 쇼헤이에게 쏘아대고 있었다.

이번에는 배우인가 보다.

아니면 아이돌인가 싶다.

옛날에는 히나코 책상 주변에만 붙었다. 하지만 어느새 침대 옆, 책꽂이 측면, 벽이나 천장으로까지 퍼져나가더니, 어느새 쇼헤이 쪽 공간까지 침범하기 시작했다. 접이식 플라스틱 커튼을 조금 넘는 정도로 침범했을 때나 웃어넘겼지, 쇼헤이가 벽에 걸어놓았던 달력을 떼면서까지 자기 취향 사진을 잔뜩 붙여놓았으니 이제는 웃어넘길 수준을 한참 넘었다.

이래가지고는 프라이버시 침해를 넘어 최소한의 건강과 문화적 수준을 영위하는 생활을 누릴 수 있는 생존권까지 침해하는 수준이다.

"내가 봐주니까 아주 갈 때까지 가는구나. 적당히 해라."

다른 사진보다 큰 포스터 속 상반신 누드 꽃미남을 향해 히나코인 양 대놓고 삿대질을 했다. 그 순간 자기가 내뱉은 말이 얼마나 허무한 것인지를 자각한 쇼헤이는 어깨를 축 늘어뜨렸다.

♥ 제1화 ♥

## 연극배우를 좋아하게 되었어

22일 오후 7시 40분경, 인기배우 쿠사노 쿄타로(草野 京太郎)(26)가 연극 공연 중 무대 위에서 흉기에 찔려 사망했다. 경찰은 날붙이로 쿠사노를 살해한 혐의로 같이 공연에 참여한 배우 스다 유야(須田 優也)(20)를 연행해 조사 중이다.

부탁해. 눈앞에서 열변을 토하는 남자가 애원하는 목소리로 말했다. 기도하듯 두 손을 모아 짧은 앞머리가 책상에 닿을 정도로 고개를 숙인다.

"이렇게 부탁한다, 제발. 나 지금 진지해. 정말이야."

"조금 곤란한데……."

가느다란 목소리로 말한 히나코는 남자가 얼굴을 들게 하려고 어중간하게 손을 뻗었다. 자기도 모르게 안절부절못하게 된 기분이었다. 의자에 앉은 채로 몸을 곰실거린다.

"생각해 볼 거지?"

"아니, 그건……."

"부탁할게."

"나 말고 더 예쁜 애들도 많을 텐데."

"난 네가 무조건 좋다고 생각해."

"날 선택하지 않는 게 더 좋을걸."

점심시간이 시작된 지 15분. 같은 반 애들은 거의 다 도시락이나 매점 빵을 먹으면서 히나코 쪽을 힐끔힐끔 곁눈질 한다. 히나코가 교실 안에서 이렇게 주목을 받다니, 거의 없는 일이었다. 하필이면 방금 전까지 옆에 앉아있던 마리카와 사키가 주스를 사러 간다며 둘이서 매점에 가는 바람에 자리에 없다.

심장이 두근두근 뛴다. 얼굴도 분명 빨갛게 달아올랐을 것이다.

방금 전부터 히나코를 꼬시려고 드는 이 사람은 올해 학교축제 기획위원회장인 모양이었다. 같은 학년이기는 한데 같은 반이었던 적은 한 번도 없는데다가 클럽 활동도 달라서 말 한 번 나눠본 적도 없는 사이다.

"우리 반에서라면, 저기 그, 치어리더부 요코라든가. 어때?"

"걔는 이미 정해졌어."

"그러면…… 농구부 매니저 에리라든가."

"걔한테도 벌써 이야기는 해놨어. 하지만 꼭 너도 결심을 해줬으면 해서 말이야. 포텐셜만 놓고 말하자면 네가 분명 우리 학년 톱이니까."

내놓는 대안마다 거절당한 히나코는 입술을 굳게 다물었다. 그때 복도 쪽에서 "히나 너 지금 고백 받는 중?"하고 놀리는 목소리가 들려왔다.

목을 길게 빼면서 교실로 들어오는 니시도 마리카와 이시와타리 사키의 목소리였다. 각각 한 손에 아이스 코코아랑 딸기우유 종이팩을 들었다. 왜 이렇게 늦게 온 거야, 히나코는 안도의 한숨을 내쉬었다.

신나서 반짝거리는 눈을 한 두 사람을 향해 히나코보다 먼저 학교축제 기획위원회장이 입을 열었다.

"스카우트야. 이번 학교축제 때 처음으로 미스 콘테스트를 기획하고 있어. 후보자를 모집 중인데, 여기 오이카케 히나코가 꼭 나와 줬으면 해서."

"뭐? 미스 콘테스트? 히나가?"

마리카와 사키가 벙 찐 표정을 지었다. 그리고 바로 다음 뒤집어질 정도로 몸을 뒤로 젖히고 박장대소를 터트린다.

"얼레? 왜? 뭐가 웃긴데? 오이카케가 딱히 눈에 띄게 하고 다니지를 않아서 그렇지 실은 우리 학년 중에서도 톱 급으로 귀여운 스타일이라 예쁘다고 기획회의에서도 만장일치 떴다고."

학교축제 기획위원회장이 허둥대며 두 사람에게 따지고 들자, 마리카가 "안 웃기냐? 미스 콘테스트랑 히나랑 진심 완전 안 어울리잖아?"하고 밑도 끝도 없는 발언을 했다.

"그래~ 그렇구나~ 다른 반 남자애들이 보면 그런 이미지로 보이는 거구나~ 하긴 작년에도 반 문집에서도 '귀여운 스타일 랭킹'1위였기는 했으니까. 투명화장은커녕 아예 쌩얼로 다니는데도 그러니 대단하지 뭐."

"그럼 뭐해? '남친 바로 생길 것 같은 여자 랭킹'에서는 순위권 밖이었는데."

후후후, 마리카와 사키가 얼굴을 마주보며 입을 틀어막

았다. 얘네들이 무슨 말을 하는지가 이해가 안 간 모양인지 기획위원회장의 동공이 떨렸다.

"히나한테는 항상 남친보다 좋아하는 사람이 있으니까."

"그치!"

"미스 콘테스트 나갈 틈이 없지."

"절대 없지. 히나는 요새 스다 유야한테 완전 빠졌으니까."

사키가 그 이름을 입에 올린 순간, 히나코의 심장이 쿵하고 커다란 소리를 냈다.

행복한 울림이 따스함과 함께 가슴속에 푸근히 차올라 퍼져간다.

한 템포 늦게 히나코가 의자 소리가 날 정도로 벌떡 일어섰다.

"뭐하러 그런 쓸 데 없는 말을 해!"

자기들 맘대로 히나코에 대해 말을 늘어놓는 둘에게 항의했다. 마리카는 손바닥을 하늘하늘 휘저으며 "아, 뭐 어때."하고 웃었다.

"어쨌든 미스 콘테스트에 나오라고 굳이 권유해서 힘빼지 않는 게 좋아. 히나가 무대울렁증이 얼마나 심한데.

영어시간에 발표할 때도 목까지 빨개졌다니까? 음악시간에 앞에 나가서 노래하면 삑사리도 엄청 심하고. 심지어 지금 이 순간에도 반 애들이 다 쳐다보니까 어쩔 줄 몰라서 우물쭈물 하고 있잖아. 학교축제 무대 위로 올려놨다가는 아마 기절할 걸? 그치, 히나?"

으응, 히나코가 바로 고개를 끄덕인다. 역시 친구는 곁에 있어야 마음이 든든하다. 둘이 안 들어왔으면 학교축제 기획위원회 임원을 맡은, 학교의 중심인물이라고 할 만한 상대에게 대등하게 말도 주고받지 못했을 것이다.

"히나한테 무대는 직접 서는 데가 아니라 올려다보는 데니까."

그럼 그럼, 또 바로 고개를 끄덕일 뻔 한 것을 직전에 참아낸 히나코가 "뭐야."하고 사족을 덧붙이며 사키 어깨를 툭 쳤다.

학교축제 기획위원회장은 원망스러운 눈으로 마리카와 사키를 째려보면서 "다시 한 번 긍정적으로 고려해 줬으면 해. 부탁해!"라는 마지막 대사를 내던지고 도망치듯 2학년 1반 교실에서 떠났다.

"살다보니 참 별별 재미있는 꼴을 다 본다, 야."

마리카와 사키가 종이 팩에 빨대를 꽂으며 의자에 앉았

다. 히나코의 책상에 둘러앉아 세 명이서 도시락 꾸러미를 푼다.

이제야 겨우 평소와 다름없는 평화로운 점심시간이 시작되었다. 같은 반 아이들이 각자 그룹으로 돌아가 이야기를 다시 시작하는 분위기에 접어들자 히나코는 안도의 한숨을 살짝 내쉬었다.

"솔직히 까놓고 말해 봐. 어때? 미스 콘테스트 나갈 맘 있었어?"

"아니. 전―혀."

생각만 해도 끔찍하다. 치어리더부나 운동부 매니저 같은 여자애들과 함께 무대에 선다니, 문예부 히나코한테는 불가능한 일이었다. 게다가 애초에 문예부에도 이름만 걸어놓았을 뿐이다.

"미스 콘테스트에서 우승하면 남친이 생길지도 몰라."

"에이, 혹시라도 남친이 생겼다고 쳐도."히나코는 오른손에 젓가락을 든 채로 책상 위에 턱을 괴었다. "솔직히 뭔 소용인데?"

"뭔 소용……? 무슨 소리야?"

마리카가 계란프라이를 젓가락으로 집으며 한쪽 눈썹을 치켜떴다.

"괜히 싸우면 머리 복잡해지지, 읽씹[1] 당하면 마음 복잡해지지, 다른 여자애가 다가가면 마음 불안해지지. 또 내가 나 혼자 좋다고 맘대로 막 들이대면 질려서 싫다고 멀어질 것 같지. 뭐랄까? 기분 좋을 일이 하나도 없잖아?"

"응응. 그래서?"

"그런 귀찮기만 한 관계보다도, 너무 거리가 가까워져서 부딪쳐 싸울 일도 없고, 편지나 메시지만 보내도 마음이 두근두근하고, 행복해지고, 같은 사람을 좋아하는 여자애랑도 친해지면 정보수집도 쉬워지니까 오히려 더 좋고, 아무리 일방적으로 좋다고 해도 괜찮고, 궁극의 이상을 찾아 헤매도 절대 부서지지 않는 관계가 훨씬 더 마음 편하지 않아?"

"그래서, 결론은?"

"남자친구보다 최애한테 입덕[2]하는 게 훨씬 낫다는 거지, 쭉 행복한 관계를 유지할 수 있으니까."

히나코가 말한 순간, 마리카와 사키가 일제히 웃음소리를 터트리며 요란하게 박수를 쳤다.

"그러니까 히나는 뭐 항상 행복의 절정에서 산다는 말이네."

1. 메신저로 보낸 메신저를 확인했지만 답장하지 않는 것.

2. '입문 + 덕후(오타쿠)'에서 유래한 말로 열렬한 팬이 되었다는 뜻.

히죽거리며 사키가 비엔나소시지를 젓가락으로 집었다.

"매일매일 스다 유야 이야기만 하니까."

"뭐 어때…… 그렇게 멋있고 귀엽고 쿨한 애가 또 어디 있다고 그래?"

사키의 코앞까지 몸을 내민 히나코가 역설했다.

"이제는 있지, 음, 뭐라고 하면 좋을까나, 유야가 신이 아닐까 싶어. 생각만 해도 이렇게 숭고해지니까. 한마디로 정리하면 너무 잘생겨서 그 잘생김에 크게 치이는 느낌? 아, 너무 진짜…… 진짜진짜진짜진짜!"

상상만 해도 가슴이 터질 것 같아 몸서리를 친다. 특별할 것 하나 없는 점심시간 교실 안이 갑자기 활짝 빛나 보이기 시작했다.

"솔직히 팬 서비스는 좀 무뚝뚝한 편이기는 한데, 그런 부분도 포함해서 '유야'인 거니까 좋지. 그래도 현장에 자주 찾아오는 팬한테는 '안녕하세요.'하고 슬쩍 인사도 해주고 그런다니까? 아아! 진짜 농담 아니고 유야가 나한테 그렇게 인사하잖아? 그럼 그 순간에 바로 뛰어가서 꼭 안아버릴지도 몰라. 지금 당장이라도 태어나주셔서 감사합니다, 하고 지금 어디에 있는지는 모르니까 360도 돌면서 무릎이 깨지도록 절하고 싶다. 아, 맞다. 그래도 최애를 부담스럽게 하는 건 내 철칙에 어긋나니까, 신체접촉이 가능한 이벤트에서 합법적으로 만지는 게 허용되는 유야 오른손만이라도 뼈가 으스러져라 꽉 쥐어보고 싶다! 하지만 그렇게 세게 만졌다가 내가 미워져서 다음부터 아는 척도 안 해주면 어떡하지?"

"야, 사람 말로 해."

몰래 손을 뻗은 마리카가 히나코의 뺨을 살짝 때렸다.

"다음 주 시험 보는데 집에서 공부는 좀 했어?"

윽, 하는 소리가 목에서 새어나온다. "시험 이야기 하지 마……."하고 어깨를 축 늘어뜨리자, 마리카가 "됐어, 9등급만 안 받으면 되겠지."하고 호쾌하게 웃었다.

"그러고 보니 이번 주말에 〈베이스볼 프린스〉 마지막 공연 아니야? 스다 유야가 주연인?"

사키가 막 생각난 양 박수치며 히나코의 얼굴을 쳐다봤다.

"티켓팅은?"

"당연하지이!"

히나코가 오른손을 쭉 뻗으며 힘차게 엄지손가락도 뻗자, 사키가 "역시, 그렇지."하고 쓴 웃음을 지었다.

"나도 티켓팅 했는데, 실패했거든. 쿠사노 쿄타로가 사쿠라 부장 역할로 나오니까, 보러 가려고 했는데."

"어? 사키 너도 보려고 했어?" 마리카가 놀라 큰 소리를 냈다. "미리 말 하지, 티켓 양도할 걸. 같이 갈 사람도 없어서 언니한테 같이 가자고 했는데."

"허얼, 진짜?"

"으아악, 미안."

마리카와 사키의 대화를 흘려들으면서 히나코는 연극 〈베이스볼 프린스〉를 떠올렸다.

쿠사노 쿄타로는 이번 공연 캐스트 중에서도 혼자 클래스가 다른 지금 가장 인기가 많은 인기절정 배우였다. 아침 드라마나 영화에도 나오는 배우라서 일반인 중에서도 팬이 잔뜩 있다. 그 쿠사노가 주인공 다음으로 중요한 역할로 출연한다는 이유로 이번 티켓팅 전쟁에 사키 같은 쿠사노 쿄타로 팬들이 대거 참가한 모양이었다.

쿠사노는 원작 야구만화의 애독자였기 때문에 특별출연이 정해진 모양이었다. 하지만 마리카나 히나코 같은 연뮤덕[1] 입장에서는 티켓팅 경쟁률만 높여서 피켓팅[2]하게 만드니 마이너스 요소일 뿐이다.

"히나는 몇 회차 때 가?"

1. 연극이나 뮤지컬 배우 팬.

2. '피를 튀기는 티켓팅'의 준말.

"으음, 그게…… 넌?"

일부러 마리카에게 되묻는다. 마리카가 "토요일 낮 공연."하고 대답하자, 히나코는 한숨과 함께 가슴을 쓸어내리며 대답했다.

"진짜? 아깝다! 난 일요일 밤 공연인데."

"헐… 총막?! 좋겠다, 티켓팅 성공 어떻게 했어? 경쟁률 장난 아니었을 텐데?"

자기뿐만 아니라 가족 명의까지 모두 동원해서 신청을 넣고, 매일매일 티켓 양도 사이트를 감시한 끝에 겨우 맨 앞줄 한가운데 자리를 손에 넣었다…… 라고는 아무래도 말 못한다.

사실은 일요일뿐 아니라 토요일 공연도 보러 갈 예정이었다는 사실도. 기본으로 들어가는 티켓 값에 굿즈 값까지 내느라 두 달 모은 알바비 총알을 다 헌납하듯 써버렸다는 사실도.

"히나는 중학교 때 친구랑 보러 간다고 했지?"

"응!"

이 중학교 친구가 실은 지어낸 상상속의 친구라는 사실도…… 미안하지만 솔직히 지금 밝힐 수는 없다.

"나도 사실 히나랑 같이 보러 가고 싶었는데. 미리 이야기 할 걸 그랬다."

아무 것도 모르는 마리카가 아쉬운 마음에 중얼거리더니, "아, 맞다."하고 눈을 빛냈다.

"다음 달에 스다 유야 악수 팬미[1] 있다는데, 같이 가자."

"아, 그거 언제더라?"

히나코가 묻자, 마리카는 교복 상의 주머니에서 스마트폰을 꺼내며 "잠깐만 기다려."하고 일정과 장소를 검색했다.

마리카, 미안…… 마음속으로 사죄한다.

스다 유야 퍼스트 포토북 발매 기념 악수 팬미팅[2] 날짜와 장소 정도야 마리카한테 물어볼 필요도 없이 이미 히나코의 머릿속에 콱 박혀있다. 2018년 6월 2일 토요일. 장소는 이케부쿠로에 있는 쇼핑몰 이벤트장. 다이어리에 '유야 팬미팅!'하고 하트 마크를 잔뜩 그려놓았고, 사진집 최고 부록인 '다섯 권을 구매하면 V자를 그리며 같이 사진찍기 티켓'도 이미 손에 넣은 지 오래다.

"아, 이케부쿠로래. 6월 2일, 토요일."

"이케부쿠로라니……."

1. 팬미팅
2. 일본에는 악수회라고 하여 철저한 통제 아래에서 연예인과 간단한 악수와 인사를 나누는 오프라인 팬미팅 문화가 있다.

히나코는 일부러 눈살을 찌푸렸다.

"미안, 총알이 좀……."

"하긴 차비가 장난 아니니까. 요코하마에서도 하면 좋을 텐데. 그럼 나도 이번에는 그냥 넘겨야겠다. 솔직히 좀 멀고."

실은 마리카나 사키를 데려가서 스다 유야의 매력을 제대로 보여주고 싶기도 한데…… 히나코에게는 같이 갈 수 없는 피치 못할 사정이 있었다.

"이틀만 지나면 공연이구나……. 빨리 왔으면 좋겠다~."

마리카가 천장을 올려다보며 함박웃음을 지었다.

"아, 맞다. 얼마 전에 빌려준 원작 만화 다 봤어?"

"일단 완결까지 다 봤어. 이제 막 정주행 세 바퀴째 들어가려는 참."

"헐, 대박."

"애니판이랑 실사판 영화도 빌려와서 다 봤고, 마리카가 추천해준 연애 시뮬레이션 게임도 다 깼고, 옛날에 한 연극 공연 DVD도 다 체크 했고…… 뭐 빠진 거 있나?"

"가만있어 보자, 그 정도면 과한 거 같은데."

"아, 당일 날 입을 옷은 골랐어! 한 달 전부터 잡지를 이것저것 뒤져봐도 맘에 드는 게 없었거든. 이번 주말 이틀 동안 겨우 위아래 다 골랐어. 분위기 타서 속옷까지 사버렸지!"

"속오오오옷?" 마리카가 뒤집어졌다. "히나야, 지금 팬심이 장난 없네. 나도 본 받아야지 안 되겠다."

"맞다, 다이어트도 했어. 3킬로 뺀다고 목표 정했는데, 마지막 0.5킬로가 잘 안 빠져서 한 번 더 힘줘야 될 것 같아. 쁘띠 단식 하면 빠질려나?"

"히나 너는 더 이상 안 빼도 돼. 지금도 충분히 이뻐."

사키가 판에 박힌 대사를 입에 올린다. 마음은 고맙지만 역시 여기서 타협할 수는 없다. 오늘도 저녁밥은 반찬만 먹어서 탄수화물 끊는 다이어트에 힘 쓸 예정이다.

연극 〈베이스볼 프린스〉 내용이나 캐스트에 대해 마리카랑 사키하고 뜨거운 논쟁을 주고받는 사이 목요일 점심시간이 끝나버렸다. 이런 이야기를 나눌 수 있는 동성친구와 작년에 이어 같은 반이 되었다는 점에서 히나코는 꽤나 복 받은 아이였다.

그리고 역시나 올해에도 반 문집에 실릴 '남친 바로 생길 것 같은 여자 랭킹'에서 오이카케 히나코가 절대 랭크에 들어갈 일이 없다는 사실 또한 거의 확정된 사실이었다.

· 📷 ·

집에 돌아오자마자 우선은 거실에 들러 엄마에게 "다녀왔어."하고 간단히 인사만 했다. 다이어트를 하지 않을 때는 과자도 먹고 얘기도 나누며 웃는다. 계단을 뛰어올라가 방으로 직행하여 네 벽면에서 쏟아져 들어오는 최애의 시선을 온몸으로 받는다.

하루 중 가장 행복한 순간이다.

"오늘은 유야가 블로그 업데이트 했으려나."

히나코는 폴짝폴짝 뛰면서 방을 가로질러 자기 책상 앞에 앉았다. 공부책상이라기보다는 컴퓨터 책상이다. 뭐, 반대쪽에 있는 오빠 공부책상에도 만화랑 라이트노벨, 휴대용 게임기가 잔뜩 있으니까 그게 그거다.

노트북을 열고 전원을 켰다. 부팅이 끝나기를 기다리면서 스마트폰으로 트위터와 인스타그램을 확인한다. 친구랑 연락할 목적으로 만든 계정이 아니라, 취미 전용이다.

트위터에 들어간 히나코는 스다 유야의 개인 프로필 페이지를 열었다. 화면을 스크롤하며 무슨 트윗을 했나 타임라인을 거슬러 올라간다.

물론 스다 유야가 공개적으로 트윗한 내용은 히나코의

타임라인에도 흘러들어오니 굳이 이렇게 조사할 필요도 없이 이미 전부 다 체크한 상태다. 하지만 최애의 SNS를 팔로우하는 최고의 묘미는 트윗 그 자체를 확인하는 것이 아니었다.

블로그나 홈페이지에서는 찾을 수 없는 SNS만의 쾌감.

그것은 바로…… 최애가 발신하는 개인적인 메시지를 훔쳐본다는 느낌이었다.

스다 유야는 다른 배우나 지인에게 어떤 답멘*을 보냈는가?

어떤 사람이랑 친하게 지내고, 어떤 말에 어떤 반응을 보이는가?

그 하나하나를 살펴보다 보면, 어느새 유야가 자기 친구 중 한 명이라도 된 양 망상에 빠질 수 있었다.

그리고 아주 중요한 떡밥을 손에 넣을 때도 많았다.

"앗."

아무래도 어김없이 오늘도 수확이 있을 것 같았다. 스다 유야가 트윗한 내용 중에 '모레 합류하는 거 기대하고 있다고!'라는 답멘을 발견한 히나코는 화면을 스크롤하던 손을 멈추었다.

* 트윗에 답글을 다는 것을 의미한다.

바로 누구에게 답멘을 보냈는지 체크했다. 오히라 스바루라는 프로필을 쓰는 계정이었다. 모르는 이름이지만 팔로워 수가 천을 넘긴 것을 보아하니 아마도 동료 배우인 것 같았다.

오히라 스바루의 프로필 란에는 과거 출연작이 열거되어 있었다. 그 중에 〈베이스볼 프린스〉라는 일곱 글자가 없다는 사실을 확인한 히나코는 자기도 모르게 가슴께에서 주먹을 꽉 쥐며 세레모니를 했다.

대중적으로 별로 유명하지 않은 젊은 연극배우들의 경우 일반적으로 각자가 출연하는 연극을 서로 보러 가주는 일이 많았다. 그리고 좁은 극장인 경우 관계자석과 일반석을 구분할 여유가 거의 없으니, 히나코 같은 일반석 관객이라도 친구가 서는 무대를 보러오는 젊은 배우를 발견하기란 간단한 일이다.

〈베이스볼 프린스〉 출연자가 아닌 오히라 스바루에게 스다 유야가 '모레 합류하는 거 기대하고 있다고!'라는 메시지를 보냈다. 모레 토요일은 낮 공연과 밤 공연이 있으니 유야가 낮 동안 밖으로 나갈 시간은 분명 없다.

즉, 이 말은…….

"계획이 변경 됐다는 말이지."

히나코는 바닥에 놓은 가방에서 다이어리를 꺼내 메모용 페이지를 펼쳤다. 방금 입수한 정보를 바탕으로 토일 행동 스케줄을 다시 짜야 해서, 책상에 굴러다니는 지우개를 손에 들었다.

"마리카와 사키랑 같이 가고 싶은 마음은 굴뚝같지만 말이지."

혼잣말을 중얼거리며 극장 밖에서 나오기를 기다릴 셈이었던 토요일 밤 스케줄을 꼼꼼히 지워간다.

연극 감상에 친구는 필요 없다.

그 이유는…….

"이런 꼴을 어떻게 보여주냐고."

히나코는 툭, 내뱉었다. 그리고 벌써 반년이나 써서 헐기 시작한 핑크색 다이어리에 적어 내려갔다.

'21시~ 오히라 스바루를 미행.'

인터넷 상에 떠도는 무수히 많은 소문과 본인의 발언을 조사하여 그것을 조각조각 모아 큰 그림을 추측하고, 완벽한 행동계획을 세운다.

이 과정을 해내기 위해서는 다양한 기술과 끈기가 필요

했다.

최애가 몇 시에 극장에 출근해, 어떤 스케줄로 움직이고, 몇 시쯤 퇴근하는가?

관계자 전용 입구는 어디인가?

총막 뒤풀이는 있는가?

어떤 수단으로 도쿄 도내에 있는 집으로 돌아갈 것인가?

밖에서 나오는 걸 기다려도 괜찮은가?

들어가는 걸 기다리는 편이 더 나은가?

미행이 더 나은가?

아니면 다른 장소에서 잠복하는 게 더 나은가?

계획 단계에서 헛발질하면 모든 게 다 헛수고가 되어버린다. 통찰력과 추리력, 인내력, 그리고 실행력이 필수불가결이었다. ……여기에 약간의 자금도.

다이어리를 닫으려다가 문득 등 뒤에 인기척이 느껴졌다.

깜짝 놀라 뒤를 돌아본다. 오빠가 팔짱을 끼고 떡 버티고 서 있었다.

"뭐야, 뭘 봐? 안 봤지?"

히나코가 황급히 다이어리를 덮고, 가방 속으로 쑤셔 넣었다.

대학교 2학년이나 된 주제에 강의도 잘 안 나가는 오빠는 슥 하고 어디 나갔나 싶으면 갑자기 방에 나타난다. 말 그대로 신출귀몰이다. 키가 작고 말라깽이라 그런지 몸도 가벼워서 발소리도 잘 안 낸다. 매번 등 뒤에서 몰래 나타나 깜짝 놀라게 한다.

"야, 너 정말…… 아오……."

오빠 입에서 기다란 한숨이 뿜어져 나온다. 그리곤 평소대로 쪼잔하고 끈질긴 설교가 시작됐다.

"좋아하는 아이돌 따라다니는 건 좋은데, 잠복이니 미행이니 어지간히 해라. 그런 짓 하고 다니면 누가 봐도 스토커고 사생*이니까."

"유야는 아이돌 아니거든. 연극배우거든."

"내가 지금 직업이 뭔지 이야기하는 게 아니잖아."

"됐어. 신경 꺼."

히나코는 의자 등받이를 잡고 빙글 뒤를 돌아본 뒤 진지한 눈으로 오빠를 올려다보았다.

"미행 같은 거 안 한다니까? 친구랑 같이 유야가 나오는 연극 보러가서 밥 먹고 이야기만 좀 하다가 들어올 거거

* 아티스트의 '사생활 침해'를 하는 등 팬이라는 이유로 악성적인 행동을 하는 사람.

든요? 딴 짓 안 할 거거든?"

"얼씨구, 그러십니까?"

"그러니까, 좀 가라고!"

"이상하네. 그럼 방금 그건 뭘까? '마리카와 사키랑 같이 가고 싶은 마음은 굴뚝같지만 말이지.'"

"뭘 엿듣고 그래!"

"아까 적던 것도 말이 안 되는데. '21시~ 오히라 스바루를 미행.'"

"아 왜 보냐고!"

"스마트폰에도 그 오히라 스바루인가 하는 사람 트위터 프로필 표시되어 있고."

오빠가 책상 위에 올려놓은 히나코의 스마트폰을 손가락질했다. 황급히 뒤집는다. "야, 야, 액정 깨져." 오빠가 어이없다는 양 말했다.

"야, 너 조금 있으면 시험기간 아니야? 시험공부는 하고 있어?"

"하고 있…… 어."

"맨날 트위터랑 인스타랑 블로그랑 홈페이지만 들여다보고, 팬 커뮤니티 교류게시판 보고, 하루 종일 꽃미남 나오는 동영상만 찾아보다가, 만화 보다가, 애니 보다가…… 그런 거 말고 다른 거 하는 걸 본 적이 없는데?"

"어떻게 알았어?"

"그래서 이번 주말 이틀 동안은 연예인 따라다니는데 올인 하든가 돈 모으려고 알바나 몇 탕씩 뛰든가 둘 중 하나 아냐?"

"꼬치꼬치 다 파악하고 난리야, 소름끼쳐!"

"넌 어떻게 된 애가 초등학생 때부터 변한 게 없냐."

오빠가 힘없이 고개를 저으며 관자놀이에 손을 댔다.

"너 초3때, 나 초6때일 걸, 아마? 내 친구한테 홀딱 빠져서 점심시간에 우리 반 피구하는데 미끄럼틀 뒤에 숨어서 몰래 관찰하다가 신발장에 러브레터 넣을까말까 고민하면서 학교 정문에 어슬렁거리고 그랬잖아. 복도에 붙여 놓은 수학여행 사진을 훔치다가 선생님한테 걸려서 엄청 혼난 적도 있었지? 아, 맞다. 내 친구가 실내화 새로 사니까 전에 신던 거 구해달라고 나한테 부탁한 적도 있었구나? 솔직히 그건 지금 생각해도 좀 아니다."

"내가? 그랬다고?"

"게다가 좋아하는 사람이 막 바뀌니 말 다했지. 기껏 말 붙일 기회나 같이 놀 기회를 만들어주면 뭐 하냐고, 다음 주에는 딴 놈 쫓아다니고 있는데. 상대방이 반응을 보이는 순간 흥미가 식는 네 성격, 솔직히 까놓고 말해서 고쳐야 돼. 그러니까 여태까지 '남친 없던 기간 = 연세'시지."

"나 이제 겨우 만 17세거든? 오빠는 만 20세고."

"여태까지 품어온 연정에 비해 성취한 경험이 너무 없다 이 말이야."

"흐으음, 굳이 성취해야 하나?"

"아 됐다, 진짜. 넌 옛날부터 너무 극단적이라고. 짝사랑 전문이라 해야 하나, 짝사랑 지상주의라고 해야 하나. 매번 맘이 너무 빨리 바뀐다니까? '여자의 마음은 갈대'라는 말을 나는 초6때 뼈저리게 실감했어."

"인생경험 일찍 배워서 좋겠네."

"네가 할 소리냐?"

"됐고, 오빠는 냉장고에서 슈크림이나 꺼내먹어. 오빠가 하도 안 먹으니까 엄마가 두 개 먹을까나 하시더라."

"진짜?" 오빠가 우뚝 섰다. 안경 속 눈이 번쩍 빛난다. "니네 학교 근처 맛집 거기 꺼?"

"응. 오다가 사왔어. 가서 빨리 먹어."

손을 내저으며 쫓아내자, 오빠는 "나이스!"하고 손가락을 튕기며 바로 방을 나섰다. 계단을 뛰어 내려가는 소리가 멀어지더니 바로 사라진다.

오빠는 단 것 앞에 맥을 못 춘다.

히나코는 한숨을 푹 내쉬고 책상으로 돌아앉았다. 가방에 쑤셔 넣은 다이어리를 꺼내, 다시 한 번 토요일과 일요일 스케줄을 적은 페이지를 펼쳤다.

스다 유야와 만나기 위해 치밀한 계획을 짜는 도중 끼어들었던 방해꾼이 떠나고, 아까처럼 고요해진 방 안에서 히나코는 콧노래를 부르며 작업을 속행했다.

5월 19일 토요일, 오전 8시.

관계자 전용 출입구 주변에는 20명 정도 되는 팬이 모여 있었다. 팬이 모인 한쪽 구석에서 히나코는 조용히 대기 중이다.

오늘은 새벽 4시 반에 일어났다. 샤워하고 옷 입고 꼼꼼하게 화장하고, 전신거울 앞에서 시간을 충분히 들여서 패션을 체크한 다음 가족들 모두가 잠든 집을 나섰다. 전철이 30분 정도 몸을 흔들어 놓고 나서야 도쿄 도내로 들어갔다. 극장 근처에 있는 미용실에서 헤어 스타일링을 한 시간 동안 받아 머리를 세팅. 여기에 도착한 지는 15분

됐다.

극장 입구에서 좋은 자리 잡는 걸 우선할지 아니면 헤어 세팅을 우선할지를 결정하는 일은 히나코에게는 숙명이었다. 누구보다 좋은 자리에서 최애와 만나고 싶다는 절실한 연심과 '최애와 만날 때는 완벽한 컨디션을 갖춰야만 한다.'라는 히나코의 신조가 이 '아침 출근길 기다리기 문제'에 있어서 매번 충돌한다. 미용사 선생님 급 퀄리티로 헤어를 셀프 세팅할 능력을 갖추는 게 유일한 해결책일 테지만 아무리 그래도 거기까지는 무리다. 거울에 보이는 부분은 어떻게 한다고 해도 뒷머리를 자기가 만족스럽게 마무리하려면 몇 시간이 걸릴지 모를 일이다.

이런 연유로 히나코는 다소 외진 구석자리에서 혼자 쭈그리고 있었다. 다른 팬은 대부분 두세 명씩 짝을 지어 서서, 재잘재잘 시답잖은 말을 떠들고 있었다.

히나코 옆에는 20대 중반 정도 되어 보이는 여자 둘이 서 있었다. 연극 〈베이스볼 프린스〉 굿즈인 하얀 반다나를 쌍으로 손목에 차고 있는 모습으로 보아 이미 여러 회차 관람을 마친 회전러*가 분명하다.

이런 사회인들을 보면 진심으로 부러워진다. 자기가 번

* 같은 공연을 회전문 돌듯 몇 번이고 반복해서 관람하는 관객.

돈으로 무한 티켓팅을 하다가 "텅장[1]이잖아!"라고 난리를 치다가도, 어느새 "전관[2]은 해야지!"라며 지방공연 원정까지 전부 다니고, DVD나 굿즈가 뜨면 "영원토록 맛보고 즐기는 거니까 실질적으로는 공짜!"하면서 고민 따위 없이 바로 구매하고, 최애가 무료 콘텐츠라도 내면 "이건 합법 보이스 피싱이야. 무료라서 돈을 못 바친다니!"하고 안절부절못한다.

히나코는 그렇게 어른들이 자유롭게 돈 쓰는 모습이 항상 부러웠다. 대형마트 시식코너 알바나 크리스마스, 발렌타인데이 관련 단기알바나 하면서 찔끔찔끔 벌어야 하는 여고생은 도저히 따라하지 못할 행동이다.

"이번 공연 퀄리티 장난 없게 높더라. 아! 갑자기 생각났다. 〈청춘 골인〉있잖아."

가죽점퍼에 하얀 미니스커트라는 센 패션을 한 여성이 말을 꺼냈다. 옆에 선 데님 재킷을 입은 여성이 크게 고개를 끄덕인다. 움찔하고 반응한 히나코가 눈앞에 선 두 여성의 대화에 귀를 기울인다.

"비슷하긴 하네. 하지만 〈베이스볼 프린스〉가 〈청춘 골인〉보다 이야기 자체는 시리어스해서 그런지 더 감동적이

1. '통장이 텅텅 비었다'는 말을 줄인 은어.
2. 해당 공연의 회차를 '전'부 '관'람 한다는 의미.

잖아? 〈청춘 골인〉의 쥰쥰도 좋았지만 〈베이스볼 프린스〉의 유야는 뭐랄까 천재다 천재 싶은 그런 느낌?"

"쥰쥰도 이번 공연에 나오기는 하지만."

"그렇긴 하지. 그래도 악역이니까."

"난 악역 쥰쥰도 느낌 꽤 괜찮던데."

"진짜? 그래도 난 유야가 최애는 아니라도 애정배우급 이상이긴 해."

데님 재킷을 입은 여성의 말에 히나코가 그럼그럼 하고 고개를 몇 번이나 끄덕였다.

〈청춘 골인〉은 작년 10월까지 공연한 축구만화 원작의 실사화 뮤지컬이다. 뮤지컬 주연을 맡은 게 현재 21세인 쥰쥰, 이치노미야 쥰이다. 이번 〈베이스볼 프린스〉에도 출연 중인데 작중에서는 한때 에이스였던 이쵸 타쿠야 역할이다. 스다 유야가 연기하는 주인공 모미지 유타를 틈만 나면 물어뜯어대는 악역이지만, 나름대로 일부 열광적인 팬의 지지를 받고 있었다.

……그러고 보니 이치노미야 쥰 사진을 방에 붙여둔 적도 있었지.

추억을 떠올렸다. 하지만 벌써 몇 달 전 이야기다. 과거는 과거일 뿐. 히나코는 지금 스다 유야의 매력에 푹 빠져

있었다.

갑자기 주위 팬들이 동요하기 시작했다.

히나코는 등을 쭉 펴고 주차장으로 들어오는 검은 차를 응시했다.

멀찍이서 정차한 차에서 내린 사람은 키 큰 남성과 체구가 작은 남성이었다. 쿠사노 쿄타로와 스다 유야. 같은 기획사 소속인 두 사람이다.

"유야님!"

히나코가 있는 힘껏 소리치며 스마트폰을 들었다. 오른손 엄지로 셔터를 계속 누르고 있으면서 남은 왼손으로 눈앞을 지나가는 스다 유야를 향해 손을 흔든다.

"유야님! 여기 좀 봐주세요, 유야님!"

최애 이름을 막 부르지 않는 것이 히나코 나름의 성의랄까 모토다.

쿠사노 쿄타로와 스다 유야는 팬에게 가볍게 손을 흔들면서 지나갔다. 둘이서 뭔가 즐거운 대화를 나누면서 미소 짓고 있다. 평소에는 차도남인 유야가 보여주는 구김 없는 미소에 히나코는 가슴을 거하게 치였다.

……진짜 장난 아니다.

스마트폰을 쥔 손이 떨리고 유야를 부르는 목소리가 갈

라졌다. 최애가 다가오기만 해도 긴장으로 온몸이 뜨거워진다.

쿠사노와 유야의 모습이 보이지 않게 된 뒤에도 히나코는 멍하니 그 자리에 우뚝 서 있었다. 대꾸도 아는 척도 못 받았지만 모습을 가까이서 본 것만으로도 지금 당장 승천할 것 같은 기분이 든다.

바로 일부 팬이 또 난리치기 시작했다. 다른 배우가 차례로 도착하는 모양이었다. 기본적으로 히나코는 스다 유야 이외의 배우에게는 흥미가 없었다. 하지만 작중 1학년 학생회 역을 맡은 아카바네 하지메가 눈앞을 지나갔을 때는 아주 살짝 마음이 두근거렸다. 조연이기는 하지만 역시 1학년 역할 배우는 체구가 작고 외모가 귀여운 남자가 많았다. 아카바네 하지메도 그중 한 명이었다.

팬들의 환성이 잦아들 즈음, 히나코는 숄더백에서 수첩을 꺼내 오늘의 세부 스케줄 페이지를 펼쳤다.

"다음은, 굿즈 판매개시 시간까지 대기."

메모 내용을 소리 내어 읽은 다음 발길을 돌려 가장 가까운 역으로 향했다.

대기 장소는 정해놓았다. 역으로 돌아가는 도중에 있는 골목으로 조금 들어가면 있는 베이커리 카페. 닷새 전 스다 유야가 트위터에 올렸다. 먹음직스럽게 갓 구운 소보로빵을 파는 가게다. 맛집 사이트에서 극장 주변 빵집 정보를 죄다 확인하고 조사한 결과 여기라고 확신했다.

밤 공연밖에 없는 닷새 전 월요일이라면 모를까, 오늘은 낮 공연도 있기 때문에 출연배우진이 밖으로 점심을 먹으러 나올 가능성은 거의 없다. 하지만 어차피 기다려야 한다면 조금이라도 가능성이 있는 곳에서 잠복하고 싶었다. 최애와 같은 음식을 맛볼 수 있다는 점도 빼놓기 어려운 즐거움이다.

유야와 같은 자리에 앉아, 유야가 봤을 풍경을 바라보면 분명 망상도 더욱 짜릿할 게 분명하다.

소보로빵을 맛나게 한 입 가득 베어 문 최애의 모습을 머릿속으로 그리면서 히나코는 목적지인 베이커리 카페로 발걸음을 서둘렀다.

〈베이스볼 프린스〉는 고시엔*을 목표로 노력하는 고등학생이 1년 간 분투하는 과정을 그린 야구만화였다.

투수로서 중학교 전국대회를 제패한 주인공 모미지 유타(스다 유야)가 요란하게 야구부에 들어오면서 이야기가

---

* 효고 현 니시노미야 시의 야구장으로, 이 구장에서 하는 고등학교 야구 대회를 흔히 '고시엔'이라 한다. 일본 고교야구의 꽃이자 최종 목표로 취급된다.

시작된다. 부장 사쿠라 마사유키(쿠사노 쿄타로)는 모미지에게 힘을 실어주지만, 모미지에게 에이스 자리를 빼앗긴 3학년 이쵸 타쿠야(이치노미야 쥰)의 기분이 나빠져 트러블이 끊이지 않는다. 그런 와중에 이들은 어떻게든 고시엔 출장을 위해 노력한다.

부원이 일치단결해 우승을 노리는 중, 지면 바로 은퇴해야 하는 시합들이 이어지는데도 불구하고, 제대로 마운드에 설 기회를 갖지 못하게 된 이쵸가 결국 참지 못하고 나이프로 1학년 에이스 모미지에게 부상을 입힐 음모를 꾸민다. 습격당한 모미지는 흉기를 빼앗아 반격하려고 하나, 하필이면 타이밍이 안 좋게 말리려고 사이에 끼어든 부장 사쿠라가 옆구리를 나이프로 찔리고 만다.

청춘 스포츠 만화 치고는 꽤나 시리어스한 전개다. 만화를 읽으면서 울고, 애니메이션을 보고 울고, DVD를 보고 울고, 그리고 오늘은 공연을 보고 울게 될 것이다. 모미지 유타로가 부장 사쿠라를 다치게 만드는 장면은 상상만 해도 눈이 촉촉해진다.

오후 5시 개장과 함께 히나코는 극장 안으로 들어갔다. 맨 앞줄 지정석에 가서 두근거리는 가슴을 안고 자리에 앉는다.

아까 전까지 앉아있던 베이커리 카페의 잠복은 역시나 헛스윙으로 끝났다.

하지만…… 지금부터가 오늘의 승부처였다.

개시하기 전까지 히나코는 왼쪽 뒤 방향을 신경 쓰면서 시간을 보냈다. 겨우 비닐 끈을 쳐서 구획을 나눠놓은 게 전부인 관계자석 쪽이다. 오늘 공연이 끝난 다음 계획의 성공 여부는 우선 여기에 염두에 둔 인물이 앉느냐에 달려있었다.

관계자석에 사람이 앉을 때마다 손에 든 스마트폰에 표시된 얼굴 사진과 비교해본다. 1시간이던 대기시간이 30분이 되고, 15분이 되었다. 목표물로 보이는 남성은 모습을 보이지 않고 있었다.

……무조건 올 거야.

히나코는 스커트를 꾹 쥐고 기도하며 기다렸다.

5분 뒤면 공연이 시작할 시간이 되어 점점 불안해질 때쯤 그 인물은 드디어 모습을 드러냈다.

"다행이다……."

오히라 스바루의 밝은 갈색 머리와 햇볕에 그을린 피부를 확인한 순간 히나코는 자기도 모르게 소리를 내서 중얼거렸다.

스다 유야가 오히라 스바루에게 답멘한 '합류하는 거 기대하고 있다고!'라는 말은 역시 공연이 끝나고 모이는 뒤풀이에 출연자측이 늦게 참가한다는 말이었다.

그 증거로 오히라 스바루가 앉은 자리 주변에는 지인으로 보이는 배우가 두 명 앉아있었다. 즐겁게 대화를 나누는 그들을 곁눈질하며 히나코는 만족감에 젖어 무대 쪽으로 몸을 돌렸다.

얼마 안 있어 극장 안이 어두워지고 음악이 흐르기 시작했다.

막이 열리고 왼손에 글러브를 낀 스다 유야가 모습을 드러낸 순간부터 히나코는 연극 속 세계로 빨려 들어갔다.

입부. 연습. 햇살. 땀방울.

칭찬하는 목소리. 불만에 찬 목소리. 응원하는 목소리. 비난하는 목소리.

야구 연습이나 시합을 통해 스다 유야가 연기하는 주인공의 감정이 생생하게 전달되어 온다. 후반부에 들어서자 악역 이치노미야 쥰에게 반격하려고 하는 스다 유야가 말리려고 끼어든 사쿠라 부장 역할인 쿠사노 쿄타로를 실수로 찌르는 장면이 시작되었다. 무대에 쓰러진 쿠사노에게 스다 유야가 울면서 매달리는 연기를 보고 히나코도 오열

했다.

화장이 지워지는 걸 막기 위해 눈가에 댄 손수건을 떼지도 못한 채, 연극 '베이스볼 프린스'는 엔딩으로 향해갔다.

커튼콜에서는 손이 얼얼할 정도로 계속 박수를 쳤다. 마지막에 나온 스다 유야가 주인공을 계속 뒤에서 밀어준 부장 역할의 쿠사노 쿄타로와 즐겁게 하이 파이브를 한 순간에는 크게 밀려드는 감동에 쓰러질 것 같았다. 출연자가 모두 한 명씩 무대에서 퇴장한 뒤, 극장 조명이 들어왔다. 동시에 히나코는 뒤를 휙 돌아보았다.

다른 관객들이 돌아갈 준비를 하고 있는 와중에 긴장을 풀지 않고 관계자석 상황을 지켜본다.

타이밍을 재면서 히나코는 서둘러 퇴장하는 줄로 이동했다. 마침 움직이기 시작한 오히라 스바루 일행의 뒤를 밟는다. "어디로 갈까?", "글쎄."하는 대화가 앞쪽에서 들려왔다.

—월-척!

웃음이 터질 뻔해서 히나코는 서둘러 두 손으로 얼굴을 가렸다. 제대로 걸려들어 돌아가고 있다는 느낌이 강했다. 오빠한테 혼나면서도 계획을 완성한 보람이 있다고나 할까?

—이제 유야님이 '합류'하기만 기다리면 돼.

슬쩍 오른손을 얼굴에서 떼고 주먹을 쥐어 살짝 세리머니를 했다. 이 맛이 친구들 따돌리고 온 싱글플레이 참전의 묘미다. 가장 최고의 순간이 올 때까지 얼마 안 남았으니 조금만 더 기다리면 됐다.

오후 9시 40분.

커다란 선글라스를 끼고 새빨간 립을 바른 히나코는 세련된 일본식 선술집 가게 안에서 홀짝홀짝 오렌지 쥬스를 마셨다. 신분증 확인을 당하지 않도록 변장도구를 가지고 나온 게 정답이었다. 안내도 받기 전에 성큼성큼 걸어들어가 자리에 앉아버린 히나코를 두고 오빠와 동갑내기로 보이는 점원이 한참을 이상하게 쳐다보기는 했지만 바로 음료 메뉴를 들고 나왔다. 어떻게든 의심 안 받고 끝난 모양이다.

카랑 하고 소리를 내며 입구 유리문이 열렸다.

히나코가 슬쩍 고개를 들어 곁눈질로 입구 쪽을 훔쳐봤다. 헉, 하고 숨을 삼키고 황급히 입가를 가렸다.

그 자리에 모인 호화로운 멤버의 얼굴들.

한 때 에이스인 이쵸 타쿠야 역의 이치노미야 준.

1학년 부원 아사가오 요스케 역의 아카바네 하지메.

부장 사쿠라 마사유키 역의 쿠사노 쿄타로.

그리고…… 주인공 모미지 유타 역의 스다 유야.

각각 마스크를 끼거나 안경을 쓰는 등 어느 정도 변장을 한다고 하기는 했지만, 아까 전까지 연극을 봤던 히나코가 알아보지 못할 만큼은 아니었다. 이 네 명이 먼저 다가와 히나코가 진을 치고 있는 자리의 옆 테이블로 합류했다. 이미 1시간 정도 혼자 마시면서 적당히 취기가 올라와 있는 오히라 스바루를 비롯한 세 명에 네 명이 더해져 총 일곱 명의 술자리가 시작됐다.

히나코는 감격에 젖으면서 무대화장을 지운 쌩얼 상태인 스다 유야의 모습을 지긋이 바라보았다. 선글라스에는 시선을 가려주는 기능도 있다. 바로 옆에 있는 최애를 곁눈질로 응시하면서도 얼굴 방향만 조심하면 거의 들킬 일이 없었다.

"쿠사노 형까지 와주시다니! 그동안 고생 많으셨습니다."

오히라 스바루 일행 세 명이 꾸벅 고개를 숙였다. 역시 인기배우 쿠사노 쿄타로는 이 가운데에서도 수준이 다른 모양이다. 그런데도 개인실이 아닌 선술집 플로어에서 먹고 마셔도 괜찮을까 하는 걱정이 되기는 했지만, 히나코 외의 단체 손님 세 팀은 전부 남녀 커플이라서 각자 이야기를 하느라 정신이 없는 모양이었다. 아무리 그래도 여기까지 따라온 팬은 히나코 말고는 없는 모양이다.

쿠사노 쿄타로와 이치노미야 쥰은 생맥주를 시켰고 스다 유야와 아카바네 하지메는 우롱차를 주문했다.

"어? 아카바네 아직 미성년자였나?"

"네."

"스다 너는 이제 만 20세 넘지 않았어?"

쿠사노가 고개를 갸웃거리자, 유야는 "그렇긴 한데, 내일도 공연이라서."하고 목소리를 낮추어 대꾸했다. "이야, 멋있네. 쿠사노 형이랑 나랑은 한 잔 하는데."하고 이치노미야가 유야의 등을 두들긴다.

……앗, 깜빡했다.

스다 유야의 육성을 들으면서 히나코는 황급히 테이블 위의 녹음기로 손을 뻗었다. 녹음 버튼을 누르고 저쪽 테이블에서는 안 보이도록 능숙하게 메뉴판으로 덮어 가린다.

작년 생일에 부모님에게 졸라서 산 고성능 녹음기였다. 잡음이 많은 곳에서도 따고 싶은 소리 쪽으로 방향을 맞춰 놓으면 제대로 원하는 소리만 녹음해주는 엄청난 물건이다. "혹시라도 원어민 선생님이 영어 수업 들어오면 녹음하려고."라고 둘러대서 사달라고 했는데 오빠는 "절대 아니라니까. 불법적으로 쓸 게 뻔하다고!"하고 끝까지 강경하게 반대했다.

무슨 말을 그렇게 해. 유야님 목소리를 녹음해서 어디 올리거나 팔아먹는 짓을 하는 것도 아니고 개인 감상용인데, 불법은 아니겠지.

……뭐 솔직히 말하자면, 회색지대이긴 한데.

건배한 일곱 명이 화기애애하게 담소를 나누기 시작했다.

"이번 공연 말인데요, 쿠사노 형이 출연하기로 한 게 언제부터였어요? 캐스트 발표 됐을 때 깜짝 놀랐어요."

오히라 스바루가 묻는다. 쿠사노는 "작년 11월 쯤?"하고 천장을 올려다보며 말했다.

"좋아하는 만화여서 바로 오케이 했지. 코마츠바라 씨가 직접 타진해오셨거든. 맘대로 승낙해버려서 매니저가 나중에 엄청 뭐라고 하긴 했는데."

"오오! 하긴 쿠사노 형 코마츠바라 형이랑 친하잖아요."

코마츠바라라는 사람은 아마 연출가 이름일 것이다. 이

런 비하인드 스토리를 들을 수 있는 것도 현장을 쫓아다니는 팬만이 즐기는 재미다.

"아무리 그래도 이번 캐스트 발표 연기가 너무 길어지기는 했어요."

아카바네 하지메가 우롱차가 든 잔을 들어 올리며 말했다.

"공연이 3월부터 시작인데 발표가 연초에 나온데다가 발표한 지 일주일 만에 티켓 발매라니. 깜짝 놀랐다니까요. 무슨 일 있었어요?"

"아슬아슬하긴 했으니까." 유야가 동의하고 팔짱꼈다. "연습도 결국 본격적으로 시작한 게 1월 중순부터였거든. 엄청 힘들었다니까."

"그거 내가 무리하게 부탁하고 고집 부려서 그런 걸지도 몰라."

아카바네와 유야의 대화를 들은 쿠사노가 불쑥 중얼거렸다. "네? 진짜요?"하고 이치노미야가 묻자 "좀 사정이 이것저것 있었거든."하고 쿠사노가 의미심장한 말투로 말했다. "조건 때문에 싸웠어요?"하고 이치노미야가 캐묻자, 쿠사노는 웃기만 할 뿐 대답하려 들지 않았다.

"그러고 보니 너희들은 언제 의뢰가 들어왔어? 코마츠

바라 씨가 어느 타이밍에 나한테 같이 하자고 한 건지 아직도 솔직히 좀 모르겠거든. 어느 시점에서 구상이나 캐스트를 다 굳혔나를 모르겠어."

"저는……." 이치노미야가 턱에 손을 댄다. "12월 초쯤?"

"저는 완전 아슬아슬하게 연말쯤에요."

하고 유야가 말하자, "저도 그때쯤이었던 것 같아요."하고 아카바네가 끄덕였다.

"그렇다면 사쿠라 부장 역할로 날 확정 짓고 나서 나머지를 정해 나갔다는 말이네. 코마츠바라 씨가 연출은 잘하는데 의외로 스케줄 관리는 잘 못 하나 보군." 쿠사노가 입을 크게 열고 웃는다. "뭐, 연출능력만큼은 진심으로 믿고 있으니까."

"대단한 것 같아요. 코마츠바라 씨랑 일하는 게 이번이 처음이라서 저 엄청 좋았거든요."

이치노미야의 말에 "처음? 진짜?"하고 쿠사노가 반응했다.

"네. 스다랑 아카바네도 처음 맞지?"

맞아요, 하고 유야와 아카바네가 각자 고개를 끄덕이자, 쿠사노가 "잠깐만, 의외인데? 다 이번이 처음이라고?"하고 의자 등받이에 몸을 기댔다.

"코마츠바라 씨는 연출가로서는 최고야. 능력 면에서도 그렇고 인격 면에서도 그렇고. 나는 그 사람이라면 평생 따라갈 수 있다고 생각해."

"진짜 좋은 분이세요. 이번에 같이 하자고 하시기 전까지는 천상계처럼 다른 세계 사람이라고만 생각했었는데 저 같은 신인한테도 편하게 대해주셔서."

아카바네가 기뻐하며 말했다.

"제가 보고 싶었던 공연이 있었는데 코마츠바라 씨가 티켓을 구해주셨어요. 이치노미야 형 주연무대를 보러 가고 싶은데 돈이 없다고 투덜대니까 설마하니 사람 잡는다고 인맥으로 구해주셨거든요."

"내 주연무대? 어떤?"

"〈청춘 골인〉이요."

"어? 진짜?" 이치노미야가 팔짱끼고 고개를 갸웃거렸다.

"진짜 엄청 멋있으셨어요. 저 그 공연 보고 이치노미야 형한테 완전 반해가지고. 어쩜 그렇게 올곧게 연기할까 싶더라니까요. 대화 장면에서도 진짜 게임 보는 느낌이어서 진심으로 배워야지 하고 마음먹었어요."

"그래? 아카바네가 보러 와줬는지는 몰랐었네. 그렇게

칭찬하면 또 부끄러운데."

살짝 얼굴이 붉어진 이치노미야가 기분 좋게 생맥주를 한 모금 마시고 "고맙다."하고 부끄러워하며 말했다. "그런데……."하고 어물어물 입 속으로 무언가를 중얼거리더니, "뭐, 됐다."하고 고개를 든다.

"잠깐 나 화장실 좀 갔다 올게."

이치노미야가 그대로 일어나 히나코 바로 옆을 지나쳐 가게 안으로 걸어갔다. 슬쩍 퍼지는 은은한 향기. 느낌이 좋은 향수다. 이치노미야를 따라다니던 시절의 히나코라면 그 자리에서 기절해버렸을지도 모른다.

"그러고 보니 스다 너 코마츠바라 씨랑 캠핑 갔다 왔다고 말한 적 있지 않았던가?"

오히라 스바루가 유야에게 물었다. "으응. 맞아."하고 유야가 고개를 끄덕인다.

"코마츠바라 씨랑 나랑 둘 다 취미가 아웃도어 스타일이어서. 그래서 캠핑용품이나 낚시도구 이야기가 잘 맞았거든."

……그렇구나!

히나코는 선글라스 속에서 눈을 번뜩였다. 언뜻 보기에는 집돌이처럼 보이는 스다 유야의 취미가 캠핑에 낚시라니. 이런 정보는 인터넷 어디에서도 찾아볼 수 없다.

"안 그래도 어제 이런저런 정보교환 했어. 코마츠바라 씨가 애용하는 캠핑카가 뭔지, 한겨울에도 절대 안 추운 침낭이 어떤 건지 같은."

유야는 스마트폰을 꺼내 사진을 보여주면서 설명했다. 남자라면 이런 데에 관심이 있기 마련인지 모두가 "이 차 괜찮다." "다운재킷으로 침낭을 만들었으면 당연히 따뜻하겠지."같은 적당한 관심을 보이며 이런저런 평가를 내린다.

"그리고 등산용 나이프도 추천 받았어. 저번 주말에 사러 갔는데 막상 손에 들어보니까 괜히 기분이 좋아지더라고. 그래서 계속 가방 속에 넣고 다녀."

"나이프를 들고 다닌다고? 위험한 양반이네."

쿠사노가 농담 섞인 말투로 말했다.

"등산용 나이프는 다른 점이 있어?"

"나무 자르거나, 깎아서 뭐 만들거나, 식재료를 손질하거나…… 쓸 데가 많아요."

헤헤, 스다가 부끄러워하며 웃는 표정이 히나코의 가슴을 치고 간다.

이치노미야 준이 돌아와 "뭔 이야기 했어?"하고 대화에 끼어들었다. 교대라도 하듯 “저도 화장실 좀.”하고 아카바네 하지메가 자리에서 일어났다.

다시 자리에 앉은 이치노미야가 이야기를 다 듣고 깜짝 놀랐다.

“등산용 나이프? 반으로 접는 그런 거?”

“아, 그건 폴딩 나이프(Folding Knife)라고 해요. 접는 게 들고 다니기도 편하고 일반적이기는 한데요, 제가 산 건 다른 종류에요. 시스 나이프(Sheath Knife)라고 전용 칼집(Sheath)에 날을 집어넣고 들고 다니는 타입이요.”

“이야, 쩌는데. 한 번 보자.”

이치노미야의 말에 유야는 의자 등받이에 걸어놓은 배낭을 들어 무릎 위에 놓고 앞주머니에서 검은 칼집에 들어있는 등산용 나이프를 꺼내들었다. 날을 살짝만 보여주고, 바로 안에 집어넣는다. “이런 데서 꺼냈다가는 의심받기 딱 좋아서요. 다른 사람한테 보여주는 것도 방금 전이 처음이고요.”하고 변명하는 유야는 히나코가 보기에도 귀여웠다.

화장실에 갔다 온 아카바네가 자리에 앉아마자 일부러 피하고 있던 마지막 공연이 이야기가 화제에 올라왔다. “막공만 커튼콜 대사가 다르니까 조심해야겠어.”하고 니노미야가 중얼거리자 아카바네가 "좋으시겠다……. 조연이라 막공이든 아니든 커튼콜에 대사가 없네요…….”라며 어깨를 축 늘어뜨린다. 그런 아카바네에게 쿠사노가 "괜찮아, 경험 쌓는 기간도 나중에 뒤돌아보면 다 좋은 추억인 거야.”하고 말을 건다.

한참 살던 분위기가 살짝 가라앉은 밤 11시가 되기 전에 뒤풀이가 끝났다. "내일도 힘내자고.", "예아!”하고 기운 찬 목소리와 함께 배우진이 가게를 나선다. 히나코도 테이블에 놓은 녹음기를 회수해 숄더백에 넣었다. 오렌지주스 한 잔 값을 치르고 서둘러 밖으로 나온다. 멀리서 스다 유야 일행의 등을 바라보면서 뒤따라가려고 발걸음을 서두르기 시작하자마자 가방 속에서 스마트폰이 울리는 느낌이 났다.

가방을 열고 스마트폰을 꺼낸다. 화면에 표시된 이름은 '오빠'라는 김새는 두 글자였다.

"왜?"

스마트폰을 귀에 대자마자 "너 어디야?”라는 오빠의 뾰족한 목소리가 귀를 찌른다.

"어… 어디냐면…… 지하철 타러 가는 길."

"지금? 너 그러다 진짜로 잡혀간다?"

긴 한숨을 내쉬는 오빠 목소리가 전화기를 통해 들려왔다.

"히나가 왜 이리 늦냐고 역까지 마중 나가라고 엄마가 그러셨단 말이야. 그래서 도착 시간을 알려달라고 하는 거고. 11시 반 쯤 도착?"

"어? 아, 그게. 그러니까."

"너…… 설마 지금 스다 유야인가 뭔가 하는 놈 스토킹하고 있는 거 아니지?"

"뭐, 뭐래애!"

"그럼 빨리 집에 와라. 나 지금 졸리다고. 으아아아, 졸려 죽겠네. 돌아가시겠네. 이불이 나를 부르네."

같은 말을 하면서도 오빠는 항상 집 근처 역까지 여동생을 마중 나온다. 기본은 상냥하고 착한 사람이라고 생각한다. 추측이지만.

"알았다고오. 들어갈게. 내일 할 일도 있으니까."

"걸렸어, 너 막차 시간까지 버틸 생각이었지?"

"내가 언제 그런 말 했어어."

오빠와의 통화를 마치고 역으로 향했다. 스다 유야의 모습도 다른 배우의 모습도 더 이상 보이지 않았다.

다음 날 아침도 새벽 4시 반에 일어났다.

우물쭈물 침대에서 일어나 크게 하품하고 파자마를 벗기 시작한다. 오늘 옷은 어두운 극장 안에서도 잘 보이도록 화이트를 기본으로 한 코디다. 새하얀 원피스를 머리부터 집어넣고 데님 소재 블루종을 걸치고 나서 방 가운데에 있는 접이식 가림막을 힘차게 연다.

방 반대쪽 침대에는 오빠가 쿨쿨 소리를 내가며 자고 있었다. 다리 하나를 이불 밖으로 내밀고 두 팔은 만세 하는 자세다.

오빠 바로 옆에 있는 벽에 붙은 스다 유야 10명이 히나코를 향해 방긋 미소 짓고 있다.

방안의 수많은 스다 유야가 지켜보는 가운데 세미롱 머리를 빗고 거울을 꺼내 화장을 시작했다. 어제는 어른스러운 녹색 아이섀도를 썼지만 오늘은 선술집에 잠입할 필요도 없을 것 같으니까 발랄한 핑크 계통 색을 발라본다. 눈두덩이에 꼼꼼히 글리터를 바르고 속눈썹도 공들여 마스카라로 세웠다. 볼터치도 어제처럼 어른스럽게 광대를 따라 옆으로 길게 바르지 않고, 광대 위쪽에 동그랗게 살짝.

대강 준비가 끝난 시간은 오전 6시가 넘었을 즈음이었다. 의자 등받이에 걸어놓은 숄더백을 들고 서둘러 방 밖으로 나가려는데 "아침부터 뭔 난리야아."하고 방 반대쪽에서 잠이 덜 깬 목소리가 들려왔다. 오빠가 침대에서 일어나 안경을 쓰는 참이었다.

"아, 맞다맞다맞다맞다. 오빠."

"뭐."

"오늘 나 옷 괜찮아? 유야님 맘에 들 것 같아?"

졸린 눈을 비비던 오빠가 "응?"하고 고개를 든다. 그리고 헉 하고 놀란 채로 몇 초 동안 굳어버렸다.

"왜왜왜? 어디 이상해?"

"아, 아니."오빠가 어물어물 대꾸하고는 고개를 돌린다. "너 있잖아, 평소에도 그 정도로 화장이나 옷에 신경쓰면…… 뭐랄까, 괜찮은 거 같은데 말이야."

"뭐가 괜찮아?"

"여자로서 평균치를 의외로, 뭐랄까, 뭐, 꽤나, 그러니까, 넘을지도 모른다고나 할까…… 아니, 넘은 것 같기도 하고…… 뭐 그렇다고."

"오오오, 진짜아? 유야님 눈에 들만 하려나아?"

솔직히 칭찬을 받아들이고 신이 난 히나코에게 오빠가

매번 하는 대사를 긴 한숨과 함께 또 했다.

"넌 어떻게 항상 너 좋아하는 아이돌 보러 갈 때만 꾸미냐?"

"아이돌 아니라니까, 연극배우라고."

"이거나 그거나."

"이런 화장을 어떻게 맨날 하냐? 특별한 날에나 신경 써서 하는 거지."

예예, 알겠습니다, 오빠가 다 포기하는 말투로 대꾸하고 다시 침대에 누워버렸다. 역시 아직 잠이 덜 깬 모양이다.

"갔다 올게!"

히나코는 오빠보다 열 배는 기운 찬 목소리로 외치고 가벼운 발걸음으로 방을 나섰다.

오전 7시에 헤어 세팅. 오전 8시 직전에 관계자 전용 입구 도착. 15분 정도 기다린 뒤 출근을 기다리는 다른 팬들과 함께 스다 유야를 마중.

어제와 완전히 똑같은 스케줄로 일이 돌아갔다. 그리고 극장 입장 시간에 딱 맞추어 히나코는 다시 한 번 연극 〈베이스볼 프린스〉 공연장 안으로 발을 들였다.

오늘 자리는 맨 앞자리 한가운데였다. 살짝 왼쪽에 치우쳤던 어제보다 더 좋은 자리다. 어제는 연극이 끝나고 미행할 생각으로 정신이 없었지만 오늘은 어제보다 더 집중해서 관극에 임할 생각이다. 시작하기까지 남은 1시간 동안 어제 공연을 곱씹었다.

스다 유야가 야구모자를 쓰고 새 하얀 유니폼을 입은 모습으로 무대 위에 뛰어 들어온다. 무대는 스다 유야의 투구 연습 장면에서 시작했다. 눈에 보이지 않는 공을 진지한 눈으로 던지는 유야는 어젯밤 선술집에서 수줍어하며 취미 이야기를 하던 만 20세 남자와는 완전히 다른 사람으로 보였다. 히나코의 눈에 비치고 있는 모습은 분명 요란하게 고교야구부에 막 들어온 만 15세 소년이었다.

"이 야구부를 강탈하겠다는 각오로 임해."

3학년 부장이 1학년 주인공에게 전한다. 만화 원작의 명대사는 연극에서도 건재했다. 쿠사노 쿄타로는 때로는 따뜻하게, 때로는 엄격하게 아직 어린 구석이 있는 주인공을 지켜보며 여러 순간에서 든든히 뒷받침해 준다.

둘 사이의 끈끈함 사이로 끼어들려고 하는 게 이치노미야 쥰이다. 지금까지는 내가 명실상부 에이스였는데, 라는 분한 마음. 팀이 이기기 위해서 고문 선생님이 1학년을 마운드에 올리겠다고 결단을 내렸을 때 느낀 누구에게도 말 못할 치밀어 오르는 감정. 언뜻 보기에 주인공을 괴롭힐 대로 괴롭히는 악역처럼 그려지지만 한 때 에이스였던 만큼 느껴질 치밀어 올라 어찌 할 줄 모르는 감정이 관객에게도 가슴이 찢어지게 전해져 온다.

선배들에게 부담감을 느끼면서도 지나칠 정도로 노력하는 스다 유야를 아카바네 하지메를 비롯한 다른 1학년생이 힐링 해준다. 스토리 자체는 시리어스하지만 관객이 웃을 만한 대사도 이런 조연 캐릭터가 확실하게 쳐준다.

그리고 다시 그 감동의 눈물 없이 볼 수 없는 장면이 다가왔다.

"내 3년간의 노력이 물거품이 됐다고! 너 때문에! 내 야구 인생이!"

이치노미야 쥰이 관객까지 몸서리 칠 정도로 험악한 목소리로 외치며 유야에게 달려든다. 이치노미야 쥰의 손에는 나이프가 쥐어져있다. 유야는 필사적으로 이치노미야의 공격을 피하면서 오른팔로 막고 왼팔로 쳐서 나이프를 바닥에 떨어뜨리려 한다.

드잡이를 하던 두 사람이 순간적으로 무대 뒤로 사라진다.

이치노미야가 바로 무대로 뛰쳐나왔다. 뒤따라 나이프를 쥔 유야가 나타난다.

"내 야구 인생을 끝내게 둘 것 같아!"

혼신의 힘을 다해 외치며, 잔뜩 흥분한 유야가 나이프로 내리찍으려 한다.

"그만 해!"

무대 반대편에서 전속력으로 달려 나온 쿠사노 쿄타로가 유야와 이치노미야 사이에 끼어들었다. 그러나 나이프를 든 유야의 오른팔은 멈추지 않았다. 나이프는 관성에 이끌려 그대로 쿠사노의 옆구리에 푸욱 박혔다.

절규한 쿠사노가 크게 단말마를 지르며 쓰러졌다. 어제보다 박력이 더 넘친다.

유야가 헉 하고 정신을 차리더니 쿠사노에게 뛰어간다.

……부장님! 부장님!

히나코의 머릿속에서 먼저 대사가 재생된다. 어제 장면과 미묘하게 호흡이 다른 오늘 장면이 디졸브 된다.

유야가 쓰러진 부장에게 매달려 후회에 찬 말을 외치는, 어제 히나코의 눈물샘을 붕괴시킨 장면까지 곧…… 이어져야만 했다.

하지만 유야는 더 이상 외치지 않았다. 바닥에 쓰러진

쿠사노를 멍하니 내려다보며 "어?"하고 작게 소리를 낸다. 그리고 손에 든 나이프로 시선을 옮긴다.

날 끝에는 흥건한 빨간색 액체가 묻어있었다.

스테이지 위에서는 쿠사노 쿄타로가 배를 붙잡고 괴로워하고 있었다. 하얀 유니폼이 점점 빨갛게 물들어간다.

그때가 되서야, 관객석에서 비명소리가 터져 나왔다.

접이식 가림막을 여는 소리가 나 눈을 떴다.

평소라면 괴롭히려고 일부러 그러는 거 아닌가 싶을 정도로 확 열어젖힐 텐데 오늘따라 꽤나 얌전하게 연다. 살짝 걱정이 되어 쇼헤이는 몸을 빙글 돌려 방 안쪽을 향했다.

고등학교 교복을 입은 여동생은 책상을 향해 터벅터벅 걸어가 힘없이 의자에 앉았다. 오늘은 화장은커녕 꾸민 기색도 없다. 그동안 평소 보아온 여동생의 모습이다.

이런 모습이 더 부담이 없기는 하네, 쇼헤이는 남몰래 생각했다. 히나코가 예쁘게 꾸미면 왠지 모르게 마음이

들떠 간질간질해진다.

베갯머리에 둔 스마트폰을 꺼내 시각을 확인했다. 오전 6시 반. 히나코가 등교하러 나서는 시간이 7시 반쯤이니까 아직 한참 시간이 남았다. 어쩌면 어젯밤 잠을 못 잔 것인지도 모른다.

인기배우 쿠사노 쿄타로가 연극 공연 중 나이프에 찔려 살해당했다…… 라는 뉴스는 어젯밤 뉴스 방송에서 계속해서 흘러나왔다. 나이프를 빼앗으려고 드잡이를 하는 장면에서 칼날이 칼집 안으로 들어가는 장치가 되어있는 무대용 소도구가 아니라 진짜 나이프를 쓰고 말았다고 한다. 경찰의 조사결과 나이프가 쿠사노를 찌른 젊은 배우 스다 유야의 개인 소유물인 등산용 나이프라는 사실이 밝혀졌다. 진짜 날붙이를 극장에 가지고 들어와 쿠사노를 살해했다는 혐의로 경찰은 스다를 체포해 조사 중이다.

뉴스를 듣기만 해도 말도 안 되는 사건이었다. 현장을 목격하고 말았을 관객이 얼마나 마음고생을 할 지 상상조차 어렵다.

하물며 히나코의 마음고생이야.

살인을 저지른 사람이 이 방 한가득 사진이 붙어있는, 히나코가 가장 좋아하는 연극배우라니.

"힘내라."

말을 걸자 히나코는 "아냐."하고 작게 중얼거린다.

"뭐가 아냐?"

"유야님이 쿠사노 씨를 죽인 게 아니야."

"뭔 소리야. 너 바로 그 순간을 두 눈으로 똑똑히 본 거 아냐?"

"그건 진짜 나이프로 연기를 한 것뿐이야. 분명 유야님은 쿠사노 씨를 찌르고 말았지만, 죽이려고 한 게 아닐 거야, 분명히. 유야님은 그 순간 자기가 가지고 있는 게 진짜 나이프라는 사실을 몰랐던 거야."

"그건…… 정신이 좀 이상해졌다는 말이야?"

"아니라니까! 유야님은 누명을 쓴 거라고. 누가 몰래 나이프를 바꿔치기 한 진범이 따로 있는 거야."

히나코는 진지한 눈으로 오빠를 쳐다봤다.

문득 동생이 왼손에 쥔 녹음기를 발견했다. 녹음기에 꽂힌 이어폰이 동생 귀로 이어진다.

"응? 잠깐만."

쇼헤이는 이불을 걷어차며 일어섰다.

"너…… 설마 뭐 발견한 거라도 있는 거야?"

하고 묻자, 동생은 고개를 끄덕이고 의미심장하게 녹음

기를 내보였다.

토요일 밤 공연이 끝나고 스다 유야가 참가할 예정인 뒤풀이 장소를 알아낸 뒤, 바로 옆 테이블에 진을 치고 모든 대화를 녹음했다. 쇼헤이한테 전화가 걸려오기 전까지는 계속 스다 유야를 관찰하고 있었다…… 라는 동생의 이야기를 쇼헤이는 머리를 싸잡아 쥔 채로 들었다.

"너 그걸 세상에서 뭐라고 부르는 지 않아? 그걸 사생스토……."

"오빠아, 이거 녹음 한 거 있지, 경찰에 보내면 어떻게 돼?"

"진범 잡기 전에 너부터 잡혀가겠지."

"그치?"

"결정적인 증거가 녹음된 거야? 예를 들면 진범이 어떻게 죽일지 계획을 짠 걸 말했다든가, 스다 유야에게는 실은 알리바이가 있다든가."

으으으음, 히나코가 팔짱을 낀다.

"그 정도까지는 아닌데. 좀 약하려나? 범인이 누군지 짐작이 가기는 하는데."

"짐작이 간다고?"

쇼헤이는 깜짝 놀라 소리를 질렀다.

"그걸 네가 어떻게 알아?"

"어제 대화를 몇 번이고 듣다 보니까…… 느낌이 와."

"아니 장난 하냐? 느낌으로 어떻게 범인이 누구라고 정해. 녹음 한 게 확실히 증거가 된다면 제출하는 방법도 나쁘지는 않겠지만, 괜히 동생 체포되는 꼴은 우리 오이카케 가문 사람으로서 눈뜨고 못 보지. 엄마아빠도 얼마나 놀라시겠어?"

"그렇네."

히나코는 자세를 바로하고 무릎을 꿇고 앉아 팔짱을 낀 채로 한참 생각에 잠겼다.

"증거가 없으면 증거를 손에 넣어야겠네."

"뭐?"

히나코가 책상에 놓은 노트북을 활짝 열었다. 위험한 느낌이 들어서 쇼헤이도 히나코 옆으로 뛰어왔다.

"손에 넣는다니, 너 뭐 하려고?"

"살짝 수작 좀 부려볼까 하고."

"수작을 부려? 누구한테?"

"진범."

"뭐어?"

히나코가 무슨 의도로 그런 말을 하는 지 이해가 안 된 쇼헤이가 당황해 벙 찐 사이에 부팅이 끝났고 히나코가 트위터를 켰다.

익숙한 동작으로 검색으로 들어가 어느 계정을 불러낸다. 프로필 사진이나 팔로워 수를 봐서는 배우 계정 같았다. 스다 유야도 쿠사노 쿄타로도 아닌 다른 인물이다.

"이 배우가…… 진범?"

"아마도."

히나코가 이번에는 그 배우의 팔로잉 일람표를 폈다. 과연 배우라 그런지 본인이 팔로하고 있는 사람은 100명 정도였다. 옛날부터 아는 친구나 일로 만난 지인 말고는 팔로우 하지 않는 모양이다.

"자, 그럼 이 사람으로 해볼까?"

하고, 히나코가 고른 사람은 바다에서 서핑하는 모습을 프로필 사진으로 쓰는 계정이었다. 닉네임은 '니시무~'라고 되어있다. 그리고 프로필에는 출신 고등학교가 적혀있었다.

"이 배우랑…… 지인인가 본데?"

"아마도!"

히나코는 익숙한 솜씨로 마우스를 놀려 서핑하고 있는 '니시무~'사진을 저장했다. 게다가 프로필 소개문도 복사

하더니, 화면을 노려보면서 중얼중얼 계정ID를 암송한다.

“히나야, 너 뭐하려고 그러는데? 불법적인 짓 하는 거 아니지?”

“응, 괜찮아 괜찮아. 노 프라블럼!”

동생이 인터넷 브라우저를 켜더니 이런저런 검색을 하기 시작했다. 히나코가 켠 것은 트위터 계정을 새로 만드는 페이지였다.

히나코는 차례로 계정 정보를 입력하기 시작했다. 닉네임은 ‘니시무~’, 계정ID는 오리지널과 한끝만 다른 ID. 프로필 소개문도 복사 붙여넣기로 똑같이 해 놓고, 끝에다 ‘새로 계정 팠어요.’라는 문장 하나만 덧붙였다. 여기에 프로필 사진을 방금 저장한 서핑 사진 그대로 넣어놓았다.

방금 전 본 계정과 거의 똑같은 계정이 태어났다.

계정을 다 만든 히나코는 바로 아까 그 배우를 팔로우했다. 그리고 ‘로그인 안 되서 계정 새로 팜. 맞팔* 부탁요.’하고 트윗을 써서 멘션을 보냈다.

“분명 트위터 보고 있을 거야. 진범이면 지금 무슨 소문이 도나 반응이 어떤가 궁금할 테니까. 제발 맞팔해라!”

히나코가 가슴께에 두 손 모아 기도한다.

* 서로의 계정을 팔로우하는 것

"너, 설마……."

소원을 비는 눈으로 컴퓨터 화면을 바라보는 동생에게 쇼헤이가 충격과 공포가 담긴 시선을 돌린다.

상대방이 히나코가 만든 가짜 계정을 팔로우해 맞팔이 되면 다른 사용자는 보지 못하는 비공개 쪽지인 DM(direct message)을 보낼 수 있게 된다. 다시 말해 히나코는 고등학교 동창인 척 하고 진범에게 직접 정보를 끌어낼 생각인 것이다.

……말세다, 말세.

"트위터는 내 홈그라운드야. 매일매일 탐라[1]순찰을 돌거든."

히나코가 손으로 입을 막으며 후아아, 하품했다.

"오케이, 아침 먹고 올게!"

히나코가 노트북을 툭 닫고 학교지정 가방[2]을 어깨에 걸고 방을 뛰쳐나갔다. 쿠당쿠당 계단을 내려가는 소리가 사라지고 쇼헤이는 방에 홀로 남았다.

동생이랑 같이 있으면…… 심장이 몇 개라도 부족하다.

---

1. '타임라인'의 준말.
2. 많은 일본 중고교는 서류가방이나 보스턴백 타입을 교복이나 실내화처럼 학생용 가방으로 지정한다.

'떴어! 맞팔 왔어! 나이스~!'

동생에게 메시지가 날아온 시각은 오늘도 대학수업을 자체 휴강한 쇼헤이가 어머니와 함께 점심을 먹고 낮잠이나 한숨 자려고 방에 들어온 참이었다.

'지금 바로 쪽지 대화 들어가겠습니다-.'

어쩌면 어제 쿠사노 쿄타로를 살해하는데 성공한지 얼마 안 되었을 수 있는 연극배우와 그저 일반인일 뿐인 여동생이 다이렉트 메시지로 직접 비공개 대화를 하겠다는 것이다.

그런 생각을 하니 갑자기 이상한 기분이 들었다.

게다가…… 히나코는 아마 지금쯤 5교시 수업 중일 터였다.

"걸려서 스마트폰 뺏기면 어쩌려고 그러냐."

쇼헤이가 화면을 보며 중얼거리면서도 '결과 나오면 알려줘.'라고 답장했다.

기껏 낮잠을 자려고 했는데 동생이 답장을 안 하니 신경이 쓰여서 잠이 안 왔다. 불안한 마음에 스마트폰만 만지고 있는데 겨우 동생이 사진을 몇 장 보내왔다. 그 배우와 메시지를 주고받은 스크린샷이었다.

두 사람의 대화는 히나코가 연기하는 '니시무~'가 쪽지를 보내며 시작했다.

'쿠사노 쿄타로 사건 존나 쩔던데? 공연 같이 했잖아 괜찮냐?'라고, 히나코가. 옛날 트윗을 연구한 것인지 말투까지 흉내 내는 모양이다.

'걱정해줘서 고맙다. 같이 출연하는 사람끼리 그런 사건을 벌이다니, 깜짝 놀랐어.'

의외로 멀쩡한 메시지가 답장으로 돌아온다. 아무래도 히나코가 판 함정이 제대로 먹혀 들어간 것 같았다.

쇼헤이는 자기도 모르게 몸서리를 쳤다. 혹시라도 자기가 SNS에서 똑같은 짓을 당하면 가짜 계정인지 알아차릴 자신이 없다.

'쑤시는 거 직접 봤어?'

'아니, 제대로 못 봤어. 무슨 일이 벌어졌는지도 모르는 사이에 모두 대기실로 돌아가라는 지시가 떨어졌으니까.'

'그래? 존나 충격 먹은 거 아냐? 그런 사건이 터졌는데.'

'그렇기는 하지. 계속 같이 연습했으니까.'

'그래? 근데 너 쿠사노 쿄타로 그 새끼 싫어한다고 그러지 않았냐??'

'응? 뭐가? 그런 말 했었나?'

누가 보아도 동요하고 있는 상대방 배우에게 히나코는

‘그런 소문을 어디서 들은 것 같은데’하고 아무렇지도 않게 메시지를 보낸다. 뻔뻔한 녀석이다.

수작을 부린다는 게 이것을 말하는 모양이었다. 하지만 히나코는 무슨 근거로 이렇게 심리전을 거는 걸까? 쇼헤이로서는 동생의 생각패턴이 이해가 안 됐다.

‘쿠사노 쿄타로 죽인 새끼 이름 뭐더라?’

‘스다 유야.’

‘그래 그 새끼 이름은 첨 듣는데 무명이야?’

‘여태까지 무명이었는데 이번 연극에 주연으로 발탁 되서 떴다고 해야 하나?’

‘주연?! 뭐야?? 너보다 선배??’

‘아니. 이번이 데뷔 두 번째 작품일 거야, 나보다 후배.’

‘근데 주연이라고??’

‘뭐 이런저런 사정이 압박을 가하니까.’

‘기획사?? 같은 거??’

‘그런 거지.’

머리 복잡해지는 세계구나, 진짜. 그런 느낌을 받는다.

……설령 꽃미남으로 환생한다고 해도 연예계에는 안 들어가야겠다.

하고, 대화를 바라보며 쇼헤이가 결심한다.

‘그 스다 유야인가 하는 놈 평소에도 또라이였냐?’

‘그런 것 같더라. 평소에도 나이프 들고 다닌 것 같던데.’

‘미친!! 사람 쑤시려고 따로 준비한 게 아니네 그럼!! 등산용 칼로 쑤셨다고 뉴스에서 그러던데.’

‘맞아.’

‘엥?? 잠깐만. 등산용 칼이랑 소품용 칼이랑 생긴 거 완전히 다르지 않나?’

‘글쎄? 닮았을지도 모르지. 하지만 진짜 나이프와는 날이 예리한 정도나 무게나 다 다르지 않았을까?’

‘그럼 스태프나 다른 배우가 몰랐을 리가 없는데?’

‘다들 무대 뒤에서 바쁘니까.’

보내온 스크린샷은 여기에서 멈추어 있었다. 바로 다음으로 ‘유야님이 나이프 가지고 다닌 건 캠핑이 취미라 그런 건데! 심각한 왜곡질!’하고 히나코가 분노의 메시지를 보냈다. 그리고 ‘오빠, 나 오면 작전 회의하쟝♪’이라는 한 줄을 마지막으로 히나코에게서는 일체 연락이 없다.

……작전회의?

안 좋은 예감을 가슴에 묻고 쇼헤이는 스마트폰을 베갯머리에 놓았다. 작전회의를 한다는 말은 히나코가 방금 한 대화에서 무언가 중요한 정보를 얻었다는 말인가? 그리고 스다 유야 구출 계획을 실행하는데 있어서 쇼헤이도 껴서 협력하라고 부탁할 마음인 것인가?

동생은 과연 무슨 생각으로 무슨 짓을 하려는 것인가?

보내온 대화를 읽어도 전혀 모르겠다. 생각이 공회전하는 사이 어느새 숙면의 세계로 빨려 들어갔다.

어느 정도 시간이 지났을까? 우당탕 계단을 뛰어오르는 발소리에 쇼헤이의 의식이 현실로 끌려 들어왔다.

"오빠아! 일어나! 작전 좀 들어봐."

눈앞에 동생 얼굴이 쑥 나타났다. 베개에 머리를 묻은 채 천장을 올려다보던 쇼헤이는 "으악!"하고 큰 소리를 질렀다.

"작전은 무슨 작전?"

"증거품을 유야님한테 보내기 위한 계획."

"어? 본인에게 넘기기로 한 거야?"

하긴, 경찰을 설득하기보다 스다 유야를 말로 구워삶는 게 간단할 것 같다.

"증거를 찾기는 찾은 모양이네. 진범 정체를 증명할."

"내가 생각한 대로였어. 그 사람이 진범이 확실해!"

히나코가 떡 버티고 서서 허리에 손을 얹고 고개를 크게 끄덕였다. 아무래도 자신만만한 모양이다.

동생이 진심이라고 느낀 쇼헤이도 침대에서 무거운 몸을 일으켰다.

히나코를 정면에서 마주보고 진지한 목소리로 질문을 던졌다.

"알았어. 그럼 히나 너는 자기가 사생 스토커 짓을 했다는 사실이 다 밝혀지는 위험부담을 감수하고서라도 스다 유야가 뒤집어 쓴 누명을 벗겨줄 증거품을 제출하고 싶다는 거지?"

"응."

"그만큼 위험을 감수할 각오가 있다는 말인 거지?"

"응."

"그렇단 말이지."

쇼헤이는 눈을 감고 팔짱을 낀 채 천천히 고개를 끄덕였다.

"그렇다면 네 오빠로서 진심으로 응원한다. 조심히 잘 다녀와. 건투를 빈다."

"어, 아닌데."

순간 눈을 깜빡이더니 히나코가 툭 내뱉었다.

"유야님한테 증거품을 건넬 사람은 내가 아니라 오빠야."

"뭐허어?"

자기도 모르게 목소리가 뒤집혀 가성이 나온다. 히나코는 꼼짝하는 기색도 없이 자, 하고 검은 녹음기를 내밀었다.

"야야야. 왜 내가 해야 하는데?"

"당연하지, 최애한테 어떻게 말을 걸어, 불가능이지. 긴장해서 목소리도 막힐 거고, 머리도 새하얗게 변할 거고. 무릎 떨려서 서 있지도 못할 걸?"

"장난치지 마. 그러면서 악수회는 어떻게 갔어?"

"그건 이야기가 다르지. 말이 안 나와도 악수는 할 수 있잖아. 하지만 증거품을 전하려면 이게 뭔지 제대로 설명을 해야 하잖아. 그게 안 되는데. 게다가 나 같은 여자 팬이 녹음 데이터를 가지고 있다고 하면 바로 사생 스토커라고 낙인찍고 의심할 거 아냐."

"그 리스크를 안고 갈 각오가 되어 있다고 방금 그랬잖아."

"리스크는 안고 가지. 하지만 가능한 한 최소한으로 줄일 노력도 해야지."

쇼헤이가 항의해도 한 방에 무시해버린 히나코는 떠벌떠벌 작전 내용을 이야기하기 시작했다. 방금 전까지 트위터 상에서 이야기를 나눈 배우가 진범이라고 단정하게 된 경위. 음성 데이터와 메시지 이력이 증거품으로 기능하는 이유. 이 모든 걸 스다 유야 본인에게 전하기 위한 구체적인 계획. 모든 정보를 청산유수처럼 쏟아놓는다.

대강 다 들은 쇼헤이는 절망에 찬 눈으로 천장을 올려다보았다.

"추리한 부분은 넘어간다고 쳐도, 변명 부분이 좀 너무 그렇지 않냐? 하기 싫다, 진짜."

"괜찮다니까? 유야님 팬 중에 남자는 없으니까 스토커로 의심 받을 가능성은 낮고, 만에 하나 의심 받아도 증거는 어디에도 없고."

어, 하고 힘없이 대꾸한 뒤 히나코가 내민 녹음기를 받아들었다. "아, 이것도."하고, 히나코가 이불 위에 클리어 파일을 놓는다. 안에는 배우와 나눈 대화가 찍힌 스크린샷을 인쇄한 종이가 들어있었다.

"오빠야가 최고야아. 믿는다!"

히나코가 가방에서 작은 종이봉지를 꺼내 클리어 파일 옆에 늘어놓았다. 어디서 본 적 있는 로고가 찍혀있다.

"야, 이거!"

쇼헤이가 벌떡 일어나 하얀 종이봉지를 손에 들었다.

"오빠 다 먹어. 그러라고 사온 거니까. 오늘 사온 건 평소 사오던 150엔짜리가 아니라! 무려! 200엔짜리 쿠키슈니까아!"

"실화냐! 웬일이야? 고마워."

쇼헤이가 종이봉지를 열고 안에 든 걸 꺼내 바로 한 입 깨물었다.

바삭바삭한 반죽과 녹아내리는 커스터드 크림이 입안에서 행복의 하모니를 연주하기 시작한다.

이제 얘 부탁을 거절하는 건 못하게 됐구나…… 쇼헤이가 그 사실을 깨달은 시점은 이미 쿠키슈를 통째로 다 먹고 난 뒤의 일이었다.

조금 구겨진 남색 재킷에 베이지색 면바지. 히나코가 자기 멋대로 이미지를 떠올린 〈그럴 듯해 보이는〉코디였다. 주는 대로 받아 입은 쇼헤이는 언론 관계자가 모이는 경찰서 앞에서 메모장을 한 손에 들고 웅크리고 있었다.

……아, 진짜 이런 말도 안 되는…….

텔레비전 카메라나 삼각대를 든 업계 사람을 곁눈질하

며 다가올 순간에 대비해 어떻게 스타트를 끊고 뛸지를 이미지 트레이닝 했다.

"불구속 조사라면 밤에 일단 경찰서에서 무조건 나올 거니까."하고 쇼헤이에게 알려준 사람이 히나코였다. 뉴스에 의하면 스다 유야는 아직 체포되지는 않았다. 그렇다면 경찰서 앞에서 잠복하면 접촉할 가능성이 높다……라는 것이 동생의 주장이었고, 딱 들어맞은 모양이었다. 이렇게 경찰서 앞에 많은 기자가 모여 행동을 같이하고 있으니까.

진짜 중간기말 성적은 중하위권이면서 팬질할 때만 두뇌회전이 빠르다.

……하여튼 못 말리는 동생이라니까.

손목시계 바늘이 오후 10시 5분을 가리켰다.

웅성거리는 이변을 느낀 쇼헤이는 경찰서 입구 쪽을 보았다. 검은색 긴팔 티셔츠에 청바지라는 심플한 복장을 한 청년이 고개를 숙인 채 나오는 참이었다.

"나왔다!"

기자 가운데 한 명이 외치는 소리를 듣자마자 쇼헤이는 전속력으로 달렸다.

역시 경험은 무시하지 못하는 모양이었다. 앞에 진을 치던 기자가 바로 스다 유야를 둘러싸고 마이크를 들이민다.

뒤처진 쇼헤이는 망설임 없이 스다 유야 뒤쪽으로 돌아갔다. 모두가 스다 유야의 표정이나 언행에 주목하고 있는 사이, 다른 사람 허리춤까지 몸을 웅크리고 한 손에 든 스마트폰을 슬쩍 스다 유야의 뒷주머니에 꽂아 넣었다.

위화감을 느꼈는지 스다 유야가 순간 뒤를 돌아보려고 했다. 그러나 차례로 모여드는 기자나 카메라맨 때문에 정신이 팔려 그대로 앞으로 향하고 만다.

기자들을 헤치며 쇼헤이는 스다 유야를 중심으로 한 집단 밖으로 뛰쳐나갔다. 텔레비전 카메라에 찍히지 않도록 주의하면서 경찰서 부지 밖을 나가 길을 건넜다.

잠시 후 가로수 그늘에 숨어있던 작은 머리가 나타났다.

"드렸어?"

"청바지 뒷주머니에 넣었어."

하고 보고하자, 히나코가 감동한 양 가슴에 손을 댄다. 눈이 촉촉해진다.

"말도 안 돼. 못 믿겠어. 내 스마트폰이 지금 유야님 주머니에 들어있다니…… 밀착하고 있다니…… 하필이면 엉덩이에……."

"야."

"하아, 내가 들어가고 싶어! 대신 거기에!"

"정신 차려. 일단은 작전 1단계가 성공한 걸 더 좋아하라고."

자기도 모르게 시트콤 같은 반응을 보이고 말았다. 환희에 찬 말을 읊조리며 몸부림치는 여동생에게 쇼헤이는 냉랭한 시선을 보냈다. 오빠가 배수진을 치는 각오로 기자들 틈에 뛰어들어 시키는 대로 어려운 일을 해내고 왔는데 동생이 지금 고마워하기는 하는 건가 의심이 든다.

히나코의 작전은 이랬다.

일단 쇼헤이가 기자인 척 경찰서 앞에 대기한다. 조사를 마치고 경찰서 밖으로 나오는 스다 유야에게 어떻게든 히나코의 스마트폰을 떠맡긴다. 스다 유야가 기자를 뿌리치고 경찰서에서 빠져나와 매니저가 대기시킨 차를 타는 것을 확인한 다음 쇼헤이 스마트폰으로 전화를 건다.

이미 이 시점에서, 사전에 히나코 스마트폰에다 쇼헤이의 스마트폰 번호를 '스다 유야 씨에게. 진범정보 있음. 전화 받아주세요.'라고 바꿔둔 상태다. 이러면 갑자기 누가 꽂아 넣은 남의 스마트폰으로 걸려온 전화라도 이름의 메시지를 보고 전화를 받을 가능성이 높아진다.

아무리 그래도 경찰서 앞에서는 사람 보는 눈이 너무 많으니 대화를 하기 어려울 것이라 생각해 일단 안전한 장소로 스다 유야를 불러낸 다음 이야기를 하자…… 하고 생각한 히나코의 아이디어였다. 즉, 이 계획이 제대로 돌아가려면 스다가 스마트폰으로 전화가 걸려왔다는 사실을 알아차리고 의심 없이 받아야만 했다.

혹시라도 무시해버리면, 최악의 경우 히나코의 스마트폰이 다시 돌아오지 않을 수도 있는데 그래도 상관은 없는 모양이었다. "내 폰이 유야님 섬섬옥수에 닿는 것만으로 통촉하여주시옵소서."같은 제대로 된 국어인지도 의심스러운 말을 동생이 내뱉었다. 의역하자면 어차피 기종변경을 할 예정이었으니 없어지더라도 그렇게 마음 아픈 일은 아니라는 말인 것 같다.

"슬슬 움직일 타이밍인데."

길 반대쪽 상황을 살피며 히나코가 중얼거렸다. 회색 원박스카 주변에 아까처럼 기자들이 몰려있었다. 스다 유야를 태운 차는 그대로 슥 출발해서 첫 신호를 받아 바로 좌회전으로 꺾어 사라졌다.

"오빠, 지금이야!"

히나코의 외침에 발신자 목록에서 '스다 유야씨에게. 진범정보 있음. 전화 받아주세요.'라는 글자를 골라 전화를 건다.

전화벨이 울리기 시작했다.

한 번, 두 번, 세 번. 가슴의 고동이 빨라지는 것을 느끼면서 귓가에 울리는 발신음에 귀를 기울인다.

네 번째 벨이 울리고, 다섯 번째에 접어들 때 뚝, 벨소리가 끊겼다.

아무 소리도 안 들린다.

"여보세요?"

쇼헤이가 어물어물 말을 걸자 겁먹은 목소리가 작게 들렸다.

'저기…… 누구세요?'

옆에서 히나코가 쇼헤이의 어깨를 꽉 잡고 까치발을 들면서 스마트폰에 귀를 딱 붙이고 있다. 꼼짝도 못하는 상태로 쇼헤이는 긴장하면서 전화기 너머 연극배우에게 말을 걸었다.

"스다 유야 씨, 맞으시죠?"

"맞는…… 데요."

"갑자기 주머니에 스마트폰을 넣어 죄송합니다. 그렇게라도 하지 않으면 유명인이신 스다 유야 씨와 차분히 대화를 나눌 기회가 없다고 생각해서요. 아, 저는 도쿄 안에 있는 대학교 2학년이고, 오이카케 쇼헤이라고 합니다."

믿음을 조금이라도 주기 위해 일단 정체를 밝혔다.

조금이라도 대화를 한 뒤에 이야기할까 싶었지만, 침묵을 견디지 못하고 쇼헤이는 바로 본론에 들어갔다.

"어쩌다가 이번 사건의 진범에 대한 중요한 증거를 손에 넣게 되었습니다. 어쩌면 스다 유야 씨를 혐의에서 벗어나게 해드릴지도 모릅니다. 증거품을 전해드리고 싶은데 어디서 만날 수 있을까요?"

"네? 증거품이요? 지금요?"

"네. 장소는 편하신 곳으로 지정해주세요. 시간을 끌다가는 경찰이 잘못된 판단을 해서 스다 유야 씨를 체포하게 될 지도 모릅니다. 이런 말을 갑자기 드려서 불안하실 수도 있는데…… 믿어주십시오. 부탁드립니다."

동생이 억지로 떠안긴 귀찮은 일로 시작한 일에 어느 새 감정이 실리고 말았다. 기도하는 마음으로 스다 유야의 대답을 기다렸다.

한동안 침묵이 이어진 뒤, '알겠습니다.'라는 속삭임이 쇼헤이의 귀에 들려왔다.

도쿄도 세타가야구 안을 가로지르는 커다란 국도변.

스다가 지정한 곳은 가게도 공원도 주택가도 아닌, 큰길가 인도에 서 있는 우체통 앞이었다. 퇴근 중인 회사원이나 학생들이 지나가고 있어서 항상 사람 눈에 띄지만 그렇다고 누가 주목하는 일도 없는 그런 장소. 10초 정도의 고민하며 괜히 침묵했던 것은 아니었는지, '갑자기 뒷주머니에 스마트폰을 집어넣은 수상한 놈'과 이야기하기에는 딱 좋은 장소 같았다.

약속한 시간보다 30분 빨리 쇼헤이는 만나기로 한 장소에 도착했다. 히나코는 "유야님 얼굴 보이게 오빠는 이쪽에 서 있어라."같은 무슨 연출가나 할 만한 지시를 맘대로 내리고는 바로 근처 전봇대 뒤에 숨어 모습을 감추었다.

"저기."

목소리가 들린 시각은 약속시간 5분 전이었다. 고개를 들어보니 검은 야구모자를 쓴 깡마른 청년이 다가오고 있는 참이었다. 키나 나이도 쇼헤이와 비슷해 보이고, 긴팔 티셔츠에 청바지를 입은 간소한 모습을 하고 있는데도, 왠지 모르게 상당히 화려한 느낌이 든다. 이런 불합리한 차이에 억울해 하면서도 쇼헤이는 스다 유야를 맞이했다.

"이거 돌려드릴게요."

당황한 기색인 스다가 히나코의 스마트폰을 내밀었다. 스다의 눈이 스마트폰 뒷면을 뚫어져라 내려다보고 있는 것을 발견한 쇼헤이도 시선을 따라간다. 스마트폰 케이스에는 〈베이스볼 프린스〉라는 로고와 하얀 유니폼을 입은 야구소년의 단체사진이 프린트되어 있었다. 한가운데에서 야구공을 가지고 노는 사람은 다름 아닌 눈앞에 있는 스다 유야였다.

"고맙습니다." 히나코의 스마트폰을 받으며 쇼헤이는 황망히 변명했다. "이번 일에 도움이 될까 싶어서 일부러 이 케이스를 붙였어요. 여동생 건데, 빌렸습니다. 이 〈베이스볼 프린스〉, 스다 씨가 주연을 맡으셨지요? 조금이라도 경계심을 풀고 싶어서 나름 머리를 써봤습니다."

"그러셨군요. 하긴 저도 어떤 의도신지 바로 이해했습니다. 이 전화는 분명 저한테 걸려온 게 맞다고."

스다 유야가 고개를 끄덕였다.

……의외로 순수한 녀석이네.

배우라는 인종에 대한 선입관을 씻어내 주는 꾸밈없는 말투로 이야기하는 청년이었다. 눈앞의 젊은 연극배우를 다시 보게 되면서 쇼헤이는 주머니에서 USB 메모리를 꺼내 가슴께까지 들어올렸다.

"증거품이라고 말씀드린 게 이겁니다. 음성 데이터와 녹화 데이터가 하나씩 들어있습니다. 참고로 말씀드리면 이 데이터를 손에 넣은 경위인데……."

일단 대학 연극서클에서 음향 담당을 맡고 있다고 쇼헤이는 설명했다.

사건이 일어나기 전날 밤 도내 여기저기에서 연극에서 쓸 음성 샘플을 따고 있었다. 마침 녹음기를 새로 사서 성능 테스트를 하려고 잡음 많은 곳에서 주변 환경음을 고르게 녹음했다. 그 데이터를 확인 차 다시 들어보니 놀랍게도 쿠사노 쿄타로와 스다 유야를 포함한 7명의 배우가 대화를 나누는 내용이 명확히 남아있었다…….

"어쩌다 들어간 선술집에서 바로 뒷좌석에 앉았던 모양입니다. 목소리를 따고는 있었지만 대화를 귀 기울여 듣지는 않았기 때문에 전혀 알아차리지 못했습니다. 나중에 다시 듣고 깜짝 놀랐습니다."

"아하, 그때 근처에 계셔서."

히나코가 생각한 '새빨간 거짓말'같은 설정을 스다는 아무래도 진지하게 받아들이는 것 같았다. 진심을 담아 고개를 숙여 인사하더니 "저희 대화중에 무언가 걸리는 부분이 있으셨습니까?"하고 고개를 갸우뚱 했다.

"네. 그 전에 몇 가지 상황을 확인하고 싶습니다."

히나코가 몇 번이고 반복해서 주입한 추리의 전제조건을 머릿속으로 되새기면서 쇼헤이는 스다의 눈을 바라보았다.

"동료 분들에게 살짝 보여주셨던 등산용 칼…… 그때 말고 다른 사람에게 보여준 적이 있나요?"

"아뇨, 그때 말고는 없어요. 그때는 막 샀을 때여서 그런 거고, 사람들한테 자랑할 만한 것도 아니니까요."

"그 등산용 칼은 공연 중에 어디 있었나요?"

"공용 대기실에 둔 배낭 주머니에 넣었어요. 관계자 중 누구라도 손을 댔을 수 있다고 경찰에게 몇 번이고 말하기는 했는데."

"그렇다면, 무대 위로 가지고 올라간 사람은 스다 씨가 아니시군요."

"네, 아니에요. 그때는 이치노미야 형…… 저를 습격하는 역할을 한 배우분과 싸우는 연기를 하면서 무대 밖으로 굴러나갔다가, 바로 나이프를 건네받았어요. 손가락 끝을 살짝 찔려서 따끔했던 기억이 있으니 이미 그때는 나이프가 바꿔치기 된 상태라고 생각합니다. 하지만 긴박한 장면이어서 제대로 확인을 못하고 그대로 무대로 가서 연기를 속행해버렸습니다. 그러지만 않았어도 쿠사노 형이…….”

담담히 말하던 스다 유야의 목이 갑자기 메었다. 고개를 숙여 야구모자 챙으로 눈가를 감춘다.

속내를 알아차린 쇼헤이는 고개를 돌리면서 이야기를 이어갔다.

“감사합니다. 이제 진범이 누구인지 확실해졌습니다.”

“정말인가요?”

떨리는 목소리로 스다 유야가 물었다.

“누군가요? 누가 이런 끔찍한 짓을. 절 살인범으로 몰아세우고 자기 손은 더럽히지도 않은 채 쿠사노 형을 죽인 놈이 누군가요?”

“진범은 사건 전날 밤 같이 술자리에 참석했던 멤버 가운데 있습니다.”

쇼헤이가 짧게 전했다.

스다 유야가 체념한 듯 눈을 감는다. 놀란 기색은 없었다.

“역시 그랬군요. 제가 등산용 칼을 가지고 다닌다는 사실을 말해서였군요. 어렴풋이 짐작은 하고 있었어요. 칼을 어디다 넣었는지 아는 사람은 몇 명 안 되니까요.”

이마에 손을 댄 스다가 힘없이 고개를 가로 저었다.

"이치노미야 형…… 인가요? 경찰도 저 아니면 이치노미야 형이 한 거라고 생각하는 것 같던데. 그 장면에서 맨 처음 나이프를 가지고 온 사람은 형이니까 바꿔치기도 쉬웠을 것이고, 일부러 진짜 나이프로 연기하게끔 해서 제게 누명을 씌운 게 아니란 건가요?"

"아닙니다."

"네?"

"잠시 이 대화 녹음을 들어주시겠습니까?"

쇼헤이가 주머니에서 히나코의 고성능 녹음기를 꺼내 들었다. 이어폰 한 쪽을 스다에게 건네고 다른 쪽을 자기 귀에 꽂는다. 스다가 준비를 마치기를 기다렸다가 천천히 재생 버튼을 누른다.

음성은 스다 유야의 신이 난 목소리에서 시작했다.

'안 그래도 어제 이런저런 정보교환 했어. 코마츠바라 씨가 애용하는 캠핑카가 뭔지, 한겨울에도 절대 안 추운 침낭이 어떤 건지 같은.'

'이 차 괜찮다.'

'다운재킷으로 침낭을 만들었으면 당연히 따뜻하겠지.'

'그리고 등산용 나이프도 추천 받았어. 저번 주말에 사러 갔는데 막상 손에 들어 보니까 괜히 기분이 좋아지더

라고. 그래서 계속 가방 속에 넣고 다녀.'

'나이프를 들고 다닌다고? 위험한 양반이네. 등산용 나이프는 다른 점이 있어?'

'나무 자르거나, 깎아서 뭐 만들거나, 식재료를 손질하거나…… 쓸 데가 많아요.'

'뭔 이야기 했어?'

'저도 화장실 좀.'

'스다 취미가 캠핑? 전용 나이프도 샀다고? 뭐야 그거, 이미지랑 완전 다르잖아? 등산용 나이프? 반으로 접는 그런 거?'

'아, 그건 폴딩 나이프라고 해요. 접는 게 들고 다니기도 편하고 일반적이기는 한데요, 제가 산 건 다른 종류에요. 시스 나이프라고 전용 칼집에 날을 집어넣고 들고 다니는 타입이요.'

'이야, 쩌는데. 한 번 보자.'

'이런 데서 꺼냈다가는 의심 받기 딱 좋아서요. 다른 사람한테 보여주는 것도 방금 전이 처음이고요.'

여기서 정지 버튼을 누르고 이어폰을 귀에서 뗐다.

"여기서, 스다 씨는 자리에 있는 동료들에게 등산용 나이프를 보여주신 거죠?"

"네. 맞습니다."

"스다 씨가 가방에서 나이프를 꺼내시기 전에 '저도 화장실 좀.'하고 자리를 뜬 사람이 있죠?'

"그게…… 하지메네요. 아카바네 하지메. 이치노미야 형이 화장실에서 돌아왔을 때 기다리듯 나갔어요."

여기서 쇼헤이는 우체통 위로 손을 뻗었다. 위에 올려놓은 클리어 파일을 들어 그대로 스다에게 전달한다.

"실은 제가 건너 건너 아는 지인 가운데 아카바네 씨와 고등학교 동창이 있습니다. 그분이 오늘 아카바네 씨와 연락을 나누었다는데 사건에 대해 이런 대화를 나누었습니다. 여기를 읽어봐 주세요."

히나코가 연기한 가짜 '니시무~'와 아카바네 하지메의 대화를 프린트한 종이에서 한 부분을 검지로 가리켰다.

'그 스다 유야인가 하는 놈 평소에도 또라이였냐?'

'그런 것 같더라. 평소에도 나이프 들고 다닌 것 같던데.'

'미친!! 사람 쑤시려고 따로 준비한 게 아니네 그럼!! 등산용 칼로 쑤셨다고 뉴스에서 그러던데.'

'맞아.'

'엥?? 잠깐만. 등산용 칼이랑 소품용 칼이랑 생긴 거 완전히 다르지 않나?'

'글쎄? 닮았을지도 모르지. 하지만 진짜 나이프와는 날이 예리한 정도나 무게나 다 다르지 않았을까?'

문장을 눈으로 훑어 읽어가던 스다 유야가 움직임을 딱 멈추었다.

"잠깐만요. 이거……."

다시 한 번 종이를 훑어보더니 눈을 부릅뜬다.

"……이상해. 못 봤을 텐데, 어떻게 알고 있는 거죠? 제 등산용 나이프가 일반적인 폴딩 나이프가 아니라 소도구랑 비슷한 형태인 시스 나이프라는 사실을?"

과연 당사자인 스다가 알아차리는 게 빨랐다.

실제 나이프를 본 적도 없는 아카바네 하지메가 뉴스에서 나온 '등산용 나이프'라는 단어만 듣고, 접이식이 아니라 특정한 형태의 나이프를 연상하고 더 나아가 날이 얼마나 예리하고 무거운지까지 파악하고 있다?

이는 아카바네 하지메가 등산용 나이프를 스다 유야의 배낭 주머니에서 훔쳐서 칼집을 떼어 소도구인 나이프와 바꿔치기하지 않는 한 알 수 없는 부분이다.

히나코는 아카바네 하지메가 수상하다고 찍은 순간부터 어떻게든 증거가 남는 형태로 꼬리를 잡으려고 유도했던 것이리라.

"범인이 하지메라니……."

고개를 든 스다의 눈은 빨갛게 충혈 되었다.

"하지만 왜 이런 짓을 한 거죠?"

"쿠사노 씨를 증오하고 있었기 때문입니다."

"증오…… 했다고요?"

"네. 실은 아카바네 하지메는 원래 조연을 맡을 예정이 아니었습니다. 주연으로 내정되어 있었는데 쿠사노 씨 때문에 밀려난 것이지요."

"네? 주연요? 〈베이스볼 프린스〉 주연요?"

스다가 눈을 동그랗게 떴다. 그럴 만도 하다고 생각한다. 히나코에게 들었을 때는 쇼헤이도 놀랐다.

히나코가 지적한 사실은 녹음 데이터에도 남아있었다. 아카바네 하지메의 발언은 모순되어 있었다.

선술집 대화에서 쿠사노 쿄타로가 '그러고 보니 너희들은 언제 의뢰가 들어왔어?'하고 물었을 때 아카바네 하지메는 연말이라고 대답했다. 그리고 연출가인 코마츠바라와 일을 한 적도 처음이라서 기존의 이미지가 만나고 변했다고 말했다. 다시 말해 아카바네 하지메가 이번 연극을 알게 된 것도 연출가 코마츠바라와 친해진 것도 작년 12월 이후라고 추정할 수 있다.

하지만 아카바네 하지메는 '제가 보고 싶었던 공연이 있었는데 코마츠바라 씨가 티켓을 구해주셨어요.'라고 말했다. 이치노미야 쥰이 주연한 연극 〈청춘 골인〉이다.

히나코 왈, 이 공연은 작년 10월에 막공을 끝마치고 이미 모든 공연이 정지한 상태다.

티켓을 구해줬다는 발언이 정말이라고 한다면 아카바네 하지메에게는 적어도 작년 10월 이전에 코마츠바라에게서 연락이 왔었다는 말이 된다. 그리고 작년 10월 이전의 어느 시점이 정말 친해진 시기라는 점은 '아무리 그래도 이번 캐스트 발표 연기가 너무 길어지기는 했어요.'라는 아카바네 하지메의 발언을 미루어 보아도 알 수 있다. 다시 말해 연초 바로라는 아슬아슬한 타이밍에 캐스트를 발표한 이유가 본래 설정한 날짜보다 연장된 결과라는 사실을 아카바네 하지메는 애초부터 알고 있었다는 말이다.

작년 10월 이전과 작년 12월이라는 두 달에 걸친 공백 자체는 그 당시 이치노미야 쥰도 알아차린 모양이었다. '어? 진짜?', '그런데…….', '뭐, 됐다.'하고 의아해하는 말을 한 것이 히나코가 가지고 있던 녹음기에도 똑똑히 녹음되어 있었다.

하지만, 아카바네 하지메는 왜 코마츠바라가 자기에게

출연을 제안한 시기를 10월 이전이 아니라 연말이라고 위장한 것인가?

10월이라고 하면 쿠사노 쿄타로가 말한 11월보다 전이다. 준주인공인 사쿠라 부장 역을 조절하기보다 먼저 정해진 역이라고 하면 몇 개 없다.

히나코는 분해 죽겠다는 얼굴로 단언했다.

그런 중요한 역은 주인공인 모미지 유타 말고는 말이 안 된다, 라고.

"쿠사노 씨가 의미심장한 발언을 하셨죠. 캐스트 발표가 아슬아슬하게 늦어진 이유가 자기가 무리한 부탁을 하고 고집을 부려서 그런 걸지도 모른다던가, 같은."

쇼헤이가 설명을 마치자 스다가 어깨를 축 늘어뜨렸다.

"오퍼가 왔을 때 주연을 마지막에 정하는 게 이상하네, 하고 생각했습니다. 설마 하지메가 원래 주연이었는데 쿠사노 형의 의견으로 조연으로 강등된 것이었다니."

"아니요, 쿠사노 씨는 아카바네 하지메라는 특정한 배우를 끌어내린 게 아니라고 생각합니다. 주연은 어디어디 기획사 신인배우로 예정되어 있다 같은 애매한 정보밖에 못 들었을 겁니다. 아니면 아카바네 하지메가 오퍼를 받은 시기를 둘러댈 필요가 없으니까요. 쿠사노 씨는 자기가 고집을 부려 끌어내린 본래 주연 내정자인지도 모르고 조연으로 연극에 참여하게 된 아카바네 하지메와 친하게 지냈을 뿐인 것 같습니다."

"그렇구나."

스다가 잘생긴 얼굴을 구겼다.

"그렇다면…… 쿠사노 형은 하지메가 미워서 그런 게 아니라 단순히 저를 밀어주셨을 뿐이군요."

뚝, 스다의 눈에서 눈물이 흘러내렸다.

스다 유야를 주연으로 앉히지 않으면 사쿠라 부장 역은 하지 않겠다.

어린아이 같은 고집을 조건으로 내세우며 쿠사노는 강경하게 나왔으리라. 쿠사노와 친한 연출가 코마츠바라는 쿠사노의 의견을 무시하지 못했다. 그 결과 캐스트 발표가 연기됐다. 주연으로 정해져 있던 아카바네 하지메는 다른 1학년 역할로 변경되었고, 직전이 되어서야 스다 유야에게 주연 오퍼를 넣었다.

쿠사노는 그저 예뻐하는 같은 기획사 후배에게 멍석을 깔아주고 싶었을 뿐이었다.

하지만, 그 이면에서는 다른 신인배우가 인기 만화의 연극 리메이크 주연이라는 일생일대의 찬스를 박탈당했다.

"여태까지 드린 말씀은 어디까지나 아카바네 하지메의 발언을 바탕으로 한 추측입니다. 그러니 주변 관계자에게 확인을 부탁드립니다. 쿠사노 쿄타로의 의견을 연출가가 받아들여서 주인공 역을 아카바네 하지메에서 스다 씨로 변경한 경위를 알고 있는 스태프가 분명히 있을 겁니다. 관계자 증언과 이 증거품이 있으면 스다 씨 혐의는 분명히 벗겨질 겁니다."

스다 유야의 손을 잡고 USB메모리를 살짝 얹었다. 스다는 한참동안 충혈 된 눈으로 손바닥 위의 작은 증거품을 지긋이 바라보았다.

"감사…… 합니다. 저 때문에 이렇게 고생을 하시고."

USB메모리를 꼭 쥔 스다가 깊이 고개를 숙였다.

"감사합니다. 정말 감사합니다."하고 몇 번이나 말한다. 당황한 쇼헤이는 스다의 상반신을 일으키려고 했지만 스다는 고개를 들려고 하지 않았다.

거친 숨소리와 콧물을 훌쩍이는 소리가 쇼헤이의 귀에 닿았다.

……다 히나가 한 일인데.

이렇게 고마워하니 점점 부담스러워졌다. 자기는 1mm도 증거 수집이나 추리에 공헌한 것이 없다. 히나코가 생각한 것을 그대로 말한 것뿐인데, 이렇게 공적을 가로채도 괜찮나 싶어 괜히 근질근질했다.

견디지 못한 쇼헤이는 결국 스다에게 사실을 밝혔다.

"야, 히나야. 나와 봐."

뒤를 돌아보며 부른다. 스다도 고개를 들고 히나코가 숨어있는 전봇대를 주시했다.

전봇대 뒤에서 히나코가 꾸물꾸물 고개를 내밀었다. 스다가 똑바로 쳐다보고 있어서 깜짝 놀랐는지 다시 확 몸을 숨기고 말았다.

"여동생분이 저기 계셨군요."

스다가 다가가 전봇대 뒤에 숨은 여동생에게 "저기요." 하고 말을 걸었다. 얼굴이 빨갛게 달아오른 히나코가 뛰쳐나와 앞머리를 고치면서 꾸벅꾸벅 고개를 숙인다. "처음 뵙겠습니다."하고 기어들어가는 목소리로 인사하는 소리가 들려왔다.

스다가 한 걸음 다가가 꾸물거리는 히나코의 손을 잡았다. "구해주셔서 정말 고마워요."하고 감격에 찬 목소리를 짜내어 동생의 손을 자기 두 손으로 감싼다. 눈에는 닭똥 같은 눈물이 맺혀있었다.

"혹시 살인 용의가 풀리고 배우로 복귀하게 된다면 더

욱 더 열심히 노력하겠습니다. 모미지 유타로서도, 다른 역할로서도."

스다의 목소리에는 깊은 슬픔이 섞여있었다. 함정에 빠진 결과라고는 해도 자기 손으로 아주 가까운 선배의 목숨을 빼앗고 말았다는 사실에 대한 죄악감. 그리고 어찌할 도리가 없다는 좌절감.

하지만 이런 무거운 짐을 졌더라도 스다는 분명 한보 앞으로 나아가 다시 일어서지 않을까?

분명 스다라면 그 정도 그릇이 되는 사람이다.

가장 좋아하는 연극배우가 손을 잡아주어 히나코는 입을 뻐끔뻐끔 거렸다. 울렁증이 또 발동되고 말았는지 얼굴이 달아오르다 못해 창백해졌고 눈에는 눈물이 어른거렸다.

……히나야, 좋지?

쇼헤이는 우체통 위에 팔을 괴고 스다 유야와 히나코 사이의 뻣뻣한 대화를 아빠처럼 따스한 눈으로 바라보았다.

'방금 들어온 속보입니다. 배우 쿠사노 쿄타로 씨가 공연 중 살해된 사건으로 캐스트 멤버인 19세 배우가 살인 용의로 체포되었습니다. 경시청에 의하면 용의자는 연극에서 사용하는 소도구를 진짜 나이프와 바꾼 사실과 쿠사노 씨에게 살의를 품은 사실을 인정했다고 합니다. 경찰은 살해에 관여한 혐의로 불구속 조사를 받던 캐스트 멤버 스다 유야 씨에 대해서 소도구인 나이프가 바뀐 줄 몰랐기에 살인의도가 없었다는 이유로 체포를 취소할 방침이라고 발표했습니다. 다시 한 번 말씀 드립니다…….'

저녁밥을 먹기 시작하자마자 텔레비전에서 나오는 뉴스 속보를 본 쇼헤이는 된장국 그릇을 입에 대다 말고 "오!" 하고 작게 탄성을 터뜨렸다.

"잘 됐네."

옆에 앉은 동생을 돌아본다. 히나코는 젓가락으로 야채 볶음을 뒤적이며 어딘가 모르게 언짢은 표정을 짓고 있었다. 어젯밤 스다 유야와 감동의 대면을 경험한 뒤로 계속 이런 분위기였다.

"너 왜 그래? 사랑하는 스다 유야의 혐의가 풀렸는데?"

"어머, 그랬어? 잘됐네, 히나야."

부엌에 서서 일하던 어머니도 느긋한 목소리로 말을 건다. 그런데도 히나코는 부루퉁한 얼굴로 입을 열려고 하지 않았다.

"왜 그렇게 삐쳐있는 건데? 어제 스다 유야가 연락처도 물어보지 않았어? 고맙다고 메시지도 보냈고, 밥 한번 먹자고도 그랬다며? 엄청난 거 아니냐? 그대로 밀어붙이면 사귈지도 모르잖아. 걔랑 연애하는 거면 나도 온 힘을 다해 응원해줄게. 괜찮은 놈 같던데."

된장국 그릇을 테이블 위에 올려놓은 쇼헤이가 팔짱을 꼈다. 아버지는 아직 회사에서 퇴근하지 않았기에 이런 말도 큰 소리로 할 수 있었다.

그런데 다음 순간 커다란 고함소리가 귀를 찢어놓았다.

"오빠 땜에 다 망했잖아아!"

히나코가 자리에서 벌떡 일어나 주먹으로 등을 퍽퍽 두들겨 팼다.

"왜 그래! 뭔 일 있어?"

당황해서 돌아보자, 히나코가 "아직도 모르겠어?"하고 도끼눈에 쌍심지를 있는 대로 불태웠다.

"그때, 나, 화장도 안 했지, 머리도 안 했지, 옷도 중학교 때부터 입던 싸구려 원피스였거든! 유야님은 완벽한 상태로만 만나겠다고 마음먹고 있었는데! 오빠가 나를 괜히 불러가지고! 안 그랬으면 엉망진창인 꼴을 안 보여드리고 끝났는데!"

"어엉?"

"게다가 오빠가 〈베이스볼 프린스〉스마트폰 케이스 그거 여동생 거라고 설명했지! 동생이 엄청 팬이라고 다 까발렸지!"

"그게 왜?"

"기껏 오빠한테 도와달라고 했는데 그걸 밝혀버리면 다 물거품이잖아! 연극서클 음향담당이라고 한 것도 거짓말이고 사실은 여동생이 미행해서 녹음한 거 아니냐고 나중에 무조건 의심할 거 아냐! 전봇대 뒤에서 계속 보고 있었으니까 소름끼치는 사생 팬인 줄 알 거 아니냐고!"

"너무 많이 나간 거 아니야? 그 정돈 아닐걸?"

"애초에 오빠는 내가 어떤 사람인지 전혀 몰라. 최애, 최애, 이런 건 말이야, 응원하고 멀리서 바라보고 등 뒤를 쫓아가는 존재지, 대등하게 바라보는 존재가 아니라고. 최애란 건 말이야, 마음의 안녕을 가져다주는 숭고한 존재라고. 말하자면 신이란 말이야. 생각이라는 걸 좀 해봐. 보통 신이랑 사귀고 싶어 하냐고! 안 그러잖아! 신이랑 식사 한 번 하러 가고 싶겠냐고!"

"뭘 그렇게까지 오버를……."

"뭐가 오버야! 어쨌든, 난 유야님에게 가까이 가고 싶지 않았다고. 이미 꿈에서 다 깨고 말았어. 둘이서 만나기 전의 순수한 짝사랑의 관계로는 더 이상 돌아갈 수 없게 되었어. 아 진짜 너무 슬프다고. 나는 유야님을 멀리서 그저 바라보고만 있고 싶었는데에에!"

등을 마구 두들겨 패는 험악한 히나코의 패기에 밀려 "아, 미안해."하고 쇼헤이가 고개를 숙였다.

여동생의 생각패턴이 어떻게 되어먹었는지가 전혀 이해가 안 갔다. 동경하는 연극배우와 기묘한 계기로 겨우 거리가 가까워질 수 있게 되었는데 히나코는 자기 혼자 다 식어버린 모양이었다. 쇼헤이가 보기에는 스다가 히나코에게 경계심을 품는 모습은 보이지 않았고, 오히려 순수한 마음을 가진 괜찮은 친구로 느껴졌었는데…….

맙소사, 뭐가 이렇게 제 맘대로야?

"쇼헤이, 히나 괴롭히면 안된다아."

싱크대에서 설거지를 하던 어머니가 뜬금없이 느긋하게 꾸지람을 날렸다.

교훈.

—오빠 된 자여, 여동생에게 오지랖 부리지 말지어다.

♥ 제2화 ♥

## 스모 선수를 좋아하게 되었어

6월 4일, 도쿄도 어딘가.

날이 완전히 저문 시간에 세련된 레스토랑에서 나온 사이좋아 보이는 남녀의 모습을 우리 잡지 카메라가 포착했다.

덩치 큰 외국인 남성은 체코 출신 현역 스모선수 리키오센, 만 29세. 그의 곁에 딱 붙어서 선 마스크 낀 여성은 톱의 자리를 굳건히 지키는 국민배우 세가와 모에, 만 27세.

3년 전 각본가 타니구치 요시유키와 결혼한 세가와 모에. 금슬 좋아 보이던 잉꼬부부 생활이 파국으로 치달은 것은 언제부터란 말인가?

히나코가 부르는 콧노래를 배경음악 삼아 쇼헤이는 액션 게임에 열중하고 있었다.

저녁을 먹고 목욕을 마친 뒤 졸릴 때까지 이불 속에서 마음껏 게임을 즐기는 습관이 대학생이 되고 나니 완전히 자리를 잡아버렸다. 그래도 아침에 못 일어나서 강의를 땡땡이치는 날에는 조금이나마 양심의 가책을 느끼기에 일찍 일어나겠다고 다짐을 하곤 한다. 하지만 내일은 토요일. 쇼헤이에게는 긴 밤이 될 것이다.

근육이 우락부락한 덩치 큰 적 캐릭터를 쓰리콤보로 깨고 이제 막판 대결에 들어갈 타이밍 즈음 쇼헤이가 몇 십 분 만에 고개를 들었다.

아까 전부터 잰 걸음으로 방안을 부산하게 돌아다니는 동생을 슬쩍 쳐다보고 다시 손에 든 게임기를 바라본 순간 쇼헤이는 자기도 모르게 큰 소리를 내며 이불을 걷어찼다.

"야야야야야야!"

휴대용 게임기를 베게 위로 내던진다. 쇼헤이는 허둥지둥 헐레벌떡 벽에 새 사진을 붙이려고 하는 동생을 말렸다. "왜 또 갑자기 큰소리를 내고 그러실까아?"하고 동생이 너스레를 떨면서 쇼헤이를 뒤돌아본다.

침대에서 내려와 떡하니 버티고 서서 벽을 응시한다. 한참동안 할 말을 잃고 선 쇼헤이가 슬금슬금 동생에게 다가갔다.

“너 지금 장난치는 거지?”

“뭐가?”

“솔직히 이건 아니다.”

“왜? 뭐가 어때서?”

“아니…… 이건 경우가 아니잖아. 너무 빠른 거 아냐?”

“그런가?”

“까놓고 물어보자, 죽고 못 산다던 스다 유야는 어떤 점이 좋았던 건데?”

“순수한 점. 역할에 온 힘을 다하는 진지한 점. 평소에는 쿨한 것 같은데 어쩌다 짓는 표정이 귀여운 점.”

“그럼 이 사진 속 인물이 마음에 드는 점은?”

“순수한 점. 항상 열심인 점. 피부가 하얗고 감촉이 좋아 보이는 점. 키가 192센티미터나 되는데 블로그에 쓰는 문장이 엄청나게 귀여운 점.”

……겉보기에 공통점이라고는 전혀 없는 두 인물을 두고 동생이 역설하는 포인트는 서로 비슷비슷한 점이 무시무시하다.

벽에 붙은 몇 십장의 덩치 큰 서양인 남성 사진을 바라본다. 나체, 나체, 나체…… 아니지, 정확히 말하자면 샅바를 딱 하나 걸쳤다. 거의 누드나 다름없는 사진이 잔뜩 붙어있어서 방이 온통 하얀 살구색이 되어버렸다.

"이 사람…… 스모 선수 맞지?"

"응. 현역 리키시."

"이름이 뭔데?"

"시코나[1] 리키오센. 본명은 얀 하세크. 신장은 192센티미터고 체중은 120킬로그램, 출신지는 체코 오스트라바. 원래는 아마추어 레슬링을 본격적으로 했었는데 만 18세 때 일본 프로 스모에 감명 받아 전향했대. 스모 경력은 10년이고 지금 29세. 나이 치고는 꽤 얼굴이 귀엽지 않아? 진짜, 장난 아냐, 너무 귀여워서 숨이 턱턱 막혀. 귀여움 하나 가지고 혼바쇼[2]도 우승하는 거 아닌가 몰라. 나, 훈련장의 기둥이 되어서 리키오센한테 폭 안기고 싶어. 아니면 료고쿠 국기관[3]에 있는 도효[4]흙이 되서 나를 시코[5]로 지근지근 밟아줬으면 좋겠어. 아아, 다시 태어나면 뭘 해

1. 선수의 예명
2. 프로 스모의 메인 리그전. 15일 연속으로 연 6회, 합계 90일 동안 벌어진다.
3. 도쿄도 스미다구 요코아미 잇초메에 위치한 스모대회를 위한 시설
4. 스모 경기가 이루어지는 모래판의 명칭
5. 스모경기 시작 전에 양발을 벌린 채 강하게 땅을 내리밟는 동작

야 하나…….”

“스톱스톱.”

쇼헤이가 두 손을 크게 흔들어 폭주하기 직전인 히나코를 제지했다.

“유명한 사람이야? 요코즈나*나 오제키 급이야?”

“동부 마에가시라 서열 12위.”

“뭐라고?”

“위에서부터 따지면 다섯 번째 계급이야. 요코즈나, 오제키, 세키와케, 코무스비, 마에가시라.”

“아하. 그 마에가시라.”

쇼헤이가 겨우 고개를 끄덕이자 “오빠 진짜 몰라서 그러는 거야?”하고 히나코가 또 다른 사진을 붙이면서 일부러 의뭉스레 말했다. 하여튼 얄밉기 그지없는 동생이다.

“순수한 의문인데 말이야. 도대체 뭘 어떻게 하면 연극배우에서 스모맨으로 바로 갈아탈 수 있냐? 아니 그 이전에 도대체 뭐가 어떻게 돌아갔기에 갑자기 리키시한테 반한 거야? 게다가 지명도가 높지도 않은데.”

“사키가 알려줬어. 요새 여고생 사이에서 인기가 급증

---

* 스모의 계급 중 하나. 프로 스모는 모든 리키시에게 랭킹을 매겨 계급 일람표를 만든다. 높은 순서대로 요코즈나, 오제키, 세키와케, 코무스비, 마에가시라가 있으며, 마에가시라 밑으로도 쥬료, 마쿠시타, 산단메, 죠니단, 죠노쿠치 계급이 있다. 요코즈나는 스모의 최고 계급인 동시에, 일종의 명예의 전당 취급을 받는다.

하는 중이래."

"헉, 진짜?"

"블로그가 엄청 귀여워. 히라가나랑 가타카나랑 초등학교 저학년 때 배우는 한자 말고는 못 쓰는 모양인데, 뭐 먹었나 어디 갔나 엄청 열심히 쓰는 거야. 그리고 일본식 이모티콘 문화가 엄청 마음에 드는지 자기가 만든 오리지널 이모티콘을 엄청 많이 블로그에서 써. 사키랑 마리카도 완전히 빠져서 요새 세 명이서 놀 때는 블로그에서 가져온 리키시모티콘 말고는 안 써."

"리키시……모티콘?"

그게 뭔지 상상해보려고 했지만 전혀 이미지가 솟아나지 않는다.

"있지! 장난 아냐! 프로 스모 있잖아, 훈련장 견학 공짜래!"

히나코가 사진을 붙이는 손을 멈추고 반짝이는 눈으로 쇼헤이를 쳐다보았다.

"언제든 아무 때나 가도 돼. 횟수 제한도 없대. 완전히 무료 이벤트. 이게 말이 되냐고! 티켓 값, 굿즈 값, CD값이 하나도 안 든다니…… 진짜 이래도 된다고? 오히려 죄송해서 나라도 몰래 계좌번호 알려주시면 꽂아드리고 싶을 정도라니까?"

"뭔 소리 하는 거야? 원래부터 무료공개 하는 건데 그냥 가서 은혜나 받고 오면 되는 거지."

"안 돼, 안 돼. 우리들 팬은 최애를 양분 삼아 낙으로 사는 건데."

"일반인한테는 이해하기 어려운 사고회로네."

"하아, 너무 멋있어……. 몇 번이고 만날 수 있는 선수님…… 직접 만날 수 있는 리키시라니……."

"무슨 직접 만나러 갈 수 있는 콘셉트인 아이돌 같은 게 아니잖아."

동생이 리키오센 사진에 볼을 부비며 들큰한 숨을 토했다. 한편 쇼헤이는 정반대 감정을 담아 크게 탄식했다.

"그러니까 결국 이번에는 이 리키오센인가 하는 프로스모 리키시가 새로운 최애로 뽑히셨다는 말이지?"

라고 한 뒤 글쎄, 하고 고개를 갸웃거렸다.

"아니 잠깐만, '최애'라고 부르면 좀 이상하지 않나? 리키시는 특정한 아이돌 그룹이나 연극무대 작품 멤버도 아니고."

"괜찮아, 최애라고 해도. 스모의 세계라는 완결된 세계관 속에서 나는 리키오센과 사랑에 빠진 거니까. 리키오센은 나한테는 확실한 나만의 최애인 거야. 신적 존재지. 리키오센을 일본에 데려온 프로 스모라는 스포츠에 마음 깊이 감사를 표합니다아."

"이제는 뭐 잡탕이구만? 그렇게 따지면 모든 인간이 어떤 그룹에든 속한다고 할 수 있는 건데."

쇼헤이는 다시 한 번 큰 한숨을 내쉬었다. 뭐 됐다 그래. 히나코가 열광적으로 사랑에 빠진 상대방을 부르는 호칭을 이참에 통일시켜 두는 게 쇼헤이에게도 더 편했다.

"어쨌든…… 잘 됐네. 합법적으로 만나서 이야기도 할 수 있으면. 이번 기회에 범죄에서도 손을 씻어야지."

"범죄라니?"

"스토킹."

"무슨 말을 그렇게 하고 그래. 스토커가 아니라 열성팬이거든? '무슨 일이 있어도 최애한테 민폐를 끼치지 않는다.'가 내 신조야. 당사자한테 위해를 가하거나 겁을 주거나 하면 범죄지만 나는 절대 들키지 않도록 철저하게 주의하고 있으니까 괜찮아."

"무슨 네 맘대로 법을 만들고 앉았어? 일본 경찰이 아 그러세요, 하고 넘어가겠냐?"

쇼헤이의 충고를 흘려들으며 히나코는 벽에 사진을 붙이는 작업을 속행했다. 셀로판테이프를 늘렸다 끊는 소리가 같이 쓰는 방 안에서 띄엄띄엄 울린다. 경험이 쌓여서 그런지 히나코가 사진을 붙이는 속도가 눈을 의심할 정도로 빨랐다. 점점 방에 서양인 리키시 사진이 가득해진다.

아무 생각 없이 히나코 공부책상 위를 쳐다본 쇼헤이가 눈을 번쩍 떴다. 가까이 다가가 노트북 옆에 놓인 두꺼운 책을 손에 든다. 제목은 〈1주일이면 뗀다! 체코어 입문〉이다.

"히나, 너 체코어도 공부하는 거냐?"

"응. 도브리 덴!(안녕하세요!) 이메누이 세 히나코 오이카케.(제 이름은 오이카케 히나코입니다.) 뎨꾸이.(고맙습니다.)"

"아니 아니, 할 거면 영어를 해라. 시험공부도 되게."

"영어는 너무 당연하잖아. 도브리 베체르.(좋은 저녁입니다.) 약 세마아쉬?(어떻게 지내니?)"

"흐음…… 그래. 하고 싶은 대로 해라."

동생은 도대체 어디를 향해 가고 있는 것인가?

오빠의 마음고생 길은 아직도 끝나지 않았다.

맨살에 땀이 맺힌 리키시 열댓 명이 도효를 둘러서고 소리쳤다.

그 안쪽에는 리키시 두 명이 실제 경기에 버금갈 정도로 거체를 서로 부딪치며 흙바닥을 발로 단단히 밟아 버티고 있었다. 어느 한쪽 리키시가 도효 밖으로 밀려나가거나 땅에 손을 대는 순간 주변 리키시들이 바로 "저요!"하고 기합을 지르며 두 사람 사이에 끼어들었다. 승자는 기세가 끝까지 오른 상태로 손을 든 선수 가운데 한 명을 지명해 바로 다음 대결에 임했다.

도쿄도 카츠시카구에 있는 야에지마 도장 훈련장은 나무를 기초로 한 벽에 둘러싸인 조그만 방 하나였다. 소속된 리키시들이 비좁을 정도로 들어찬 가운데 히나코를 비롯한 열댓 명의 견학 온 손님들은 벽에 딱 붙어서 말없이 훈련하는 모습을 바라보았다.

훈련장에서는 리키시의 집중력을 흩트리지 않도록 견학자도 주의해야만 한다. 과거에는 매너가 안 좋은 손님도 있었는지 반대쪽 벽에는 '훈련장에서는 정숙'이라는 주의 문구가 커다랗게 붙어있었다.

환성을 지르거나 "리키오셴!"하고 소리를 지르거나 하지 못하는 게 조금 답답하기는 하지만 그래도 스모 도장이 좋은 점이 훈련 중 사진이나 동영상 촬영이 허가된다는 점이었다.

어쩜 이렇게 팬 서비스가 좋을까…… 하고 속으로 몇 번이고 감동의 눈물을 흘리면서 히나코는 스마트폰을 한 손에 들고 훈련을 견학했다.

현재 훈련장 한가운데에서 벌어지는 훈련은 '신청대련'이라고 부르는 모양이었다. 도효 주변에도 손바닥으로 기둥을 쳐서 미는 연습인 '텟포'를 하는 리키시나 아령을 들어 올리며 근육을 단련하는 리키시, 2인1조가 되어 파트너의 어깨까지 다리를 들어 올리는 스트레칭을 하는 리키시 등, 개인연습을 열심히 하는 리키시들이 있었으나, 역시 도효 한가운데에서 서로 돌진해 몸을 부딪치는 모습이 가장 볼거리였다. 후배 리키시가 선배 리키시에게 온 힘을 다해 몸통 박치기를 하며 몸을 던지는 '몸통 박치기 훈련'이나, 비슷한 수준의 실력을 지닌 리키시끼리 몇 번이고 스모를 하는 '삼세판 훈련'도, 신청대련 만큼이나 박력이 있었다.

신청대련에는 현재 5연속으로 살아남아있는 피부가 하

야 리키시가 있었다. 히나코의 최애, 리키오센이다.

그의 여섯 번째 대전 상대는 야에지마 도장에서 가장 높은 계급을 자랑하는 세키와케 후지노하루가 되고 말았다. 체구가 큰 사람은 리키오센이지만 베테랑 후지노하루는 체격차를 기술로 가볍게 뒤집을 수 있었다. 이 스모 도장에서 세키토리*를 경험한 리키시는 세 명으로, 필두가 후지노하루고 그 아래로 리키오센이 따라오는 순서였다.

리키오센의 팬인 히나코에게는 꼭 그가 필두에 서기를 바라는 마음이 있었다. 세키와케와 마에가시라의 실력 차가 얼마나 나는지는 모르지만 아예 이기지 못할 상대는 아닐 터였다.

후지노하루와 리키오센과의 대결은 리키오센이 강한 힘으로 몸통을 부딪치는 것으로 시작해 한동안 교착상태가 이어졌다. 마지막으로 리키오센이 어떻게 어떻게 후지노하루의 샅바를 잡고 얼굴이 새빨개질 정도로 밀어서 한 계급 위인 상대방을 도효 밖으로 밀어냈다. 오오, 하고 리키시 일동이 동요하는 소리를 낸다.

히나코는 누구도 못 들을 만큼 작은 소리로 "잘했어요." 하고 립싱크로 환성을 질렀다. 그러자 옆에 있던 사람도

* 쥬료 이상의 상위 랭커를 말한다. 하위 랭커는 토리테키라고 부른다.

작은 소리로 중얼거렸다.

"이제 슬슬 '원 타임'이겠네."

목소리를 낸 사람은 히나코 옆에 웅크리고 앉아있는 젊은 여자 손님이었다. 아무리 봐도, 얼마 안 있으면 리키오센이 이 스모 도장 '넘버원'자리에 오르리라 이분도 확신하는 모양이었다. 후지노하루는 벌써 나이가 서른다섯이고, 리키오센은 서른. 곧 있으면 분명히 실력이 역전될 것이다.

히나코는 옆을 슬쩍 곁눈질했다.

아까부터 옆에 있는 여자가 신경이 쓰였다.

열댓 명 있는 견학 손님 대부분은 중노년 남성이거나 부부인데 혼자서 온 여자 손님은 히나코 말고는 이 사람 밖에 없었다. 게다가 이 여성은 저번 주에 히나코가 이틀 연속으로 훈련을 보러 왔을 때에도 지금과 같은 장소에 진을 치고 아침 훈련을 장시간 견학했었다.

커다란 마스크를 하고 있어서 제대로 파악은 안 되지만 나이는 서른 전후로 보인다. 머리카락은 어깨까지 오는 짧은 보브 커트로, 눈이 크고 뚜렷한 예쁜 여성이었다.

오늘도 오전 10시에 딱 맞추어 아침 훈련이 끝났다. 리키시 대부분이 견학 온 손님에 대해 무표정하게 고개를 숙이기만 하고 퇴장하는 가운데, 리키오센 만큼은 천진난만한 미소를 지으며 "감사합미다."하고 서툰 말투로 인사하며 도장을 나갔다. 히나코가 주춤주춤 손을 흔들면 리키오센은 똑바로 시선을 맞추고 손을 흔들어 답례해주었다.

……이렇게 가까운 거리에서!

아이돌 현장에서는 팬이 아이돌에게 '확인'을 받기 위해, 다시 말해 지인처럼 얼굴이나 이름을 기억해 주기를 바라며 온통 시간을 쏟아가며 응원용 부채나 플래카드를 만들고, 악수권을 대량으로 입수해 1초라도 더 오래 최애의 시야에 머무르려고 한다. 여기에 비교하면 믿을 수 없을 만큼 은혜로운 환경이다.

리키오센의 넓은 등이 시야에서 사라지자마자 히나코는 돌아갈 준비를 하는 옆자리 여자에게 말을 걸었다.

"저기, 실례합니다. 너무 신기해서요. 저 말고 여자분이 견학하러 오시는 분이 있어서 깜짝 놀랐어요."

마스크를 쓴 여성이 돌아보며 눈웃음을 지었다.

"어머, 저도 똑같은 생각을 했어요. 여자분도 여자분이지만 이렇게 젊은 분은 보기 힘든데, 하고. 학생이세요?"

"네, 고등학생인데 요즘 막 스모에 흥미를 갖기 시작해서요."

"고등학생이에요?! 복장도 어른스럽고 화장도 잘해서 나이가 좀 더 있는 줄 알았는데."

고급스러운 언니 같은 풍모를 한 여성에게 칭찬을 받은 히나코가 쑥스러워 웃음을 지었다. 최애를 만나러 갈 때에는 미의식 엔진에 시동이 걸리기 때문에 항상 이래왔다. 오히려 평소에는 너무 안 꾸미는 거 아니냐고 오빠나 마리카한테 자주 혼난다.

이름을 묻기에 히나코가 자기소개를 했다. 세가와, 상대방이 성을 밝혔다.

"항상 혼자서 오는데, 누가 말 걸어주니까 너무 좋네요. 젊은 사람도 가끔 오기는 하는데, 낯을 가려서 먼저 말을 못 거는 바람에 항상 타이밍이 품절되어버려요."

"세가와 언니는 언제부터 스모 팬이셨어요?"

"저도 얼마 안 됐어요. 올해 윈터 시즌 1월에 국기관에서 본 게 계기가 되서, 두 시즌 정도 됐으려나?"

"국기관! 부러워요."

히나코가 두 손의 손가락을 맞대자, 세가와는 방긋 웃었다.

"히나코는 언제부터에요?"

"저는 최근이에요. 아직 공부하는 학생이다 보니. 리키오센 선수 블로그가 귀엽다고 친구가 권해서 보게 되었다가 바로 빠졌어요."

"아, 리키오센 팬이에요? 나돈데."

"역시 그러셨구나! 너무 좋네요! 그렇게 힘이 장사인데 웃는 모습이 큐티해서 막 힐링 되지 않아요? 그리고 블로그에서 쓰는 리키시모티콘도 엄청 귀엽고요. 저희 고등학교 반에서도 엄청 인기 많아서 유행하거든요. 괜찮으시면 저랑 정보 교환이라도 해보시는 건 어떨까요? 꼭이요!"

히나코가 흥분한 말투로 말을 쏟아내자 세가와는 재미있는 모양인지 마스크 위로 입을 가리며 웃었다.

"그, 그 질문 하나 해도 괜찮을까요?"

"그럼요."

"아침 훈련 외 시간 중에는 만날 시간이 없을까요? 저 정말 리키오센 선수가 좋아서 그럴 기회가 있으면 꼭 찾아가 보고 싶어서요."

"시간이라, 이다음 스케줄은 우선……."

첫 번째, 두 번째, 세 번째, 하고 작게 중얼거리며 세가와가 가늘고 긴 손가락을 차례로 접는다. 아침 훈련 다음에는 씻고, 아침 식사, 낮잠, 첫 번째 자유시간, 저녁식사,

두 번째 자유시간, 취침 순서로 리키시의 하루 스케줄이 진행되는데 아마 그걸 세고 있으리라. 그 정도 기초지식은 히나코도 이미 다 외우고 있었다.

"……아마도 낮잠이랑 점심시간 사이에 있는 자유시간이면 만날 수 있을 거예요. 그 외 시간은 어려울 것 같은데."

"정말요? 훈련 시간 말고도 만나는 게 가능한 거네요!"

"리키오센 선수가 산책을 좋아해서 이 주변을 자주 휘적휘적 걸어 다닌다고 그러네요? 찾아보는 게 어때요?"

—이 사람도 동족인 것 같은데?

히나코보다 팬 역사가 길기는 해도 이 정도로 자세한 정보를 알고 있다는 말은 히나코와 마찬가지로 〈마니아체질〉을 타고 난 사람이기 때문일지도 모른다.

"내일도 오세요?"

"내일은 일이 있어서 못 올지도 몰라요. 하지만 정기적으로 오니까 또 보게 되면 인사 나눠요, 우리."

"고맙습니다! 다음에 또 뵐게요."

히나코는 고개를 꾸벅 숙이고 그대로 세가와와 헤어졌다. 처음으로 말한 사람이라고는 믿기 어려울 만큼 친근감이 느껴지는 언니였다.

—훈련장에서 말고 어디서 본 적 있었던가?

고개를 갸웃거리며 히나코는 가장 가까운 역을 향해 걸어갔다. 경쟁상대가 없는 그런 평화로운 열성 팬질은 엄청 오랜만에 경험하는 일이었다.

다음 일요일 아침에도 똑같이 야에지마 도장 아침 훈련 견학을 가려고 히나코는 아침 여섯 시에 일어났다. 알람 시계를 끄고 최고로 예쁜 옷을 새 옷처럼 갈아입은 뒤 접이식 칸막이 커튼을 열었다. 방 건너편에는 오빠가 어쩐 일인지 잠에서 깨어 이불을 뒤집어 쓴 채로 스마트폰을 만지고 있었다.

"오늘도 가려고?"

"응. 어차피 교통비 밖에 안 드는데 뭐 어때?"

"안 가는 게 나을 거 같은데?"

"왜?"

"이거 히나 네가 자는 사이에 뜬 인터넷 뉴스 기사거든? 안 봤지, 아직?"

침대에 드러누운 채로 오빠가 스마트폰을 내민다. 히나

코는 수상쩍어하면서도 다가가 스마트폰을 받아 들었다.

그리곤 화면에 적힌 글자를 읽자마자 "끄으아아악!"하고 짓밟힌 개구리 같은 소리를 질렀다.

"그런 소리는 어디서 나는 거야……?"

"오빠아! 헐? 이거 진짜야? 아니지! 지금 몰래카메라 하는 거지?"

"인터넷 뉴스 사이트를 직접 만들어서까지 널 속여서 내가 얻는 메리트가 뭔데?"

히나코는 충격으로 멀뚱히 서서 화면에 표시된 헤드라인을 바라보았다.

'세가와 모에, 인기급증 외국인 리키시와 당당히 불륜?!'

잡지에만 실렸는지 사진은 실리지 않았다. 하지만 헤드라인과 본문만 봐도 히나코의 하트를 산산조각 내기에 충분했다. 리키오센과 세가와 모에가 팔짱을 끼고 스모 도장 근처에 있는 레스토랑에 들어가는 모습을 선정적인 주간 잡지 카메라맨의 렌즈가 잡아낸 모양이었다. 리키오센은 독신이지만 세가와 모에는 3년 전 각본가와 결혼했으니까 두 사람이 밀회를 가졌다는 말은 누가 보아도 불륜이다.

무엇보다도…… 이 세가와라는 여자를 히나코는 알고

있었다.

어제 훈련장에서 이야기를 나눈 세가와가 커다란 마스크를 쓰고 있었던 것도, 크고 뚜렷한 눈을 한 미인이라는 사실도, 어디서 본 것 같은 느낌이 들었던 것도, 이상할 정도로 리키오센의 하루일과를 행동 하나하나까지 파악하고 있었던 것도, 모두 다…….

일본에서는 모르는 사람이 없을 정도로 현재 가장 뜨거운 초 인기배우가 바로 그녀였기 때문에 어디서 본 적이 있는 느낌이 들었던 것이다.

그리고 세가와라고 성을 밝힌 그녀는 리키오센의 연인이었기 때문에 모든 것을 다 파악하고 있을 수 있었다.

"세가와 모에가 그런 곳에 있을 거라고 누가 생각이나 하냐고오!"

히나코가 고함을 치자, 오빠가 눈을 동그랗게 번쩍 뜨고 침대에서 벌떡 일어섰다.

"히나야! 너 설마, 세가모에(세가와 모에) 만났어?"

"만나버린 거 같아……."

"진짜?!"

동요한 모양인지 하마터면 오빠가 침대에서 굴러 떨어질 뻔했다. 어쩌면 세가와 모에를 남몰래 좋아했던 것인지도 모른다. 그러고 보니 요새 하는 연속극도 매주 텔레비전 뚫어져라 붙어서 보고 있더라.

백화점 여성복 코너에서 일하는 별 볼일 없는 여성 점원이 짜증나는 동료나 상사를 차례로 제치고 출셋길로 올라간다는 통쾌함을 세일즈 포인트로 삼은 드라마다. 생각해보니 텔레비전을 자주 보는 엄마가 주연 세가와 모에를 엄청 칭찬했었다. "아는 사람 중에 옷가게에서 일하는 사람이 있어서 직접 취재를 했다던데?"라고 했는데 그 말대로 세가와 모에는 맡은 역할을 충실하고 리얼하게 연기해서 요즘 사람들에게 높은 평가를 받는 모양이었다.

"세가모에랑 어디서 만났는데? 훈련장? 어떤 사람이었어? 얼굴 작아? 말 해봤어?"

흥분한 오빠가 속사포로 질문을 던져댄다. 그런 오빠에게 말없이 스마트폰을 불쑥 내민 히나코는 비틀비틀 자기 공간으로 돌아갔다.

"야, 잠깐만! 알려줘!"

오빠가 붙잡는데도 무시하고 접이식 커튼을 닫았다.

그대로 침대에 다이빙 한다.

……짜증나.

아무리 그래도 뉴스를 보고 만 지금 야에지마 도장 훈련장에 갈 기력은 나지 않았다.

……말도 안 돼. 거짓말일 거야.

연인이 있다는 사실이 발각된 수준이면 그깟 시련은 금방 넘어설 수 있다. 그게 최애에게 행복하다면 팬으로서 히나코도 전면적으로 응원하는 게 옳으니까.

하지만…… 불륜은 이야기가 달랐다.

그대로 침대 위에서 뒹굴뒹굴 구르며 생각을 거듭했다. 창밖에서 태양이 높게 떠올라 방 안이 점점 더워져 간다.

장마철 전이라서 태양은 사정없이 실내 기온을 끌어올렸다. 이불 속에서 더 꾸물꾸물 고민이나 하고 싶었는데 푹푹 쪄서 히나코는 침대에서 뛰쳐나왔다. 티셔츠에 스웨이드 재질로 된 핫팬츠로 갈아입은 다음 힘없이 접이식 가림막을 열었다. 오빠도 똑같은 생각을 했는지 마침 침대에 일어나 계단으로 향하는 중이었다. 오이카케 집안에서는 냉방을 트는 장소가 가족이 모이는 거실 밖에 없다. 그렇게 정해놓았다.

"몸져누웠었어? 두부 멘탈이야?"

"오빠가 뉴스 보여줘서 그렇잖아."

"스모 도장 가는 전철 안에서 보면 더 쇼크였을 걸? 맞다, 최신 뉴스는 봤어?"

"아니……."

"세가와 모에 소속 사무소는 '전부 사실무근입니다.'라고 항상 하는 식으로 대응했어. 한편 리키오센 쪽은 '연애는 본인 자유입니다.'라던데? 보통 이럴 때는 사귀는 게 맞지. 그치? 뭐, 애초에 히나가 스모 도장에서 세가와 모에를 목격했다는 게 제일 큰 증거지 뭐."

오빠는 왠지 모르게 신이 난 모양인지 "사진 떼는 거 도와줄까?"하고 벽을 손가락질하며 물었다. 지금 당장에라도 다 뜯어 버리고 싶은 모양이다.

"오빠는 세가와 모에가 불륜을 저질렀다는 뉴스가 충격적이지 않은가봐?"

"뭐, 충격이야 있지. 하지만 어차피 텔레비전 속의 사람 아냐? 그럼 불륜을 했다고 내가 그렇게 쇼크 받아서 드러누울 일은 없지. 네가 이상한 거지."

그렇게 말하는 오빠가 시키는 대로 사진을 치우는 것도 짜증스러웠다. 아직 리키오센 열성팬을 그만 두겠다고 결심하지도 않았고.

게다가…… 한두 가지, 걸리는 부분도 있었다.

"저기, 오빠야. 차 운전 할 줄 알지?"

"응? 뭐, 면허 작년에 따기는 했으니까."

“그러면 세가와 모에 나오는 드라마 어디서 찍는 지 알아?”

“〈백화점 그녀〉 말이야? 그거 신주쿠 백화점에서 찍을 텐데?”

“촬영용 세트가 아니라 현지에서 로케이션 하는 거야?”

“아마 로케이션일 걸? 촬영 현장에서 나오는 배우들 보려고 사람들이 바글바글 하다고 신주쿠 선술집에서 알바하는 친구가 그랬어. 아마 백화점 오픈 전이나 영업 끝나고 찍는 거 아닐까?”

“그렇구나, 신주쿠에서…….”

히나코는 손에 들고 있던 스마트폰으로 지도 앱을 켜서 경로를 검색했다. 표시된 소요시간을 확인하고 “좋았어!” 하고 고개를 끄덕인다.

“잘하면 어떻게 이렇고 저렇게 잘 풀려서 어찌어찌 될 것 같기도 한데. 오빠, 차 하나만 렌트해 놔줘.”

“뭐?”

“검증이 필요한 문제가 있어서. 나는 계획을 짤 테니까, 오빠는 일단 렌터카 수속 밟는 것 좀 부탁해. 오늘 놀잖아.”

“딱히 무슨 일정이 없기는 한데…….”

"됐네, 그럼. 한 시간 있다 출발!"

히나코가 오른쪽으로 빙글 몸을 돌려 책상 앞에 앉아 노트북을 켜기 시작했다. 뒤에서 "검증은 갑자기 또 무슨 소리야, 설명을 좀 똑바로 해 봐!"하고 소리치는 오빠 목소리가 들린 것 같은 기분이 든 것 같기는 한데, 그 질문에 대답할 시간적 여유도 없었고, 그냥 무시해도 될 것 같기도 해서, 그냥 무시했다.

· 📷 ·

……가만있어 보자, 이쪽이 액셀이고.

운전석에서 발밑을 흘끔거리며 페달에 발을 살짝 올려놓고 확인한다.

……이쪽이 브레이크구나.

면허를 따기는 땄다. 하지만 운전을 할 줄 안다고 말하지는 않았다. 심지어 신주쿠 같은 도심지 중의 도심지를 택시처럼 자유자재로 돌아다닐 수 있다는 말은 한 마디도 입에 올린 적이 없다.

처음으로 스스로 빌린 렌터카 내부를 점검하던 쇼헤이는 손바닥에 흥건한 땀을 자각하고 나서야 자기가 얼마나 긴장하고 있나 깨달았다. 정작 히나코는 "오빠, 언제 또 운전을 배웠어? 처음 타보네."하고 분위기 파악 못하는 소리를 하며 조수석 등받이를 눕혀 보거나 대시보드 글러브 박스를 열어보고 앉았다.

"그래서, 우리 어디 가는 건데?"

창밖에는 휴일로 북적북적한 신주쿠 큰길가가 보였다. 비상등을 켜고 일단 갓길에 정차해 두었는데, 경찰이 뭐라 하는 건 아닌가 싶어서 불안해 죽을 지경이었다. 운전면허 학원에서 배운 교통법규가 대충 공부한 탓인지 기억에서 가물가물하다.

"카츠시카구에 있는 야에지마 도장이야. 여기서 차로 40분 정도 걸리려나?"

"신주쿠에서 카츠시카까지 간다고?"

안 좋은 예감이 든 쇼헤이는 팔짱을 꼈다.

"수도 고속도로 타라고는 하지 마라."

"으응? 안 탈 거야? 뭐 지도 앱 보니까 타나 안 타나 소요시간은 5분밖에 차이가 안 나는 것 같긴 한데."

"그러면 국도로 가자. 무조건."

장롱면허의 무덤으로 악명 높은 바로 그 수도 고속도로에 도전할 용기는 털끝만치도 없다.

"뭐, 됐어. 최대한 빨리만 가줘. 내비게이션은 찍어뒀으니까. 그럼 이따 봐!"

"야, 잠깐만."

차에서 내리려고 손잡이를 잡은 동생을 쇼헤이가 황급히 불러 세웠다.

"히나 너도 같이 가는 거 아니었어?"

"같이 안 가. 오빠는 차로, 나는 전철이랑 걸어서."

"아니아니아니아니아니아니, 지금 뭐하자는 거야?"

신주쿠에서 카츠시카까지 도심횡단 코스를 혼자서 완주하라니, 갑자기 심장 고동이 빨라졌다.

"그러네, 설명을 안 했네."

히나코는 뜬금없이 말하더니 계획을 상세히 설명하기 시작했다.

"있잖아, 오빠. 주간 잡지 보도가 나는 전혀 납득이 안 가. 그거 6월 4일이라고 쓰여 있었잖아? 4일이라면 저번 월요일이지? 그날 세가와 모에는 신주쿠에서 드라마 촬영을 하고 있었던 거 아닌가 하는 생각이 들어서."

히나코는 손가락으로 조수석 창문을 통통 두들기면서 밖에 보이는 우뚝 선 백화점 건물을 가리켰다.

"〈백화점 그녀〉는 4월부터 시작한 연속극이지? 보통 드라마가 한 시즌을 3개월 정도 방영하니까 6월 말에 방송이 끝날 거 아냐? 그렇다고 하면 저번 월요일에는 아직 촬영이 끝나기 전이 아니었나 싶어서. 신주쿠 백화점에서 촬영할 거면 사람이 적은 월요일을 노리는 게 좋을 거고."

집을 나서기 전까지 1시간 동안 히나코는 드라마 촬영 스케줄을 조사했다고 한다. 우선 세가와 모에가 촬영을 종료했다는 뉴스가 나온 게 그저께인 6월 8일이었다. 그러니까 역시 4일 시점에서는 아직 신주쿠에서 막방을 촬영하고 있었을 가능성이 높다.

또한 쇼헤이가 말한 대로 촬영시간은 오픈 전이나 폐점 이후, 아니면 둘 다일 수 있을 것이라는 가설을 세웠다. 이를 입증하기 위해서 트위터나 인스타그램, 인터넷 게시판 등을 통해 6월 4일에 올라온 글들을 끊임없이 찾았다. 그 결과 '신주쿠'라는 키워드와 함께 세가와 모에를 비롯한 출연진 이름이 몇 개 검색에 걸렸다. 그중에 가장 많았던 게 백화점 폐점시각인 오후 8시경과 새벽 2시경이었다. '헐 대박, 신주쿠에서 세가모에 봄.', '백화점 그녀 촬영현장 신주쿠였네 미모 개쩐다!'같은 식으로 표현을 애매하게 하기는 했지만 분명 목격증언으로 보이는 글들이 몇 개 발견되었다.

"다시 말해, 6월 4일에는 촬영이 오후 8시부터 새벽 2시까지 진행되었다는 말이잖아? 그렇다면 이상하지. 저녁 늦은 시간에 카츠시카구에 있는 레스토랑에서 나왔다는 주간 잡지 기사 내용이랑 안 맞잖아."

"응? 그런가? 아무리 6월이라고는 해도 19시 전에는 해가 떨어질 텐데. 1시간만 있으면 카츠시카에서 신주쿠로 충분히 이동할 수 있지 않아?"

"아니지. 안 되지. 분명 6월 4일 일몰시간은 18시 53분이었지만 그게 '해가 완전히 넘어간 시간'이라고는 말 못 하잖아. 왜냐면 주변이 캄캄해지려면 해가 완전히 넘어가고 40분이 지난 다음이니까. 일몰 후 40분 동안은 '시민박명'이라고 해서 육안으로도 웬만한 건 다 파악이 가능한 시간대라고 하더라고. 그 다음은 '항해박명'이라고 해서 수평선을 구분하는 게 겨우 가능한 밝기가 된대. 다시 말해, 하늘이 캄캄해지는 시각은 적어도 19시 반 이후여야만 해."

"대박."

모르던 지식이다. 듣고 보니 분명 최근에는 그 시간대가 되기 전까지는 하늘이 밝았던 것 같다.

그건 그렇다 치고, 왜 얘는 꼭 이럴 때만 머리가 갑자기 잘 돌아가는 걸까?

"그러니까 확인해봐야만 하는 거야. 세가와 모에가 정말 그날 리키오센이랑 같이 레스토랑에 들어갔었나. 정말 불륜을 저질렀나."

"아, 응. 그러니까, 실증실험을 하자 이거지?"

"지금 3시 10분이지? 그럼 간다? 준비, 시, 작!"

"어? 벌써?"

허둥지둥하는 쇼헤이를 무시하고 히나코가 조수석 문을 열고 역으로 뛰어 가버렸다. 최단시간을 재기 위해 최대한 걷는 시간을 줄일 셈인가 보다.

"좋아. 한번 해 보자!"

핸들을 꽉 쥐자 갑자기 투지가 불타올랐다. 긴장과 흥분으로 손을 떨며 비상등을 끄고 오른쪽 깜빡이를 켰다.

쇼헤이는 하늘색 경차를 힘차게 출발시켰다.

신호위반을 할 뻔 하거나 빠듯한 차선변경 타이밍에 경적세례를 받는 등 다양한 위기를 가까스로 극복하며 어떻게든 도심지 횡단을 끝마친 쇼헤이는 최종적으로 길이 좁아지기 시작한 주택가 한복판에서 갈 곳을 잃고 멈춰서고 말았다.

……도착한 건가?

내비게이션은 한참 전에 음성안내를 종료하고 말았다. 어떻게 하면 히나코와 합류하게 되는 건지 어디가 스모 도장인 건지 하나도 모르겠다.

시각은 3시 50분이었다. 소요시간은 40분. 당초 내비게이션 도착예정시각이 3시 53분이었던 것을 감안하면 의외로 나쁘지 않은 성적이라 생각한다.

주머니에서 스마트폰을 꺼내 '지금 도착했는데, 어디야?'하고 메시지를 보낸다. 바로 전화가 걸려왔다. 응답 버튼을 누르고 귀를 대자 숨찬 목소리가 들려왔다.

'있지, 지금 역에서 그쪽으로 뛰어서 가는 중이야. 역에 막 도착했을 때가 출발한 지 35분 이상 흘렀을 때니까, 역시 내 가설이 옳았던 것 같아. 19시 반 이후에 이동을 개시하면 20시 전후로 신주쿠 백화점 근처에서 목격되기는 역시 무리가 있어. 도로도 밤에는 더 막힐 거 아냐.'

"그러니까 네 말은 6월 4일 밤에 둘이서 카츠시카구 레스토랑에서 나왔다는 주간지 보도는 거짓말이라 이 말?"

'응. 그날 세가와 모에는 분명히 촬영현장에 갔었어. 주간지 기자 측에게 악의가 있는 건가 아닌가는 모르겠지만, 불륜은 저지르지 않았어. 아마 사진에 찍힌 사람은 다

른 사람이 아닐까? 그런 일 자주 있으니까.'

"잠깐만. 히나야, 네가 아침 훈련을 보러 갔을 때 거기 세가와 모에가 있던 것 자체는 사실이잖아. 그렇다면 6월 4일 밤에 만나지 않았다 하더라도 리키오센과 세가와 모에가 직접 아는 사이일 가능성은 높지 않아? 두 사람이 불륜을 하지 않았다고 단정 짓기는 어려울 것 같은데? 어쩌면 기사에 적힌 날짜가 잘못되었더라도 불륜 자체는 사실일 지도 모르고."

'괜찮아, 대충 다 파악 했으니까.'

거친 숨소리 속에 자신만만한 목소리를 섞으며 히나코가 대답했다.

'오빠, 도와줘서 고마워. 의외로 운전 좀 하나본데? 깜짝 놀랐어. 그럼 이따 집에서 봐.'

"야, 잠깐만 기다려. 여기 근처에 있으면 일단 이리로 좀 와줘. 길 한복판에 서 있단 말이야. 그리고 렌트비는……."

뚝, 통화가 끊기는 소리가 쇼헤이의 귀로 전해져온다.

"야, 히나!"

쇼헤이가 성난 목소리로 고함치며 다시 한 번 동생에게 전화를 걸려고 했다.

하지만 그때, 콩콩콩, 창문을 두들기는 소리가 나 쇼헤이는 고개를 들었다. 중년여성이 차 안을 들여다보며 "저기요! 우리 차 좀 빼려고 하는데!"하고 목소리를 높였다. 손가락으로 가리키는 방향을 보니 쇼헤이가 세운 경차 때문에 바로 옆에 있는 주택의 차고 문이 막힌 모양이었다.

"죄송합니다!"

황급히 사과하고 슬금슬금 차 시동을 걸었다.

"아오, 히나 너 진짜!"

차 안에서 쇼헤이는 다시 한 번 마음 속 깊이 울부짖었다.

6월 하순, 훈련장에는 습기가 묵직하게 뒤덮여 있었다. 몸을 움직이는 리키시들 뿐 아니라 벽을 따라 나란히 앉아있는 견학 온 손님 이마에도 땀이 송골송골 맺힌다.

비교적 날씬한 편인 리키시들이 서로 몸통 박치기를 하는 동안 히나코는 슬쩍슬쩍 입구 방향을 살펴보고 있었다. 스모의 아침 훈련은 계급이 낮은 리키시부터 진행한다. 오전 7시 반, 현재 훈련장에 있는 사람은 마쿠시타 이

하의 리키시들 뿐이고 세키와케 후지노하루나 마에가시라 리키오센을 비롯한 세키토리 급은 아직 나오지 않았다. 그런 탓일까, 견학 온 손님도 히나코 말고는 세 명 정도 밖에 없었다.

저번 주말 세가와는 훈련장에 모습을 나타내지 않았다. 취재진이 어슬렁어슬렁 거리고 있어서 가까이 오지 못했던 것이리라. 하지만 불륜소동이 터진지도 2주가 지난 지금, 수상한 사람은 보이지 않았다.

……제발, 오늘만은.

내일부터는 7월 시즌 경기가 시작하는 나고야로 리키시가 모두 이동하기 때문에, 한동안 이 스모 도장에서 하는 훈련을 못 보게 된다. 본심으로는 따라가고 싶었지만 히나코 수중에는 안타깝게도 나고야 원정을 위한 비용을 충당할 총알이 부족했다. 안될 줄 알면서도 오빠에게 부탁해 봤는데 "렌터카 빌리느라 쓴 렌트비나 갚아."라고 오히려 대금청구를 받는 처지가 되었다.

그래서 오늘 이 기회를 놓치고 싶지 않았다. 쭈그리고 앉아 무릎 위에 얹은 두 손에 힘이 들어간다. 기도하는 마음으로 세가와의 모습이 나타나기를 기다렸다.

세키토리 훈련시간이 시작되는 오전 8시가 다가오고,

견학 온 손님이 늘어나기 시작할 즈음, 드디어 마스크를 쓴 여성이 입구 문에서 모습을 드러냈다.

히나코가 허둥지둥 일어나 긴장을 꾹 참으며 손을 흔들었다. 세가와는 순간 눈을 동그랗게 뜨더니 방긋 미소 지으며 천천히 히나코를 향해 걸어왔다.

"또 만났네요, 반가워요."

훈련에 방해가 안 될 정도로 목소리를 낮추어 말을 걸었다. 세가와는 모양새가 예쁘장한 눈을 가늘게 뜨고 "저도요."하고 속삭였다.

"깜짝 놀랐어요. 세가와 언니가, 그 세가와였다니."

"남들이 들을 수도 있으니까, 웬만하면 좀."

세가와는 아주 살짝 눈살을 찌푸리며 주변을 훑어보았다. 아무리 주간 잡지에 보도되었다고는 해도 설마 훈련장에 인기배우가 모습을 드러낼 것이라고는 생각도 못한 것인지 다른 견학 손님이 세가와에게 주의를 집중하는 모습은 보이지 않았다. 히나코도 세가와가 스스로 세가와라고 이름을 밝혔으니 아는 것이지 안 그랬으면 전혀 의심하지 않았을지도 모른다.

어디까지나 '평범함'을 유지한 채로, 히나코는 이야기를 이어가기로 했다.

"아직 리키오센은 안 온 모양이네요."

"그런 것 같은데. 의외로 항상 시간이 임박해서야 모습을 드러내니까요."

"하지만 가까운데 있기는 할 텐데. 대기실이라고 해야 하나, 그, 뭐라고 하더라, 배, 백, 백 뭔데……."

"백야드?"

"아, 맞아요. 이 근처에서 대기하고 있지 않을까 싶어서요."

히나코가 크게 고개를 끄덕이자 "여기는 그냥 훈련장소라서 백야드나 대기실 같은 건 없죠."하고 세가와가 굳은 표정에서 긴장이 풀어지더니 싱글벙글 웃었다. "혼바쇼 경기장이라면 모를까."하고 재미있다는 듯 입가에 손을 가져다 댔다.

"혼바쇼라니……. 국기관에서 하는 경기는 아직 가본 적이 없어서요. 이번에 기념품이라도 어떻게 구할 수 없을까 싶어서 정찰을 다녀왔거든요. 세가와 언니는 굿즈 같은 거 어떤 거 갖고 계세요?"

"굿즈?"

세가와가 고개를 갸웃거린다.

"그림 계급표나 수건 같은 거?"

"그거 말고요. 피규어 같은 거 있잖아요."

"아하! 그거, 엄청 비싸요."

"얼마 정도 하는데요? 정가가?"

"1만 엔 조금 넘나?"

세가와가 한 대답을 듣고 "너무 비싸다!"하고 히나코는 머리를 싸맸다. "시즌오프 이월상품, 땡처리 행사상품이나 세컨 핸드, 아니면 기본티 같은 그런 거는 없겠죠?"하고 쥐어짜듯 질문하자, "히나코는 되게 재미있는 사람이네. 스모 굿즈는 그렇게 신상이 자주 나오지 않으니까 그럴 일은 없겠지."하고 세가와가 슬쩍 대답했다.

……역시.

"저기, 세가와 언니."

확신을 굳힌 히나코는 주변에 들리지 않게 세가와에게 귓속말을 건넸다.

"성 말고 이름, 뭐에요?"

"네?"

"언니, 실은 배우 세가와 씨랑 자매 맞죠?"

세가와가 순간 딱 멈추었다. 마스크와 앞머리 사이로 보이는 커다란 눈이 번쩍 뜨이며 히나코의 얼굴을 향해 똑바로 시선을 던졌다.

"어떻게…… 알았어? 모에는 언니가 있다는 사실을 공표한 적이 없는데."

"그럼 언니가 자매 중에서 언니고, 배우인 모에 씨가 동생이네요?"

몇 초 간 침묵이 이어진 뒤 "응."하고 세가와가 작게 고개를 끄덕였다.

"내 이름은 사에라고 해."

세가와 사에와 세가와 모에. 이름 좋다, 히나코는 생각했다.

"분명 눈만 보면 엄청 닮았어. 목소리도 닮았나? 2주일 전에 여기서 만나고 난 직후에 잡지기사를 보고 완전히 속아버렸지 뭐예요. 하지만 여러 가지로 설명이 안 되는 부분이 있어서."

마쿠시타 이하 리키시들이 슬슬 연습을 끝내려고 하는 모습을 보면서 히나코는 주간 잡지에 적혀있던 '날이 완전히 저문 시간'이라는 단어와 촬영 스케줄간의 모순에 대해 말했다. 그 시간에 세가와 모에가 카츠시카구 야에지마 도장 근처에 나타나는 일은 불가능하다고.

즉 리키오센과 레스토랑에서 나오는 순간을 찍은 사진 속 인물은 매우 닮았지만 다른 사람이라고.

"어떻게 그렇게 눈치를 잘 챘어? 그 기사에 그런 오류가 있었을 줄이야…… 당사자인데도 전혀 몰랐어."

세가와 사에가 놀랐는지 중얼거렸다.

"그게 다가 아니야, 언니. 처음 이야기를 나눴을 때 살짝 위화감이 들었어."

"위화감?"

"응. 말투나 쓰는 단어에 버릇이 있다고 생각했거든."

처음부터 그런 업계에서 일을 하는 사람이려나, 하고 막연한 인상을 품었다.

타이밍.

품절.

시즌.

평소에는 잘 쓰지 않거나 쓰더라도 스모 이야기를 할 때에 쓸 만한 단어는 아닐 것이다.

그리고 최근 세가와 모에가 드라마에서 백화점에서 출세가도를 달리는 여성 역할을 했었다는 사실을 떠올렸을 때 모든 것이 연결되었다.

"저번에 훈련 막바지 때 리키오센이 후지노하루랑 겨루었잖아? 그때 언니가 '슬슬 원 타임이겠네.'라고 했잖아. 그게 스모 도장에서 리키오센이 '넘버 원'이 될 날이 멀지 않았다는 뜻인 줄만 알았는데, 실은 그거 다른 뜻이지? 맞지, 언니?"

그때는 이상한 말투로 혼잣말을 하네, 라고만 생각했었다. 하지만 나중에 인터넷을 뒤져보니 착각했다는 사실을 깨달았다.

"의류업계에는 휴식시간을 '원 타임', '투 타임', '쓰리 타임'이라고 부른다며? 예를 들면 첫 휴식시간이 '원 타임', 그 다음에 5분 정도 화장실 다녀오는 시간 주는 것을 '투 타임'*, 이렇게 부른다고."

가게에 있을 때 손님이 보는 데서 화장실이나 식사라는 단어를 말 못하니까. '원 타임 들어갑니다.', '쓰리 타임 들어갑니다.'하는 식으로 은어를 사용하는 일이 있다. 그러고 보니 예전에 단기알바로 시즌 개시 랜덤박스 스탭으로 일했을 때 판매원 언니들이 그런 말을 쓰는 것을 들은 것 같기도 했다.

"즉, 언니가 말한 '슬슬 원 타임이겠네.'라는 말은 슬슬 '슬슬 휴식시간이겠네.'라는 뜻이었던 거, 맞지?"

리키시의 하루 일정은 훈련 말고는 식사와 자유 시간으로 구성되어 있었다. 일반적으로 통용될 만하게 풀어서

* 실제 용어는 아니다. 원문의 '이치반'(一番)에는 '첫 번째'말고도 '1인자', '최고'라는 뜻이 있다.

말한다면,

'훈련과 점심식사 사이의 목욕시간'

'점심과 저녁식사 사이의 자유 시간'

'저녁식사와 취침시간 사이의 자유 시간'

이렇게 한마디로 표현하기 까다로운 표현이 되고 만다. 세가와 사에가 자기가 일하는 패션업계 습관에 따라 리키오센의 스케줄을 암호화해서 파악하고 있다고 해도, 혹은 그게 연인 사이에서만 통용되는 애칭 같은 것이라고 해도 전혀 이상할 게 없는 이야기였다.

배우 사가와 모에는 드라마 〈백화점 그녀〉에서 여성복 판매장 점원 역을 연기하기 위해 지인에게 직접 취재를 했다고 말했다. 그 지인 판매원이라는 사람이 실은 친언니라고 한다면 세세한 점까지 편하게 물어볼 수 있으니 안성맞춤 아니었을까?

'점포 안에서 매장에 해당하지 않는 장소'를 뜻하는 전문용어인 '백야드', '시즌이 지났다'를 뜻하는 '시즌 오프', '시즌이 지나 계절에 맞지 않는 상품'을 뜻하는 '이월상품', '재고처리 할인행사'를 뜻하는 '땡처리', '계절을 타지 않고 팔리는 상품'을 뜻하는 '기본티', '중고 옷'을 말하는 '세컨핸드'. 방금 전 히나코가 일부러 어울리지 않을 정도로 함정처럼 집어넣은 은어를 대화하는 동안 자연스럽게 이어간 것도 세가와라 이름을 밝힌 여성이 진짜 의류업계 사람이기 때문에 가능한 일이었다.

“맞아. 나 의류업 쪽에서 일해. 도쿄 도내 쇼핑몰에 어패럴 숍 점장으로 일하거든. 히나코, 통찰력이 엄청나네, 진짜 여고생이야? 대단하다.”

세가와 사에는 진심으로 감탄하여 히나코의 얼굴을 뚫어져라 쳐다보았다.

“주간 잡지 기자님도 나를 동생이라고 착각할 정도고, 애초에 옛날부터 마스크를 끼면 여동생으로 착각하는 사람도 많아서 설마 이런 데서 들킬 거라고는 생각도 못했는데.”

“일이 이렇게 복잡하게 꼬일 줄 알았으면 마스크는 왜 썼어요. 감기 걸린 것도 아니잖아. 혹시 감기 예방 차원에서?”

조심스레 물어보자 세가와 사에는 “흐으으음.”하고 고개를 갸웃거리며 자조적으로 웃었다.

“코나 입 모양을 가리는 편이 여동생하고 닮아서 귀엽게 보이니까…… 라서? 옛날부터 우리가 같이 다니면 동생만 얼굴이 예쁘다고 칭찬을 많이 받아서. 그게 마음에 좀 남다보니 평소에도 항상 마스크를 쓰고 다니는 게 버릇이 되고 말았어."

이런 대답이 나오리라는 것도 일단은 예상하고 있었다. 요즘 같은 시대, 히나코 같은 젊은 세대를 중심으로 마스크를 패션의 일환이라 여기는 인식이 마침 퍼지고 있었다. 이렇게 여름에도 마스크를 낀 여성은 얼굴을 가리면 마음이 편하다는 이유로 마스크라는 물건에 의존하는 경우가 많다고 얼마 전 텔레비전 뉴스쇼에서 특집으로 다루는 것을 본 적이 있었다.

"지금까지 동생이 내 존재를 숨기는 것도 내가 괜히 주목 받거나 하지 않게 하고 하는 거거든."

사에가 어깨를 떨구고 한숨 섞인 목소리로 말했다.

"동생이 초 인기배우라는 사실이 알려져 버리면 덩달아 내 얼굴에 괜한 기대감을 품는 사람도 많아지잖아? 그래서."

겨우 모든 의문이 풀렸다. 초 인기배우라는 지위가 위태롭게 흔들리는데도 세가와 모에가 "그건 제가 아니라 저랑 얼굴이 닮은 언니에요."같은 해명을 하지 않은 이유는 일반인인 언니의 사생활 보호를 위해서였다.

"하지만 지금 상태로는 동생분 상황이 너무 안타깝잖

아, 언니. 리키오센도 불쌍하고. 실제로는 불륜을 저지르지도 않았는데."

"맞아. 일이 이렇게 되어서 나도 너무 미안한 상황이야."

세가와 사에는 풀이 죽은 얼굴로 작게 한숨을 쉬었다. 그 모습을 본 히나코의 마음속에서 사명감 같은 무언가가 불쑥불쑥 고개를 내밀기 시작한다.

히나코가 자리에서 벌떡 일어섰다.

"언니, 나한테 맡겨."

"응? 뭐를?"

사에가 당황한 모습으로 히나코의 팔을 잡았다. 히나코는 사에의 손을 살짝 풀고, 두 어깨 위에 손을 얹었다.

"언니 동생분 의혹도 싹 다 풀고, 언니 남친 명예도 회복하게끔 내가 어떻게든 해결할게."

"에이, 아냐, 됐어됐어됐어. 괜찮아. 해결한다니, 뭘 어떻게 할 생각인데?"

"방금 이야기한 증거를 트위터에 올려서 퍼뜨리는 거야. 요즘 같은 SNS시대에는 언론도 맞서기 힘들만큼 파급력이 있으니까. 내가 언니 동생분의 불륜 의혹을 싹 없애줄게!"

히나코가 사에의 두 손을 잡고 크게 고개를 끄덕였다.

자동차나 전철로 이동할 때 생기는 시간적 모순은 분명 증거로 활용하기에 부족함이 없었다. 하지만 그것만으로는 사람들이 코웃음만 치고 말 게 뻔했다. 그렇다면 주간 잡지에 실린 사진과 세가와 모에의 사진을 서로 비교해 눈가나 윤곽이 다른 사람이라는 사실을 입증하는 이미지 파일을 만들고, 그걸 트위터에 올려 많은 사람들이 보게끔 하면 또 다른 증거로 활용할 수 있을 것이다. 히나코가 가지고 있는 여러 개의 부계정을 모두 동원해서 해당 트윗을 리트윗하면 금방 수천 개의 계정으로 정보를 퍼뜨릴 수 있었다.

SNS상으로 언론매체가 일을 똑바로 안하고 엉터리 기사를 냈다고 반기를 드는 것이다.

그 정도 일이라면 히나코 같은 일반인도 간단히 할 수 있었다.

“부탁이야, 히나코. 그런 짓은 하지 마.”

괴로운 목소리가 사에의 입에서 흘러나왔다. 히나코가 놀라서 “왜요, 언니?” 하고 눈을 깜빡였다.

“모에한테 더 이상 부담이 갈 만한 소란은 원치 않으니까.”

“모에씨가……? 그게 무슨 소리야?”

"말하기 어려운 문제기는 한데. 이럴 때는 당사자가 괜히 아니라고 부정하면 할수록 언론기사가 더 과열되는 법이잖아? SNS도 마찬가지. 히나코 같은 사람이 진실을 말해주는 게 고맙기는 하지만 만약 그 트윗이 퍼지면 세가와 모에가 실제로 불륜을 했는지 아닌지 자체가 논쟁거리가 되서 난리가 나고 말 거야. 그렇게 이번 일을 화제에 올리는 사람이 늘어나면 여러 사람 머릿속에 마이너스 이미지가 박혀버리거든. 모에는 그게 가장 걱정일거야."

사에가 하나하나 말을 조심스레 골라가며 천천히 말했다.

"주간 잡지에 찍힌 사람이 모에가 아니라 나라는 사실은 형부도 다 알고 있어. 이번에 나랑 남친이랑 같이 형부를 찾아가서 제대로 사과드릴 예정이거든. 그러니까……오늘 나랑 이야기한 부분은 히나코가 그냥 혼자만 가슴속에 묻어두었으면 해. 소란을 피우고 싶지 않아 하는 모에를 위해서라도."

히나코는 얼굴을 빨갛게 달구며 고개를 숙였다.

……나도 참 생각 없이 큰일을 저지르려고 한 거구나.

부당한 일에 불쑥 화가 나서 세가와 모에와 리키오센의 명예를 회복하겠다고 나서려던 스스로가 부끄러워졌다.

사에는 인기 배우인 동생을 깊이 걱정하고 배려하고 있었다. 사에가 진지한 눈으로 바라보는 시선 속에서 그 사실이 제대로 느껴졌다.

"괜히 혼자서 난리 피워서 미안해요, 언니. 트위터에는 올리지 않을게."

히나코가 몸을 웅크려 꾸벅 고개를 숙였다. "고마워."하고 사에가 안심한 듯 미소를 지었다.

고개를 들어 자리로 돌아가려고 하자, 주변의 견학 온 손님이나 연습하던 마쿠시타 리키시의 시선이 어느새 자기에게 몰려있다는 사실을 깨달았다. 계속 작게 말했으니 내용까지는 들키지 않았겠지만 연습에 방해되는 손님이라 생각한 모양인지 인상을 찌푸리는 사람도 꽤 많았다.

얼굴이 뜨겁게 화악 달아올랐다.

그때, 입구 미닫이문이 드르륵 옆으로 미끄러지더니 덩치가 커다란 남성 몇 명이 훈련장으로 들어왔다.

그중 한 명과 눈이 마주친 순간, 히나코의 심장이 크게 튀어 올랐다.

둥글고 하얀 마시멜로 같이 커다란 몸.

자기 방에 몇 백 장이나 붙어있는 상냥한 얼굴이 히나코를 똑바로 향하고 있었다. 히나코가 멀뚱히 서 있는 모습을 이상하게 생각한 것인지 살짝 눈을 동그랗게 뜨고 싱긋 천사 같은 미소를 짓는다.

"안녕하세요. 어늘도, 겨낙, 와서, 고맛습니다."

리키오센이 다가와 서툰 일본어로 말을 걸어왔다.

갑자기 머릿속이 하얗게 돼버렸다. 히나코는 "네? 아." 하고 어물어물 우물쭈물 거리다가 겨우 "도브리 덴!(안녕하세요!)"이라는 가장 기본적인 체코 인사말을 외쳤다. 상대방 얼굴을 보지도 않고 고개를 숙이며 리키오센의 옆을 도망치듯 견학석을 빠져나간다. 그대로 훈련장 밖으로 뛰쳐나갔다.

더 이상 견딜 수가 없었다. 많은 사람의 주목을 받은 것도 모자라 최애가 갑자기 말을 걸어버렸다. 심장이 못 견딘다.

……왜 그랬을까?

체코어로 자기소개까지는 완벽하게 외웠는데 중요한 순간에 머릿속에서 다 날아가 버렸다.

다음에 또 말을 걸어줄 때에는 "항상 응원하고 있어요. 기억해주세요!"정도는 체코어로 말 할 정도는 되어야지…… 등등 마음속으로 맹세하면서 히나코는 잰걸음으로 역을 향해 걸어갔다.

스모 도장에서 완전히 벗어날 때 즐거운 잡담을 나누며 훈련장으로 향하는 30대 정도 되는 여성 세 명과 스쳐지나갔다. 길가로 나와 역 방향으로 향하자, 비슷한 또래에 살짝 연상으로 보이는 젊은 여성 네 명과 마주쳤다. 스마트폰 지도를 보면서 주변을 이리저리 둘러보고 있다.

"죄송한데요, 야에지마 도장이라는 데가 어딘지 혹시 아세요?"

갑자기 불러 세우는 바람에 히나코 어깨가 움찔 떨렸다.

"저쪽이요."

머뭇거리다가 대답하며 뒤를 가리키자, 여자 네 명은 "감사합니다!"하고 동시에 대답한 뒤 또각또각 하이힐 소리를 내며 걸어갔다.

……여성 팬인가?

최애가 겹치는 걸 딱히 거부하는 편은 아니지만 아주 살짝 복잡한 기분이 들었다.

최고 인기 여배우와 불륜을 저지른다는 소문이 나 버린 리키오센의 지명도는 이제 요코즈나나 오제키에 필적한다. 훈련장에 가면 매번 가장 앞줄을 독점하는 날도 이제 얼마 남지 않았는지도 모른다.

제목: 여러분. 죄송함니다.

안녕하세요. 블로그를 일거줘서 감사함니다.

그리고 미안해요. 뉴스가 잇어요. 크게 잇어요.

사람들 제게 머라 했어요. magazine 기사.

안대요. 안조아요. 제가 나빠요. 그랫어요. 모두. 저 혼났습니다.

기분이 안조아요. 아주. 여러분 죄송함니다. 반성할개요.

그리고 오늘 emoji, 이모티콘, 스티커, 안씁니다.

근신처분. 집으로 잇어요. 도장. 스모만 해요. 지금부터.

지금. 나고야에서 7월 바쇼 잇어요. 스모 훈련도 열시미해요.

나고야 조아요. 좋은 동네. 우이로우, 히츠마부시, 오구라 토스트, 타이완 라멘, 앙카케 파스타, 미소까스, 다 맛잇다 먹고시퍼요.

일본 먹는거 힘나요.

창코 조아요. 딴거도 조아요.

여러분도 조아요?

"다녀왔습니다!"

현관에서 신발을 벗으며 큰소리로 인사했다. 거실에서 "왔니~"하고 태평하게 늘어지는 어머니 목소리가 들려온다. 텔레비전 소리도 아련하게 들려왔다.

그대로 자기 방으로 향하는 계단을 오르려고 하는데 거실로 향하는 문이 열리며 오빠가 머리를 빼꼼 내밀었다.

"왔어? 왜, 방에 바로 갈려고? 들렀다 가."

"아, 오빠! 있지, 스모 도장에 왔던 사람, 내 생각대로 세가와 모에가 아니었어! 리키오센이랑 사진 찍힌 사람은 세가와 모에의 언니였어. 원래는 트위터에 증거랑 같이 뿌려서 주간 잡지의 그 기사는 엉터리라고 사람들한테 다 알리려 했는데 그냥 놔뒀으면 좋겠다고 언니가 아예 못을 박아서 못할 거 같아. 아, 맞다. 그리고 오늘 훈련 견학 가니까 여자 팬이 엄청 와있더라고, 리키오센 팬층이 어디까지 확대될 것인가 컴퓨터로 조사 좀 해보려고 하는데……."

"야, 히나! 일단 사람 말 좀 들어!"

오빠가 거친 말투로 말하자 히나코가 헉 하고 놀라 정신을 차렸다. 아무래도 오빠는 몇 번이고 히나코 이름을 불렀던 모양이었다.

"타니구치 요시유키랑 세가와 모에가 방금 이혼했다고 와이드쇼에 지금 난리 났어."

"헐, 이혼?"

계단 세 번째 단에 발을 얹은 채로 히나코의 말문이 턱 막혔다.

"지금 티비에 나오는 중이니까, 봐봐."

오빠가 팔을 잡고 잡아끈다. 그대로 거실로 들어간다.

'이야, 이거 깜짝 놀랐습니다. 타니구치 요시유키 씨의 코멘트에 따르면 주간 잡지 보도 내용이 사실이라고 세가와 모에 씨가 인정했다 합니다.'

'이거 완전 쇼크 아닙니까? 타니구치 씨라면 오만 곳에서 자기가 얼마나 모에 씨를 사랑하는지 팔불출처럼 자랑하는 게 장난 아니었잖습니까? 만날 때마다 난리를 치면서 모에 씨가 좋아 죽겠다고~ 죽겠다고~ 야단이었는데. 생일이다 기념일이다 죄다 모에 씨가 가자는 대로 여행을 갔다, 여행지에서 장미 몇 백 송이 꽃다발을 줘서 축하해 줬다, 다 타니구치 씨가 말씀하신 내용이거든요? 개인적으로도 항상 같이 행동하시는 것 같았고. 아주 잉꼬부부의 산 증인이다, 전 그렇게 봤거든요…… 그쵸?'

'어쩌면 그 과도한 사랑이 세가와 씨한테는 좀 부담스러웠던 게 아닌가 싶기도 한데 말이죠. 타니구치 씨랑은 나이 차도 좀 있으니까. 아, 물론 불륜을 옹호하거나 그런 거는 아닙니다만.'

'아니 뭐, 세가와 씨도 이제 만 27세 아니겠습니까? 타니구치 씨가 벌써 만으로 45세시고.'

……세가와 모에가 불륜 사실을 인정했다고?

와이드쇼 출연진이 나누는 대화를 멍하니 바라보고 있는데 오빠가 이상해 하는 목소리로 질문을 던졌다.

"리키오센이랑 사귀는 사람은 다른 사람이라면서?"

"그러니까. 세가와 모에 언니, 세가와 사에. 방금 야에지마 도장 훈련장에서 만났고 제대로 확인도 하고 왔는데? 그건 불륜이 아니고 주간 잡지 기자가 착각해서 사에 언니를 촬영한 거라고. 세가와 모에 남편분도 그 사실을 이미 알고 있다고 했는데? 이상하네, 분명 그랬는데……."

그렇게 말하던 히나코가 갑자기 "설마?!"하고 두 손으로 입을 틀어막았다.

여러 가지 생각이 머릿속을 내달렸다.

주간지에 실린 사진.

방금 전 훈련장에서 본 사에의 진지한 표정.

생글생글 미소를 짓는 리키오센.

길을 물어온 여성 4인조.

놀란 표정을 한 와이드쇼 출연진들.

"전부 다…… 계략이었던 건가?"

"계략?"

무슨 소리인지 이해하지 못한 오빠가 고개를 갸웃거렸다.

잘 생각해보면 이상한 점이 한두 군데가 아니었다.

아까 히나코가 의혹을 풀어주겠다고 선언했을 때, 사에는 이상할 정도로 당황했다. 구체적인 방법을 듣기도 전에 "에이, 아냐, 됐어됐어됐어. 괜찮아. 해결한다니, 뭘 어떻게 할 생각인데?"하고 문제해결에 소극적인 태도를 보였다. 마치 히나코가 선의로 취할 행동을 어떻게든 막아보려는 식이었다. 애초에 오늘 아침 히나코가 "깜짝 놀랐어요. 세가와 언니가, 그 세가와였다니."하고 주간 잡지 기사 일을 언급했을 때도 부정하기는커녕 마치 자기가 세가와 모에 본인이라도 되는 척 굴었다.

불륜보도에 대해 세가와 모에가 보인 대응도 새삼 다시 곱씹어보니 의문이 남는다. 예를 들어 주간 잡지에 찍힌 게 사실은 친언니라는 사실을 감추고 싶다고 하더라도 사진 속 인물이 자기가 아니라는 사실이나 그날에는 드라마 촬영을 하고 있었다는 제대로 된 알리바이가 있는 사실까지 감출 필요는 없을 것 아닌가? 애초에 그만큼 인기배우인데 기획사가 이런 문제는 사전에 막거나 커버를 칠 힘이 충분할 터다. 공문으로 주간 잡지 기사에 항의를 하거나 기자회견을 열거나 하는 등 방법은 얼마든지 있었다. 그런데도 하지 않았다. 그리고 무엇보다도 최종적으로 스스로 불륜 '사실'을 인정했다고 한다면 그녀의 발언과 행동은 죄다 수상하기 그지없다.

……리키오센도.

이런 소동이 벌어졌는데도 불구하고 훈련장에서 보인 리키오센의 모습은 항상 싱긋싱긋 웃으며 애교도 있었다. 여고생에게 인기 만점인 블로그도 평상시와 다름없이 계속 글을 올렸다. 덧글이 막혀있으니 난리가 날 일도 없고, 접속자수가 늘어난 사실을 의식해서 그런지 오히려 구독자에게 어필하려는 문장도 늘어난 것 같은 느낌도 든다. 그리고 오늘 아침 이 눈으로 목격한 대로 아무리 봐도 팬이 착실하게 늘어나고 있는 모양이었다. 와이드쇼에서 계속 보도된 일로 그 미소와 외모에 끌리는 여성이 속출하고 있는지도 모른다.

"애초에 모두가 한통속으로 짜고 친 건가……?"

"한통속?"

오빠가 눈살을 찌푸렸다.

"세가와 모에랑 친언니 사에, 리키오센 셋이서 처음부터 다 짜고 있었던 거 아닐까? 주간 잡지 기자를 자기편으로 끌어들여서 가짜 기사를 쓰게 한 거지. 세가와 모에랑 눈가가 닮은 언니랑 그 연인 리키오센 사진을 찍어서 세가와 모에 스캔들로 날조해서 기사로 실어달라고 부탁한 거야."

"실어달라고 부탁을…… 뭐 하러 그런 짓을 해?"

"타니구치 요시유키를 열 받게 해서 이혼할 결심을 하게 만들려고. 남편과 갈라서고 싶었던 거야. 그래서 자기가 불륜을 저질렀다는 기사를 날조한 거야."

세가와 모에 정도의 인기배우라고 한다면 사생활을 보낼 시간이 극단적으로 적을 게 분명하다. 그 짧은 자유 시간을 자기를 지나치게 좋아하는 남편에게 속박당하는 하루하루. 세가와 모에는 그 생활이 아주 지긋지긋해진 게 아닐까?

남편과 헤어지고 싶다고 주변 사람들에게 상담을 해도 배우로서의 이미지가 다운될 위험이 있으니 기획사는 안 된다고 막을 것이고, 물론 타니구치 요시유키 본인이 아내가 바라는 대로 해줄 리도 없다. 기분전환이라도 하려고 밖에서 놀고 오려고 해도 다른 남자와 만나는 게 아닌가 의심하는 남편과 기획사에게 행동을 하나하나 감시당한다.

훌쩍 외출도 못하는 상황 속에서 세가와 모에가 취한행동은 언니와 언니 남친에게 도와달라고 부탁하는 것이었다.

"세가와 모에의 언니가 협력해서 불륜 사실을 꾸며냈다는 말이야?"

오빠가 눈을 번쩍 뜨고 미간을 찌푸린다. 그런 오빠를 바라보며 고개를 끄덕였다.

—오늘 나랑 이야기한 부분은 히나코가 그냥 혼자만 가슴 속에 묻어 두었으면 해. 소란을 피우고 싶지 않아하는 모에를 위해서라도.

진지하게 히나코를 설득하던 사에의 표정을 떠올렸다.

그 말의 진정한 의미는 따로 있었다.

모든 것은 다 타니구치 요시유키에게 세가와 모에와 이혼을 결심하게 만들려는 공작이었다.

"하지만 그렇게 하면 리키오센은 그냥 피해자로 끝나잖

아? 불륜상대라는 불명예를 뒤집어쓰게 되는 건데."

"아니지. 리키오센한테도 메리트는 엄청 클걸, 분명? 요즘 여고생 사이에서 천천히 인기가 쌓이고 있는 참인데 이 소동으로 지명도가 확 오를 거 아냐. 처음에는 욕 좀 먹겠지만 집중포화 당하는 건 분명 세가와 모에고, 블로그에 솔직하게 사죄하면 호감을 사서 바로 진정이 될 테니까 리키오센 본인이 피해를 받은 거는 별로 없어. 오히려 이번 일을 계기로 블로그에 팬이 엄청 몰리게 될 거고, SNS에서 리키시모티콘을 쓰는 사람도 늘어나겠지. 어쩌면 리키시로 실력을 올리는 건 포기하고 이 기회에 아예 예능 쪽으로 전향하려는 것인지도 몰라……."

"진짜?! 뭐야 그거, 완전 노이즈 마케팅 아냐."

오빠 목소리를 듣는 순간, 갑자기 무릎이 꺾였다.

그대로 바닥에 흐느적흐느적 주저앉아, 두 손으로 얼굴을 감싼다.

리키오센의 그 애교 넘치는 〈영업용 미소〉가 눈꺼풀 안에서 번뜩인다.

"뭐야 진짜아……."

자기도 모르게 울먹인다. 오빠가 당황해서 "야, 히나야. 왜 그래 갑자기?"하고 말을 걸어왔지만 이미 히나코에게는 대답할 기력조차 남지 않았다.

"쇼헤이, 너어? 히나 또 울렸어? 너는 왜 그러니 정말 오빠가 되어가지고!"

"엥? 아니야! 히나가 혼자서 실연당하고 혼자 우는 거야."

"아이고~, 히나야. 우는 건 괜찮은데, 바닥에 앉지 말고 의자에 앉아서 울어, 응? 아, 맞다, 히나 너 요새 스모에 빠졌다면서. 하도 그래서 어제 아빠한테 료고쿠 가는 김에 리키시 초코 사오라고 했거든. 귀엽게 생겼던데, 맘에 들더라. 홍차 내올 테니까, 엄마랑 같이 먹자?"

"엄마 잠깐만, 그건 우는 얼굴에 침 뱉는 짓……."

부엌에서 어머니가 콧노래를 부르며 주전자에 물을 채우는 소리가 들려왔다.

♥ 제3화 ♥

## 천재 아역을 좋아하게 되었어

코우군 LOVE(@chieda__kou__love)

우리 치에다 코우 완전 늠름한 모습! 드디어 볼 수 있어서 넘 좋아! 아 사람 짱 많네. 그래도 제대로 자리 잡았으니까 됐지. 코우군! 조금만 기다려! 예쁜 사진 잔뜩 찍어서 앨범 만들어줄 테니까. 집으로 가져갈까? 아님 우편으로 보낼까? 뭐가 좋을까~? 주소는 이미 다 아니까! 후후후…….

· 📷 ·

침대 위에서 멍하니 눈을 뜬 순간 찌릿하고 등줄기 털이 다 곤두서는 감각에 휩싸였다.

새벽이 막 밝았는지 커튼 밖으로 아련하게 빛이 어른거린다. 그 빛에 의지해 눈에 힘을 주고 빤히 쳐다보니 천장 부근에 흑백 모양이 보였다.

……응?

베갯머리에 손을 뻗어 안경을 낀다. 다시 한 번 천장을 쳐다본 순간 쇼헤이는 "으아악!"하고 비명을 질렀다.

새하얗게 전체를 칠한 얼굴에 다크서클이 커다랗게 생긴 눈 밑. 새파랗게 질린 입술. 상반신을 노출한 소년의 모습이 텅 빈 눈동자로 쇼헤이를 내려다보고 있다.

"야! 히나! 야!"

필사적으로 소리를 지르자, 접이식 칸막이 너머에서 "으으응."이라는 졸린 목소리와 부스럭부스럭 이불 속에서 꾸물거리는 소리가 났다.

침대에서 뛰쳐나와 두 손으로 파이팅 포즈를 취하고 서서 천장에 붙은 유령소년 사진과는 최대한 눈도 마주치지 않으려는 기세로 거리를 둔다. 접이식 가림막 손잡이를 잡고 "연다."하고 말하자, "열어~."하는 위기감이라고는 전혀 없는 대답이 돌아왔다.

거칠게 방 칸막이를 열어젖힌다. "야, 안 일어나? 일어나!"하고 난폭한 말투로 채근하자 동생이 뒹굴뒹굴 이불을 몸에 감으며 벽을 향해 뒤척였다.

"아직 새벽이잖아. 아침부터 왜 난리야."

"난리고 뭐고 간에, 저 사진 뭐야. 왜 하필 내 침대 바로 위 천장에다 붙여놨어어어어!"

"응? 이제 알았어? 어젯밤에 붙였는데."

"불 끄고 바로 잤으니까 모르지."

저 기분 나쁜 유령소년이 밤새 자기를 쳐다보았다는 생각이 들자 방금 전 들었던 소름이 다시 돋는다.

"오빠 저거 무슨 작품인지 알아?"

"몰라."

"영화 〈온넨〉에서 유령 역할을 했을 때 사진이야. 코우 군은 어쩜 저런 분장을 해도 귀엽대?"

"귀엽기는 개뿔이 귀여워?"

"헐, 팬 면전에 대고 어떻게 그런 심한 욕을 해?"

"욕 들어먹기 싫으면 천장에 저딴 거 붙이지 마. 내 잠 물어내."

분연히 허리에 손을 올린 상태로 공동으로 쓰는 방 전체를 둘러본다.

히나코가 이번 최애의 팬질을 시작한 지도 3주가 지났다. 사진은 점점 늘어나더니 이제는 원래 벽지가 전혀 남지 않을 만큼 늘어나 버린 상태였다.

"아무리 그래도 그렇지, 뭐라 해야 되나."

"뭐가? 불만 있으면 똑바로 말해."

"아니, 리키오센 때도 똑같은 생각을 했는데."

쇼헤이가 눈을 가늘게 뜨고 도롱이벌레처럼 이불을 몸에 둘둘 말고 있는 여동생을 내려다보았다.

"너는 스트라이크 존이 뭐 이렇게 넓냐?"

얼굴이 곱게 생긴 배우나 목소리로 유혹하는 가수에게 빠져서 난리치는가 싶더니 가끔씩 이런 변화구를 섞어서 던진다. 재빠른 환승속도와 폭넓은 취향에는 솔직히 두 손 두 발 다 들었다.

히나코의 이번 '최애'는 지명도만 놓고 보면 연극배우나 프로 스모 리키시와는 비교도 안 될 만큼 높기는 하지만 여고생이 환성을 질러대면서 쫓아다닐 만한 상대라고는 납득하기 어려운 부분이 많았다.

"정말로 사랑에 빠졌다고 한다면, 이거 범죄야, 지금. 나이차만 봐도."

"범죄?"

히나코가 침대에서 벌떡 일어나 입을 부루퉁하게 내밀었다.

“누가 들으면 오해하겠다. 아저씨가 여고생한테 손을 대면 범죄지만 만 17세 여고생이 만 11세 꼬마애를 노리는 건 세이프지, 솔직히. 안 그래? 둘 다 앤데?”

……또 시작이네, 궤변.

이렇게 자기 입장만 보는 사고방식은 도대체 어디서 튀어나오는 걸까.

“솔직히 까놓고 말해서 애초에 찐사랑도 아닌데.”

“찐사랑?”

“진짜로 사랑한다는 말이야. 줄여서 찐사랑. 내가 코우를 사랑하는 감정은 말이지, 사촌누나 같은 거라고. 진짜 귀엽고 천사 같은 남자애가 있다 치자고, 걔가 갑자기 나한테 방긋 웃어주면 낳아주신 부모님이나 같은 시대에 나를 살게끔 허락해준 세계한테도 마음속 깊이 진심으로, 전신전령으로 감사해야 마땅한 거 아니겠어? 가능하다면 지금 당장 죽어서 걔 여동생으로 다시 태어나고 싶다든가, 아니면 한 십수 년 기다렸다가 걔 딸로 환생하는 게 더 좋으려나, 하고 온갖 망상을 하는 법이잖아? 그게 당연한 거 아냐?”

“비정상적이겠지.”

“오빠는 남자라서 모르는 거야.”

히나코가 잔뜩 찌푸린 얼굴로 흥 하고 고개를 돌려버렸다.

—야, 그럼 내가 초등학생 여자애한테 열을 올리고 있다 치면 그게 너는 지금 허용이 된다는 말이냐?

하고 따지고 들어가고 싶었지만 일이 골치 아파지게 생겨서 그만 두었다. 그런 의문을 던졌다 치면 성도착증인 페도필리아랑 순수한 팬심이랑 같냐고 끝도 없이 따지고 들 것 같았다.

쇼헤이는 살짝 한숨을 내쉬고 의도적으로 화제를 돌렸다.

"하아 그래, 얘 이름이 뭐였더라, 으~음 가만 있어 보자…… 아, 나츠노 소우마?"

"아니거든! 치에다 코우! 일명 코우군. 이와테현 모리오카시가 낳은 신동, 만 3세 때부터 대하드라마에 나오거나 극장판 애니메이션 성우로 활약했다고. 여덟 살 때 가족이랑 같이 상경해서 열 살 때 아역으로 광고출연 랭킹 남성 3위에 랭크인 되었지. '나가모리 제과'라던가 '요츠비시 전기'광고가 가장 유명해. 최근에는 광고보다는 영화 쪽 일이 많아서 출연작을 들자면…… 맞다, 잠깐만, 최근작부터 말해줄까 아니면 대표작부터 말해줄까? 어떤 게 좋아? 오빠가 정해! 근데 솔직히 개인적으로는 잘 알려지지 않은 작품이 훨씬 코우군의 장점을 잘…….”

“아, 네네네네. 잘 들었습니다. 치에다 코우. 네. 알겠습니다아아.”

쇼헤이는 반짝반짝 빛나는 눈으로 이야기를 풀어놓는 여동생을 제지하고 난 뒤 “다른 아역배우랑 헷갈렸나봐.” 하고 머리를 긁었다.

“진짜 너무한 거 아니야? 어떻게 나츠노 소우마랑. 걔는 옛날부터 코우군이랑 인기를 양분하는 동갑내기 아역배우고.”

“아, 그래. 그렇구나.”

“하지만 요새는 코우군이 노출이 훨씬 많지. 소우마군은 6학년이 되고 너무 어른스러워져서 인기가 좀 떨어진 것 같아. 그런 점에서 코우군은 아직 너무 천진난만하고 귀여우니까.”

“그래서 히나는 치에다 코우가 더 좋다 이거지?”

“응! 진짜 보기만 해도 힐링 된다니까.”

히나코가 푹 빠진 눈으로 벽에 붙은 사진을 바라보며 연기라도 하듯 팔짱을 꼈다.

동생 침대 옆에 둔 알람시계를 본다. 시각은 오전 5시

전이었다. 9월도 2주차에 들어 세월은 일단 가을로 접어들었을 터였는데도 아직도 낮이 길다. 방 안도 냉방 없이는 꽤 덥다.

6월 하순에 리키오센에게 혼자서 실연한 뒤로 히나코는 최애를 밥 먹듯이 바꾸었다. 7월 하순부터 8월 동안은 여름방학이었기 때문에 그 주기가 특히 짧았다. 팬질에 충실할 시간을 충분히 취할 수 있는 만큼 떡밥에 질리는 시기도 빨리 온 것이리라.

하루 온종일 소개소를 통해 알바하면서 자금을 모으거나 아침부터 밤까지 최애를 향한 애정을 키우거나. 여름방학 동안 히나코가 보낸 생활은 놀라울 정도로 양극화되어 진행되었다.

그동안 같이 쓰는 방 벽은 눈이 돌아갈 정도로 〈도배〉를 반복했다. 배우에서 스포츠 선수로, 스포츠 선수에서 밴드 보컬로, 밴드 보컬에서 잡지 모델로, 잡지 모델에서 아이돌 가수로. 그리고 여름방학이 끝날 때 즈음 여태까지와는 결이 다른 사진이 붙기 시작했다. 그게 희대의 천재아역 치에다 코우였다.

쇼헤이가 히나코가 입덕한 최애 이름을 제대로 외우게 된 것도 실은 3개월 만에…… 프로 스모 리키시 리키오센

이후 처음이었다.

"지금 몇 시?"

"5시 다 되어가."

"오빠 최고! 원래 5시에 일어나려고 했었거든. 깨워줘서 고마워."

"뭐? 어디 가려고?"

히나코가 새벽부터 준비한다는 말은…….

"치에다 코우를 만나러 가는 거냐?"

동생 행동 패턴은 이제 거의 다 파악했다. 분명 한 시간 가까이 들여가며 화장하고 온몸을 최고의 옷으로 코디네이션 한 다음 서둘러 집을 나설 게 분명하다. 최애를 만나러 갈 때는 항상 그런 식이다.

"영화 시사회? 아니면 촬영현장 견학? 부탁이니까 스다유야 때처럼 스토커 짓은 하지 마라."

"응, 괜찮아. 오늘은 그냥 코우군이 다니는 초등학교 운동회 보러 가는 거야."

"아이고, 그러세요, 조심히 다녀오세요…… 는 무슨, 야!"

서둘러 침대에서 나와 준비를 시작하는 동생 팔을 자기도 모르게 붙잡은 쇼헤이가 말했다.

"너 도대체 어떻게 치에다 코우가 다니는 초등학교를 알아?"

"다 그런 건 아는 수가 있지. 이렇게 저렇게. 인터넷 루머라든가."

"아역배우가 다니는 초등학교를 밝혀내서 그 학교 운동회 날짜까지 알아내어 가겠다니……."

한참동안 말문이 막힌 뒤 크게 한숨을 내쉰다.

"……너 지금 생각이 있는 거냐? 경찰한테 잡혀가! 그 정도로 인기 많은 아역이 다니는 학교인데 보안도 철저할 거 아냐."

"그게 말이지, 딱히 그렇지도 않은 모양이야. 코우군이 다니는 학교는 꽤나 치안이 좋은 곳에 있기는 해도 평범한 공립 초등학교거든. 살짝 머리 좀 쓰면 누구라도 쉽게 들어가."

머리를 살짝 쓴다는 부분이 걸린다. 동생을 잘 안다. 분명 법률의 회색지대 정도는 아무렇지도 않게 침범할 셈이다. 분명하다.

"운동회는 너무 심하다. 다시 생각해 봐. 이벤트나 시사회 같은 거라면 신청해서 팬으로서 떳떳하고 평범하게 갈 수 있잖아. 사생활을 침범하면 안 되지."

쇼헤이가 히나코의 팔을 잡아끌었다. 그러자 "그게 아니야."하고 히나코가 갑자기 도끼눈을 떴다.

"아무리 좋아한다고 해도 초등학교 운동회에 내 흥미 때문에 찾아가거나 하는 짓은 안 해. 하지만 이번에는 코우군이 위험할지도 모른단 말이야."

"뭐? 위험하다고?"

"누가 해코지하려는 게 분명해. 요새 누가 자꾸 협박하는 모양이야. 그래서 코우군을 지키러 가는 거라고."

"뭐래? 그런 뉴스 뜬 적이 없는데."

"당연히 뉴스에는 안 뜨겠지."

"그런데 네가 어떻게 알아?"

"설명하면 기니까, 다녀와서 이야기할게!"

히나코가 쇼헤이의 팔을 뿌리치고 방을 나가 계단 아래 세면실로 향하려고 했다. "잠깐만."하고 쇼헤이가 황급히 소리친다.

"나도 같이 갈게."

"어?!"

쇼헤이를 돌아본 히나코가 눈을 깜빡였다.

"너 혼자 보내면 또 폭주할까봐 무서우니까. 오늘은 하루 종일 옆에서 감시할 거야."

가슴을 쫙 펴고 당당히 선언한다. 히나코는 몇 초간 쇼헤이를 쳐다보더니 또 입이 부루퉁하게 나왔다.

"왜 이렇게 과잉보호해, 정말!"

연기 톤으로 말하더니 "그럼 빨리 준비할 테니까 기다려. 출발은 7시."하고 손을 저었다.

"7시? 2시간 동안 뭐하려고?"

"그 정도는 준비해야지. 그리고 오늘 현장 근처에 있는 미용실 예약했으니까, 머리랑 화장 하는 동안 오빠는 대기해."

……머리랑 화장을 한다고?

유명 아역배우라고는 해도 아직 초등학생 꼬마 애인데 그렇게까지 열심히 꾸미는 이유는 전혀 이해가 안 갔다. 꾸미는데 그만큼 시간과 노력을 들여야 한다니, 생각하면 할수록 여자라는 게 참 힘들어 보인다.

콧노래를 부르면서 계단 아래로 내려가는 히나코를 눈으로 배웅하면서 쇼헤이는 느릿느릿 자기 침대로 돌아가 다시 드러누웠다.

어쩐지 오늘 하루는 아주 바쁘게 돌아갈 것 같은 기분이 들었다.

전철 안에서 쇼헤이는 히나코 옆자리에 앉아 갈팡질팡하고 있었다.

같은 차량에 탄 남성 몇 명이 슬쩍슬쩍 히나코에게 시선을 던지는 것을 눈치 챘다. 11살 최애를 만나러 가려고 완벽하게 화장을 한 히나코의 얼굴은 오빠인 자기가 봐도 평정심을 잃을 만큼…… 뭐라고 해야 하나, 요염했다.

……평범하게 살았으면 남자친구 한둘쯤은 금방 생겼을 텐데.

대학교 2학년이 될 때까지 약 20년을 살면서, 같은 기간을 꼬박 모태솔로로 살아온 쇼헤이로서는 물론 동생이 먼저 앞질러 가는 꼴은 무조건 피하고 싶었다. 하지만 어딘가 모르게 복잡한 심경이 드는 것도 사실이었다.

딱 잘라 말해, 이대로 두기에는 살짝 아깝지 않나? 싶다.

"어디까지 가는데?"

그러고 보니 치에다 코우의 초등학교가 어디 있는지 아직 안 물어봤다. 히나코는 스마트폰을 바라보며 "요코하마역."하고 대답했다. 이 선로 종착역이다.

"그 다음엔?"

"토카이도 노선 후지사와역까지 가. 거기서 오다와라 급행노선으로 두 정거장."

"꽤 먼데?"

"그러게, 한 1시간 정도?"

치에다 코우가 다니는 초등학교는 카나가와현 후지사와시 공립 초등학교라고 히나코는 설명했다. 후지사와라고 하면 불량한 애들이 모인다는 쇼난 해변가의 이미지가 일반적이지만 목적지는 후지사와역보다도 북쪽에 있는, 바다에서 떨어진 곳인 모양이다.

"치에다 코우가 그 학교 다니는 게 유명한 모양이네?"

"아니. 카나가와현 안에 있다거나 쇼난 지역에 있다는 식의 소문은 돈 적이 있지만 구체적으로 어느 학교인지 이름까지는 알려지지 않았어. 하지만 편법을 쓰면 이 정도는 알아낼 수 있지롱."

"편법?"

"어릴 때부터 활동한 아역이란 대부분 엄마가 원해서 연예계에 들어오는 거잖아? 아역 본인보다 어머니가 그런 화려한 세계에 흥미가 있다거나…… 뭐랄까, 살짝 자의식이 강한 어머니인 경우가 많아. 나츠노 소우마군 어머니가 딱 좋은 예야. 아들 대신 자기가 블로그 업데이트 하고 그러니까, 완전히 연예인병 걸려서 자기가 연예인인 줄 알거든."

"뭐, 그런 경향이 있는가보네. 난 모르지만."

"그 점에 있어서는 코우군의 엄마도 대놓고 블로그나 SNS를 하거나 하지는 않아. 하지만 아마도 아들을 어떻게든 자랑하고 싶어 하는 성격은 소마네 엄마랑 똑같지 않을까나아 싶어서."

그래가지고— 히나코가 자랑스레 늘어놓은 이야기는 역시나 머리를 싸매고 싶어지게 만드는 내용이었다.

아역 어머니는 아들 정보를 드러내고 싶어 한다는 지론을 전제로 깔고 히나코는 치에다 코우에 관한 정보를 철저하게 수집한 다음 키워드를 하나하나 다 검색해나갔다. 치에다 코우를 선전하는 것 같은 내용을 담은 블로그나 SNS계정을 발견하면 구석구석 다 훑어봐서 친척이나 지인이 쓴 글이 아닌가 검증했다.

"하지만 역시나 그렇게만 해서는 찾기 힘들더라고. 코우네 엄마도 바로 걸릴만한 말을 직접 인터넷에 올리는 바보 같은 짓은 하지 않았다는 거지."

키워드에 의한 검색 결과는 흉작이었다. 그래서 이번에

는 이미지 검색기능을 이용해 히나코가 컴퓨터에 저장해 둔 다양한 이미지파일, 예를 들면 치에다 코우가 출연한 영화 포스터나 텔레비전 방송에서 사용한 아기 때 사진을 업로드 검색해서 인터넷에 굴러다니는 비슷한 사진을 샅샅이 뒤졌다.

알 만한 사람은 아는 기능이다. 부모라서 들킬만한 키워드를 올리지 않으려고 신경 쓰고 있더라도 사진으로 사진을 검색하는 팬이 있다는 사실까지는 아마도 생각하지 못했을 것이다.

그리하여 히나코는 무시무시한 집념으로 치에다 코우의 어머니로 보이는 인물이 운영하는 블로그를 발견하는데 성공했다.

"코우군이 여러 가지 옷을 입은 모습을 피로하는 패션북이 아주 예전에 발매된 적이 있었는데 그 견본지 사진을 발매일보다 먼저 올린 블로그를 발견했어. 키워드 검색으로는 걸리지 않았던 육아 블로그. 잘 읽어보니까 코우군이 한 작업에 관련된 사진을 써서 살짝살짝 홍보하면서도 글로는 코우군의 이름이나 출연한 영화, 드라마 타이틀 같은 걸 한 번도 쓴 적이 없더라고. 뭐 이건 누가 봐도 '이거다!'하고 직감으로 알만한 거 아니겠어?"

"의도적으로 검색을 피하려고 했다 이거지."

"그렇지. 친지가 아니고서야 써방(서치 방지)은 안할 거 아냐?"

히나코는 함박웃음을 지으며 치에다 코우의 어머니가 운영하는 블로그를 발견했을 때의 기쁨을 말했다. 너무 흥분한 것인지, 숨이 넘어갈 지경이다.

"3인 가족이 당일치기 여행을 다녀왔다든가, 아들이 숙제를 너무 안 해서 큰일이라든가, 그런 일상적인 내용만 써놨더라고. 읽는데 너무너무너무 재밌어! 그렇잖아? 코우군이 평소에 가족이랑 뭘 하고 지내는지는 아무도 모르는데. 엄청나지? 그치? 장난 아니지?"

"잘 됐네. 노력한 보람이 있어서."

"하지만 문제가 하나 있어."

신이 나서 난리쳤던 히나코가 갑자기 눈꼬리를 축 늘어뜨렸다.

"올라온 블로그 글을 전부 다 읽어보려고 했는데 반 정도는 친구 공개 글이었어. 친구신청을 승인해주지 않으면 못 읽는데. 아무래도 진짜로 아는 사이는 친구엄마가 아니면 안 되는 모양인가 봐."

"아하…… 그럼 포기해야지."

"보통은 그렇지. 하지만 난 친구신청을 받아냈다고!"

"뭐? 어떻게?"

쇼헤이는 자기도 모르게 몸을 틀어 동생 얼굴을 내려다보았다. 히나코는 한 손으로 V사인을 그리며 "메소드 연기 대작전."하고 대답했다.

"아하, 그러니까…… 실제 친구 엄마인 척 하고 친구신청을 넣었다, 이거지?"

히나코가 고개를 끄덕였다. 당연한 거 아니냐는 얼굴이다.

그러고 보니 살인 혐의를 뒤집어 쓴 스다 유야를 구해주려고 아카바네 하지메를 함정에 빠뜨렸을 때도 똑같은 수법을 썼다.

그렇다고 한다면 이건 히나코가 상습적으로 써먹는 수법인지도 모른다.

"히나야, 세상에는 말이야……."

"코우군 엄마가 아주 예전에 인터뷰를 한적 있거든, 그때 본명이 실려 있었어. 그 이름으로 검색해보니까, 쇼난 지역 어머니 배구팀 홈페이지가 나오더라고. 거기서 멤버 이름을 하나 골라다 계정 만들어서 친구신청 했더니 바로 통과 되었어! 얼마나 고생을 했던지."

"히나, 그런 짓은 말이야……."

"맞다! 그리고 또 블로그 아이디로 검색해보니까 트위터 계정도 라인 계정도 검색에서 나와 버리더라고. 조심해야지, 그걸 그렇게."

"설마, 너."

머리에서 핏기가 가신다.

"직접 연락까지 하는 건 아니지?"

"아니야, '최애에게 민폐 끼치지 않는다.'이게 내 신조라구. 직접 메시지를 보내면 무서워할 게 뻔하니까 절대 안 하지."

아무래도 최소한의 상식은 갖추고 있는 모양이었다. 쇼헤이는 후우, 하고 가슴을 쓸어내렸다. 안심하는 선이 너무 낮은 것 같은 느낌도 들지만.

"그래서, 봤다 이거지? 블로그 공개제한 글 내용을."

"그거랑 트위터도. 잠금 계정이 아니어서."

하아, 작게 한숨을 쉬었다. 동생 손에 걸리면 그 어떤 인간이라도 벌거숭이가 되어버리는 모양이다.

"거기에 치에다 코우가 협박당하고 있다는 내용이 적혀 있었다 이거지?"

"그치그치."

"구체적으로 어떤 내용이었는데?"

물어보자, 히나코가 "여기."하고 스마트폰을 내밀었다. 폰에는 블로그 글 목록이 보였다. 직접 읽는 게 빠르다 이건가?

인기 천재 아역배우 어머니의 블로그는 홍보용 사진이 군데군데 붙어있는 부분만 빼면 언뜻 보기에 평범한 육아 블로그처럼 보였다. 하지만 '오늘은 학부모 참관수업. 실과 작품을 쭉 보면 역시 우리 아들이 최고? 주책이야 나도.', '하늘은 두 가지 재능은 안 주신다고 하는데, 정말일까? 우리 아들은 아•닌•거•같•은•데?'등등 솔직히 좀 부담스러운 발언이 종종 보였다.

"흐으으음, 전형적인 자식자랑 팔불출?"

"그치? 코우군은 머리가 좋고 솜씨도 좋고 성격도 좋아서 하늘이 재능을 세 개, 네 개, 다 챙겨준 완벽 그 자체인 거야. 나도 아~주 잘 알지만, 그래도 이런 글을 쓰면 주변 엄마들이 질투하고 안 좋게 볼 거 같아."

"이런 식이면 그렇겠지."

띄엄띄엄 여러 글을 읽어보는 사이 히나코가 어깨를 두들겼다. 어느새 전철이 요코하마역 승강장으로 들어가는 중이었다.

전철에서 내려 계단으로 올라가는 도중에 옆에서 걷고 있던 히나코가 폰을 달라고 손을 내밀었다. "아직 협박부분까지 안 읽었어."하고 항의하자, "응? 최근 글인데? 이틀 전이랑 4일 전이었나?"라고 대꾸한다.

하행선 방면 토카이도선에 올라탄 뒤 히나코 스마트폰을 다시 조작해서 블로그 맨 앞 페이지로 돌아왔다. 아까까지는 넘겨버렸던 비공개 글을 열어 속 내용을 훑어본다. 그 내용은 신경이 쓰일 만 했다.

'요새 좀 무섭다. 가끔씩 누가 보냈는지 전혀 짐작이 안 가는 우편물이 우편함에 들어 있는 거야. 누가 보냈나 주소를 확인해보니 우리 코우 이름이 적혀있더라고. 안에 기분 나쁜 러브레터랑 코우가 좋아하는 걸 선물로 보냈어. 받는 주소란에 〈코우군 LOVE〉라고 쓰여 있으니까 코우의 팬이 한 짓인 거 같기는 한데…… 어디서 주소가 샌 거지? 이사 가야 하나? 하지만 집을 갑자기 팔기도 좀 그렇고…….'

'어머 뭐야 진짜, 어떡하지? 또 그 선물이랑 편지 왔잖아! 〈운동회 보러 갑니다〉라니 무슨 말이야 이게. 교장선생님한테 말할까? 하고 코우한테 물어봤더니 〈나 백팀 응원단장인데, 운동회 안 하면 어떡해! 안 돼!〉하고 화를 내더라고. 하지만 어떻게 그냥 있어……. 우리 아들은 자기가 알아서 하겠다는데 그게 어디 애가 신경 쓴다고 되나? 이상한 사람이 운동회에 오면 어떡하지? 나라도 일단 정신 바짝 차려야지.'

"이건…… 좀 무섭네."

얼굴을 찌푸리며 쇼헤이가 스마트폰을 동생에게 돌려주었다.

"그치? 게다가 이게 다가 아니라니까?"

히나코가 익숙한 손놀림으로 화면을 슥슥 문지르더니 "이거 봐 봐."하고 스마트폰을 내보였다.

'코우군 LOVE'라는 심플한 고딕체 문자가 눈에 들어왔다.

트위터 프로필 페이지로 보였다. 팔로워와 팔로잉 수가 모두 0이다.

"이 '코우군 LOVE'라는 계정…… 혹시 이게 치에다 코우 엄마 블로그에 적혀있던 그 기분 나쁜 팬이 쓰는 트위터 계정 아냐?"

"이딴 사람을 팬이라고 부르지 마. 스토커야, 사생이라고."

히나코가 콧잔등에 주름을 짓고 열을 내며 말했다. 동생이 이 정도로 화를 내는 모습도 보기 드물다. 쇼헤이가 보기에는 히나코가 하는 짓도 딱히 달라 보이지 않지만 히나코 나름대로는 최애와 직접 접촉해서 공포감을 주지 않는다는 명확한 한계선을 그어놓고 있어서 그런 모양이었다. 그러니 굳이 "네가 할 말이냐?"같은 말로 초치지는 않기로 했다.

"이거 봐 봐!"

히나코가 손가락이 휘어질 기세로 화면을 손가락질했다. '코우군 LOVE'라는 계정이 올린 트윗이 보였다.

'코우군네 학교 뒤쪽에 인기 많은 도시락집서 도시락 샀다♪ 코우군~~ 지금 만나러 갈게! 우리 코우군 귀여운 모습을 머리부터발끝까지 다 보여줘~~'

트위터에는 세로로 긴 이미지파일이 첨부되어 있었다. 줄이 늘어선 작은 도시락집을 배경으로 알록달록한 색깔의 반찬이 들어있는 맛있어 보이는 도시락이 찍혀있다. 이 평화로워 보이는 사진 속에 소름끼치는 이면이 숨어있다 생각하니 쇼헤이의 두 팔에 소름이 돋았다.

히나코가 이미지파일을 탭하고 확대시켜 사진 상하 화면 검은 부분을 톡톡 손톱 끝으로 두들겼다.

"코우군과 관련된 키워드로 검색해보니까 나오더라고.

이 트윗만이 아니야. 더 위험한 것도 있어."

다시 히나코 폰을 들여다 본 쇼헤이가 숨을 삼켰다.

'오늘은 내 사랑 코우군 라스트 운동회. 준비완료. 그 마지막을 내가 아름답게 칠해줄게.'

"칠해준다니…… 뭔 소리야 이게?"

"뭔가 저지를 생각인 거 아닐까?"

히나코에게서 살기가 느껴졌다.

"막아야만 해. 코우군의 안전과 안녕은 나랑 오빠랑 둘이서 무조건 지키는 거야!"

갑자기 쇼헤이에게도 막대한 임무가 어깨를 짓누르기 시작하는 것 같았다.

후지사와역으로 내리자 히나코는 역 근처 미용실로 사라져버렸다. 30분 정도 지나 다시 합류해 오다와라 급행 노선 승강장으로 향했다. 두 정거장을 이동한 뒤 내리면 10분 거리에 오늘의 목적지인 공립 초등학교가 있었다.

학교 주변은 이미 보호자들로 북새통이었다. 시작하기 한 시간 전인데도 자리 찾기 경쟁이 붙어서 그런 모양이다.

"뭐, 오늘 목적은 운동회를 보러 온 게 아니라 사생 스토커를 잡으러 온 거니까, 할 수 없잖아?"

히나코가 옆에서 몇 번이나 중얼거렸다. 노른자위 자리에 진을 치지 못해 억울해 죽을 지경인 기분이 말 한 마디 한 마디에 구석구석 배어있었다.

"자, 이거 차."

히나코가 손을 뻗어 쇼헤이가 입고 있는 티셔츠 가슴팍에 명찰을 달았다. 투명한 명찰 케이스 안에는 보라색 종이가 들어가 있었다. '6학년 가족'이라고 인쇄되어 있다.

"뭐야?"

"접수처에서 나눠주는 명찰. 거동수상자 간이대책인 셈이지. 이 운동회는 사전 접수제라서 이게 없으면 못 들어가."

"응? 근데 그걸 히나 네가 어떻게 갖고 있어?"

"만들었으니까."

뭐? 라는 목소리가 입 밖으로 튀어나왔다. 쇼헤이가 당황하는 모습은 신경도 쓰지 않고 히나코가 너무나 당연하다는 얼굴로 자기 가슴에도 보라색 명찰을 붙인다.

"학년마다 색이 정해져있는 모양이야. 1학년이 빨강, 2학년이 오렌지, 3학년이 노랑, 4학년이 초록, 5학년이 파랑, 6학년이 보라. 졸업생이 SNS에 올려놓은 사진을 몇 년치 검토하고 연구한 끝에 재현해냈지. 그럴듯하지?"

"너 진짜……."

쇼헤이가 어이없어하는 걸 아는지 모르는지, 히나코는 "아, 시간표 붙인다! 보러 가자."하고 달려가버렸다.

혹시나 걸리지는 않을까 두근두근하면서 쇼헤이는 북적이는 교문 안쪽으로 발을 들였다. 히나코의 뒤를 쫓아 접수 텐트 안쪽에 게시된 모조지 앞으로 향한다. 아무래도 기우였던 모양인지 접수처에 있는 직원들은 바빠서 지나가는걸 보지도 않았다.

모조지에는 운동회 식순이 손으로 커다랗게 적혀있었다. 전교생이 참가하는 라디오 체조 제1번으로 시작해서 3, 4학년이 참가하는 80미터 달리기, 1, 2학년과 학부모가 참가하는 오재미 넣기, 5, 6학년이 참가하는 100미터 달리기까지 오전 프로그램만 하더라도 총 10종류 경기를 할 예정인 모양이다. 점심식사 휴식 전에 마지막 프로그램은 5, 6학년과 학부모가 참가하는 2인3각 장애물 경주였다. 전반전만 하더라도 구성이 튼실해 보인다.

"그래서 이렇게 많은 사람 가운데 그 사람을 어떻게 찾아낼 생각인데?"

"으~음, 일단은 힌트가 있기는 한데 말이지."

"무슨 힌트? 아까 그 도시락?"

"그것도 힌트기는 한데, 다른 힌트도 있어. 지금 어디 있나 범위를 조금만 더 좁히면 어떻게든 찾을 수 있을 것 같은데⋯⋯ 이래서는 좁히기 어려울 것 같네."

아무리 히나코라도 손 쓸 방도가 없는 모양인지 입을 삐죽이며 학교 안을 쭉 훑어본다. 접수 텐트 안에는 학부모석이 있고 운동장을 낀 맞은편에 학생이 모여 있는 응원석이 있었다.

"아, 잠깐만 기다려 봐."

히나코가 문득 생각이 난 모양인지 스마트폰을 조작하기 시작했다. 트위터를 한 번 더 켜더니 타임라인을 갱신한다. "떴다!"하고 히나코가 큰 소리를 질렀다. 너무 신난 히나코에게 얼굴을 가까이 가져가 화면에 표시된 새 트윗을 읽는다.

'우리 치에다 코우 완전 늠름한 모습! 드디어 볼 수 있어서 넘 좋아! 아 사람 짱 많네. 그래도 제대로 자리 잡았으니까 됐지. 코우군! 조금만 기다려! 예쁜 사진 잔뜩 찍어서 앨범 만들어줄 테니까. 집으로 가져갈까? 아님 우편으로 보낼까? 뭐가 좋을까~? 주소는 이미 다 아니까! 후후후⋯⋯.'

등줄기가 오싹해졌다. 사생 스토커가 쓸 법한 전형적인

문장이다. 범죄 냄새가 난다.

이 트윗에도 세로로 긴 사진이 첨부되어 있었다.

말 그대로 쇼헤이와 히나코가 눈앞에 보고 있는 운동회 개시 직전 운동장을 찍은 사진이었다.

히나코는 바로 사진을 최대화 시켜서 사진 위아래로 남은 검은 화면 가운데 아래 검은 화면에 손끝을 댄 채 예리한 시선으로 운동장과 사진을 번갈아 가며 비교했다.

"접수 텐트가 오른쪽에 찍혀있고 대각선상에 있는 집이 찍혀있으니까……."

주변을 손가락질하며 히나코가 성큼성큼 걸어간다. 당황해서 따라가자 안쪽에 설치되어 있는 입구 바로 옆에 히나코가 우뚝 발을 멈추었다.

"여기야!"

하고 작게 말한 뒤 슥 통로 옆으로 몸을 기댄다. 쇼헤이도 똑같이 히나코 옆에 섰다. 눈앞의 학부모석을 훑어보니 이미 많은 부부나 작은 꼬마들이 돗자리를 깔고 자리 확보를 끝낸 상태였다.

여러 명이서 돗자리를 깔고 앉아있는 가족단위의 일행을 빼기만 하면 지금 당장에라도 트윗 올린 사람을 집어낼 수 있을 것 같은데? 그런 생각이 머리를 스쳐지나갔지만 의외로 혼자서 온 부모도 많았다. 그냥 언뜻 봐도 열다섯 명은 보인다.

……그러면 이 중에 도시락 봉지를 들고 있는 사람이 스토커네.

그렇게 단정한 뒤 각자가 들고 있는 물건을 멀리서 꼼꼼히 관찰했다. 하지만 도시락 봉지를 보란 듯이 옆에 놓은 사람은 없었다. 손가방에 넣었을지도 모른다. 그렇다면 더 이상 범위를 좁힐 방법이 없다.

"여기 입구 바로 옆이네. 아마도 경기 전에 여기서 코우군이 대기하고 있을 테니까 여기로 위치를 잡았을 거야. 마음대로 촬영할 수 있을 테니까."

히나코가 귓속말을 하자 쇼헤이는 작게 고개를 끄덕였다. 같은 스토…… 아니, 팬끼리 통하는 구석이 있으니 범인의 심리도 제대로 이해가 가는 것이리라.

쇼헤이가 혼자 납득하고 있을 때 히나코는 갑자기 가슴께에 팔짱을 끼고 안절부절못하기 시작했다.

"어떡하지! 지금 당장 치에다 코우군을 직관한다고 생각하니 갑자기 흥분되기 시작했어. 아아앙! 죽겠네, 진짜! 바로 여기 입구 옆으로 올 거 아니야!"

"그러네."

"6학년 첫 경기는 100미터 달리기였지? 시작하고 네 번째 경기니까 의외로 금방 여기로 대기하러 오는 거 아냐? 분명 두 번째 경기 할 때쯤에 오겠지? 아 어떡하지? 진짜, 이런 절호의 셔터찬스 다시 안 오는데. 어떡하지? 어떡하지? 어떡하지? 그래, 결심했어! 나도 내 폰으로 코우군 사진 찍을 테니까, 오빠가 트위터 좀 감시하고 있어."

"혹 떼러갔다 혹 붙이지 말라고."

콩, 가볍게 동생 머리에 딱밤을 먹였다. "아파아!"히나코는 엄살을 피우고는 "좀 협력하면 상부상조하고 얼마나 좋냐고."하고 째려봤다.

운동회가 시작하기까지 남은 시간은 50분. 아직도 남은 하루가 너무 길다.

'홍팀, 빠릅니다. 백팀, 힘내세요.'

초등학생 치고는 말투가 또박또박한 장내방송이 운동장에 울린다. 그 와중에 옆에 있는 히나코는 고함을 질러가며 백팀을 응원했다.

운동회가 시작하고 나서 계속 저러고 있다. 첫 번째 순서인 라디오 체조 때 도 "백팀 화이팅!"하고 소리를 지르면서 펄쩍펄쩍 뛰는 바람에 주변 학부모가 수상한 눈으로 쳐다봤다. 그새 명찰을 위조한 게 들키지는 않을까 싶어서 쇼헤이는 시종일관 안절부절못했다.

……치에다 코우를 사생 스토커 손에서 지켜주겠다는 목적을 지금 기억이나 하고 있나?

이러니까 동생한테 감시자가 필요한 거다. 이런 꼴로는 언제 폭주하기 시작할지 모른다. 아까 전부터 계속 "귀여워!", "어떡해!", "깜찍해!", "천사!", "코우군!", "백팀!" 하고 딱 여섯 마디만 들려오기 시작하는데 슬슬 머릿속이 망가지기 시작한 모양이다.

동생의 흥분이 최고조에 달한 순간은 3, 4학년이 참가하는 80미터 달리기가 시작되고 얼마 되지 않았을 때였다. 히나코가 예측한 대로 참가학생들은 출전하는 순서보다 두 경기 전에 미리 대기하고 있는 모양인지, 네 번째 경기인 100미터 달리기에 출전 예정인 5, 6학년 학생들이 응원석 뒤를 빙 돌아 나와서 입구쪽에 모습을 드러냈다.

선두에 하얀 머리띠를 두른 치에다 코우가 선 것을 발견한 주변 학부모들이 일제히 동요하기 시작했다.

6학년쯤 되면 이미 성장기를 맞이한 아동과 그렇지 않

은 아동의 체격차가 한눈에 드러난다. 치에다 코우는 후자였다.

체격이 작고 마른 몸. 새하얀 피부에 크고 또렷한 까만 눈동자. 발그스레하고 상냥한 입매. 이마에 살짝 드리운 앞머리.

그 사랑스러운 모습은 텔레비전에 막 나오던 유아기 시절부터 지금까지 변함이 없었다. 슈헤이도 바로 옆에 텔레비전과 다름없는 모습으로 나타난 치에다 코우에게 자기도 모르게 매료될 정도였다.

3, 4학년 80미터 달리기가 끝나고 학생들이 퇴장하자 입구 앞줄을 차지하고 있던 1, 2학년과 학부모가 운동장으로 달려 나갔다. 곧이어 뒷줄에 있던 5, 6학년이 입구 맨 앞으로 이동한다. 선두에 있는 치에다 코우가 모습을 드러내자마자 지금이야말로 셔터 타이밍이라는 듯이 학부모들은 일제히 스마트폰이나 카메라를 꺼내들었다.

치에다 코우에게 카메라를 들이대는 사람이 이렇게 많다니 하고 깜짝 놀란다. 혼자서 치에다 코우를 사진기로 마구 찍어대는 사람을 발견하면 사건이 해결될 거라고 쉽게 생각하고 있었는데 이래가지고는 누가 범인인지 짚어낼 방법이 없었다.

"오, 오빠, 하, 하, 학부모석 제대로 보고 있, 있어. 수, 수상한 사람 없나 체크해. 나, 나는 코우군 사진 좀……."

부들부들 떨면서 스마트폰을 꺼내드는 히나코의 머리에 이번에는 주먹으로 꿀밤을 꿍 먹였다.

"목적을 잊어버리지 말라고. 사생 스토커 잡으러 온 거 아니야?"

"아, 맞다……."

히나코는 미련이 뚝뚝 떨어지는 소리로 중얼거리더니 스마트폰을 가방에 집어넣고 쇼헤이와 같이 학부모석을 관찰하기 시작했다.

눈앞에 로프로 구획이 나눠진 한 구석에는 대강 100여 명 정도 되는 학부모가 앉아있었다. 그중에는 동생으로 보이는 갓난아기나 조부모로 보이는 고령자도 섞여있었다.

……10명 정도 되는 것 같은데?

학부모석에 혼자 앉아서 치에다 코우를 향해 한 번이라도 카메라 셔터를 누른 인물. 사진을 찍지 않은 보호자를 제외해도 아직 숫자가 많다.

"이 정도면 어떻게든 될 거 같은데? 두세 명까지는 범위를 좁히는 게 가능할 거 같아."

옆에서 히나코가 신이 난 목소리로 말했다. 쇼헤이는 "뭐?"하고 고개를 갸웃거렸다.

"너, 제대로 관찰한 거 맞아? 혼자 와서 치에다 코우 사진 찍는 사람이라고 치면 대강 10명은 넘는데?"

"그거 말고도 조건이 더 있잖아? 예를 들면 위치라든가."

"아, 맞다. '자리 제대로 잡았으니까'라고 트위터에 썼었지?"

"그리고 핑크색 팸플릿을 들고 있는지의 여부. 아동용이랑 가정용 두 종류로 만들어서 애들한테 집에 가져가도록 했다고 하니까, 외부인이라면 손에 넣을 수 없어. 명찰이랑 달라서 종이색깔 패턴도 예측이 어렵고. 내가 복제하지 못했으니 범인도 절대 손에 넣지 못했을 거야."

"사생 스토커랑 경쟁하려고 하지 마. 똑같은 취급하지 말라고 해놓고."

자기 무덤을 팠다는 사실을 깨달았는지 히나코가 초 치는 쇼헤이의 말을 완전히 무시하고 까치발을 서서 학부모석을 다시 관찰하기 시작했다. 쇼헤이도 동생을 따라 학부모석 주변을 걸어 다니면서 사생 스토킹 용의자를 좁혀 나간다.

혼자 왔고, 사진을 찍는 등 치에다 코우에게 흥미를 보이면서 비교적 입구나 운동장이 잘 보이는 위치를 잡고 있고, 핑크색 팸플릿을 안 들고 있는 사람.

분명 히나코가 한 분석은 정확했다. 방금 봐두었던 10명 가운데 7명은 자리 위치가 명백하게 좋지 않거나 팸플릿을 읽고 있거나 하고 있어서 간단하게 용의선상에서 제외할 수 있었다.

새삼 학부모석 정찰을 마치고 원래 자리로 돌아오자 히나코가 고민하는 얼굴로 손을 턱에 대고 있었다.

"용의자는 세 명이네."

쇼헤이가 자신만만하게 선언하며 학부모석을 손가락질했다.

"첫 번째는 맨 앞에 하얀 모자 쓴 여자. 분위기가 누가 봐도 수상해."

챙이 넓고 커다란 모자였다. 파마한 흑발이 어깨에 드리워져있다. 가끔씩 옆얼굴이 드러나기는 하지만, 선글라스와 마스크 그리고 팔 토시까지 완벽하게 자외선방지 복장을 하고 있어서 표정까지는 살피지 못했다. 학부모석 가장 앞줄이라는 경쟁이 치열한 자리를 꽤 커다란 돗자리를 펼쳐 차지한 것을 보니 새벽부터 자리를 잡으러 나온 것 같았다. 이 여성은 스마트폰을 한 손에 쥐고 높이 들어 입구 방향을 향해 몇 번이고 셔터 버튼을 누르고 있다.

"두 번째는 앞에서 두 번째 줄 살짝 입구 쪽에 앉아있는 남색 야구모자를 쓴 여자분."

뿔테안경을 쓰고 화장기가 없는 여성이었다. 나이는 30대 정도로 보인다. 보호자석 한가운데쯤에 작은 돗자리를 깔고 그 위에 예의 바르게 무릎 꿇은 자세로 앉아있었다. 짐은 하얀 모자를 쓴 여성보다 적은 편으로 검은 배낭이 하나. 연분홍색 미러리스 DSLR 카메라를 들고 파인더를 들여다보며 사진을 몇 장 찍고 있다.

"그리고 세 번째는 구석에 있는 검은 색 티셔츠를 입은 덩치 큰 남자."

악질 사생 스토커가 꼭 여자라고 단정 지을 수는 없었다. 손 편지나 트윗 문장을 있는 그대로 보면 여성처럼 느껴지기는 하지만 위장술로 사용했을 가능성도 있다.

이 덩치 큰 남자는 운동장에서 떨어진 뒷줄에 있기는 하지만 입구에서 가장 가까운 위치에 자리를 잡고 있었다. 로프 하나만 넘어서면 맞은편에 있는 아동들을 마음대로 촬영하는 게 가능하다. 그렇다고는 해도 남성이 손에 든 스마트폰을 치에다 코우 쪽으로 돌린 것은 눈 깜짝할 새

밖에 안 됐다. 한 장을 찍은 뒤에는 한 손을 뒷짐 지고 얼굴에 부채질을 하면서 더위로 인상을 쓰고 있다.

"자, 이 정도로 범위를 좁혔으면 거의 다 온 거 아니겠어?"

살짝 탐정 기분 좀 내면서 코 밑을 쓱 비볐다. 동생은 동의하는 듯 고개를 끄덕이…… 는 줄 알았더니 갑자기 "아, 응응. 세 명이 아니고, 두 명."하고 바로 부정했다.

"엥? 왜? 저 세 명 다 입구가 잘 보이는 장소에 있고, 팸플릿도 손에 안 들고 있고, 외부자일 가능성이 크잖아?"

"그건 그런데, 그중 한 명은 뺄 수 있어. 그러니까 남은 사람은 두 명."

"왜 빼? 이유가 뭔데? 설명 좀 하……."

"아아아아아아악! 코우군이 옆에 애 어깨 두들겨주면서 격려해주고 있어! 긴장 풀어주려고! 어쩜 저렇게 착하지?! 천사야 천사! 아니, 신이야 신!"

쇼헤이의 요청은 히나코의 고함소리에 완전히 덮어씌워져 지워지고 말았다. 보니까 입구 쪽으로 시선을 고정한 채로 방방 뛰어오르는 중이다.

……손 쓸 수 없는 지경에 들어서 버렸네.

급상승해버리고 만 히나코의 흥은 치에다 코우가 출전

하는 100미터 달리기 경기가 끝날 때까지 가라앉지 않았다.

역시나 이 초등학교에서 인기 아역배우 치에다 코우는 빅 스타인 모양이었다. 치에다 코우가 운동장에 나서기만 해도 응원석도 학부모석도 더 이상 끌어올리지 못할 만큼 분위기가 달아올랐다. 백팀 응원단장인 치에다 코우는 출발신호총 소리에 맞춰 친구들이 차례로 달리는 와중에 운동장 한가운데에서 응원전을 펼쳤다. 마지막 순서로 본인이 출전할 때도 작은 체구인데도 여섯 명 중 2등을 할 정도로 아주 분발해서 선전했다. 천재 아역은 연기력만이 아니라 운동신경도 좋은 모양이다.

100미터 달리기를 끝낸 5, 6학년이 퇴장하자 이번에는 3, 4학년과 학부모가 참가하는 큰 공 굴리기가 시작되었다. 고양된 동생의 정신상태가 겨우 정상으로 돌아온 것을 곁눈질로 확인한 다음 쇼헤이가 어물어물 동생에게 말을 걸었다.

"아까 제외한 한 명은 누구야?"

"으음, 안 가르쳐 줘."

"왜?"

"오빠도 가끔은 자기 머리로 생각을 좀 했으면 싶어서."

"아이고 대단한 분 납셨네."

"범위를 좁히는 방법은 여러 가지 더 있잖아?"

"더 이상은 생각이 안 나. 트윗에 올린 도시락 봉투는 가방에 넣었을 수도 있고. 아, 근데……."

쇼헤이는 아까부터 신경이 쓰이던 부분을 동생에게 말하기로 마음먹었다.

"티셔츠 입은 남성이 들고 있는 스마트폰은 부모님이 쓰는 거랑 같은 기종이지? 안드로이드 싼 거."

부모님이 처음으로 스마트폰을 살 때 가장 싼 기종을 사면 배터리가 너무 두꺼워서 들기 안 좋다고 사지 말라 조언했었지만, 결국 가격을 가장 중시하는지라 전혀 통하지 않은 적이 있었다. 히나코는 남성 쪽을 슬쩍 보고 "응, 맞네."하고 끄덕였다.

"스토커면 방금 트위터에 '예쁜 사진 잔뜩 찍어서 앨범 만들어줄 테니까.'라고 적었잖아? 싸구려 기종이라면 카메라 성능이 좋지 않으니까 앨범을 만들 만큼 질 좋은 사진은 못 찍지 않을까 싶은데?"

"그렇긴 하지. 만들 수는 있어도 예쁘지는 않겠지."

그런 점에서 여성 두 명은 꽤나 해상도가 높은 카메라를 쓰고 있다. 야구모자를 쓴 쪽의 미러리스 DSLR 카메라는 말할 것도 없고 흰 모자를 쓴 여성이 촬영에 사용하는 스마트폰은 아이폰 최신 기종이다. 최근에 기종변경을 한 히나코가 쓰는 기종과 같다. 찍은 사진으로 앨범을 만드는 정도는 충분히 가능하다는 말이리라.

"그리고 야구모자 쓴 사람은 아까 옆에 있는 가족 일행이 말을 걸었어. 내용은 안 들렸지만 같이 스마트폰 화면을 보거나 대화를 나누었고. 다른 부부와도 대화를 나누었어. 아마도 아는 사이겠지."

지인이 몇 명이나 있다는 말은 외부자가 아니라는 의미였다.

그리고 그 사실과 완전히 반대되는 사람은 하얀 모자에 선글라스를 낀 여성이었다.

아무와도 말을 섞지 않고 돗자리에 조용히 앉아 끝없이 치에다 코우를 향해 셔터를 누르고 있다. 게다가 치에다 코우가 출장하지 않을 때에는 시종일관 입가를 가리면서 누군가와 통화를 하거나, 손에 든 아이폰을 지긋이 바라보면서 무언가 조작을 하고 있었다. 얼굴이 전혀 보이지 않는 그 풍모가 겹치니 누가 봐도 수상했다.

"나는 저 하얀 모자 쓴 사람을 감시할게."

쇼헤이가 당당히 선언하고 맨 앞줄 여성에게 시선을 고

정했다.

딱히 별 다른 일이 벌어지는 일 없이 운동회 오전 순서가 평화롭게 진행되었다. 하얀 모자를 쓴 여성은 빈번하게 치에다 코우를 비롯한 6학년이 앉아있는 응원석으로 스마트폰 카메라를 돌렸지만 딱히 튀는 행동을 하지는 않았다.

도중에 히나코가 "또 트위터에 뭐 올렸어."하고 앱 화면을 보여주었다.

'귀여워귀여워귀여워귀여워. 어떡해코우군너무좋아.' 같은 기분 나쁜 문장과 함께 멀리서 찍은 체육복을 입은 치에다 코우의 사진이 업로드 됐다. 아까 전부터 스마트폰으로 사진을 찍고는 열심히 문자를 입력하는 모습을 보인 하얀 모자를 쓴 여성이 슬슬 수상쩍게 보이기 시작했다.

다섯 번째 순서인 큰 공 굴리기가 끝나고 5학년이 참가하는 타이어 뺏기[1], 4학년의 태풍의 눈[2]이 이어졌다. 여덟 번째 순서에서는 1학년이 유행하는 아이돌 노래에 맞추어 춤을 추기 시작했다. 비닐장갑이나 두꺼운 종이로 만든 것 같은 알록달록한 의상을 입고 있다. 처음 운동회에 참

1. 두 팀이 가운데 쌓인 타이어를 얼마나 많이 자기 팀 쪽으로 옮기는 지 경쟁하는 놀이.

2. 4~5인이 한 팀이 되어 하는 경주. 복수의 팀이 각각 긴 봉을 두 손으로 잡고 나란히 선 채로 달려 반환점을 돌아서 오는 경주.

가해 긴장한 모양인지 대형을 제대로 짜지 못하고 여기저기서 잘 안 풀려서 고생하는 아이들도 있었다.

……히나도 저 나이 때는 귀여웠는데…….

용모는 그렇다 쳐도 내용물은 완전히 변질된 게 아닌가 싶다. 동생이 방 안을 최애 사진으로 가득 채우거나 사생 스토커나 다름없는 미행을 실천하기나 하는 여고생이 될 줄이야, 그 시절에는 상상도 못했다.

“오빠, 범인 누군지 알았어.”

옆에서 조용히 있던 히나코가 갑자기 속삭였다. “처음부터 혹시나 싶어 수상하게 봤는데 역시나 였어.”하고 팔짱을 낀 채로 끄덕인다. 1학년이 귀여운 댄스를 추는 모습을 열심히 보던 쇼헤이는 급하게 등줄기를 곧게 세우고 학부모석으로 시선을 돌렸다.

보니까 방금까지 자리에 가만히 앉아있던 하얀 모자 쓴 여성이 돗자리에서 일어났다. 아무래도 당황한 모양인지 쓰고 있던 하얀 롱스커트 자락을 잡거나 펌프스를 뒤집어 바닥을 보거나 한다. 그녀는 펌프스를 신중히 다시 신으면서 학부모석을 떠나 어딘가로 이동하기 시작했다.

“뭐하려고 저러는 거지?”

……어쩌면 더 좋은 사진을 찍으려고 6학년 응원석으로

가까이 가려고 저러는 것인지도 몰라.

쇼헤이가 숨을 삼키며 한 걸음 내딛으려 했다.

"히나야, 저 사람 따라가자."

"잠깐만. 누굴?"

"하얀 모자 쓴 사람. 사생 스토커 저 사람 확실하잖아."

"오빠 지금 뭔 소리 하는 거야?"

"으잉?"

전례가 없는 냉정한 동생의 목소리를 듣고 쇼헤이의 동공이 흔들렸다. 그러자 검은 티셔츠를 입은 덩치 큰 남자 모습이 눈에 확 들어왔다. 남자도 돗자리에서 묵직하게 일어나는 참이었다.

"그럼 저쪽에 저 남자야? 어디로 이동하려는 모양인데. 히나야, 가자."

"저기 오빠, 있잖아……."

"뭐해, 지금. 빨리 안 따라가면 놓쳐."

"오빠! 진정해. 범인은 저 사람이야."

히나코는 앞쪽을 손가락질 했다. 손가락이 가리키는 사람은 흰 모자를 쓴 여성도 아니고 검은 티셔츠를 입은 남자도 아니었다.

연분홍색 미러리스 DSLR 카메라를 한 손에 든, 야구모자에 검은 뿔테 안경을 낀 여성. 뒷모습을 히나코가 똑바로 쳐다보고 있었다.

"왜? 저 사람은 주변에 지인이 있었지 않아? 스마트폰으로 사진도 안 찍었잖아."

"설명은 나중에 할 테니까, 일단 같이 감시해줘."

시키는 대로 야구모자를 뒤집어 쓴 여성을 관찰했다. 여성은 변함없이 예의 바르게 무릎 꿇은 자세로 카메라를 들고 있다. 일단 현재까지는 딱히 수상한 기색은 보이지 않았다.

그대로 쇼헤이와 히나코는 야구모자를 쓴 여성을 계속 감시했다. 여덟 번째 순서인 댄스가 끝나고 1학년이 퇴장하자 이번에는 운동장에 전통 큰북이 실려 왔다.

'아홉 번째 식순인 응원대결. 홍팀 응원단장과 백팀 응원단장이 각자 팀 응원을 합니다. 응원석에 앉은 모든 분도 함께 자기 팀을 응원해 주세요.'

느긋한 목소리로 장내방송 원고가 낭독된다.

백팀 응원단장 치에다 코우가 하얀 기모노에 하카마를 입고 운동장에 나온 순간 관객들이 일제히 박수를 치기 시작했다. 오전 행사 마지막에 행사장의 열기를 끌어올리는 게 식순을 정한 선생님들의 의도였다고 한다면 제대로 맞아 떨어졌다고 봐야 될 것이다. 방금 전까지 심각한 표정으로 굳어있던 히나코도 녹아 흘러내릴 것 같은 얼굴로 박수를 치고 있었다.

먼저 홍팀 응원이 시작되었다. 치에다 코우와 달리 꽤나 덩치가 큰 응원단장이 운동장 가운데에 설치된 조회대로 올라간다. 큰북 소리가 울리기 시작하자 홍팀 응원단장이 삼삼칠 박자로 호루라기를 불기 시작했다. 응원단장이 리듬에 맞추어 두 팔을 차례로 머리 위에서 움직이자, 운동장에 늘어선 홍팀 6학년이 모두 동작을 따라한다. 응원단장은 이미 변성기가 시작된 모양인지 "플레이, 플레이, 호옹티임!"하고 외치는 굵직한 목소리가 운동장에 울려 퍼졌다. 이어서 홍팀의 응원가를 모두가 합창한다. 유행가를 개사한 노래 같았다.

홍팀 응원이 끝나자 덩치 큰 홍팀 응원단장과 교대로 하얀 머리띠를 머리에 두른 치에다 코우가 운동장 한가운데로 나아갔다. 그대로 달려서 계단을 쓰지 않고 훌쩍 뛰어올라 조회대 위로 올라간다. 치에다 코우가 今 단상 위에 올라서자 백팀 응원석에서 큰 환성이 울려 퍼졌다.

다시 한 번 일본 큰북의 큰 소리가 울려 퍼졌다. "백티이이이이이이이이임!"하고 치에다 코우가 소리치자 운동장에 사열 중이던 6학년이 "어~잇!"하고 호응하여 기합을 지른다. 무대에서 갈고닦은 바른 자세와 다른 어린이들과는 한층 다른 거물 아우라 덕분에 홍팀 응원단장과 비교해도 훨씬 작은 체구인데도 박력에는 큰 차이가 없었다. 복식호흡을 마스터한 것인지 목소리도 쭉쭉 뻗었다. 변성기가 오기 전이기는 해도 찢어지는 쇳소리가 아니라서 귀에 듣기 좋다. 일본 큰북 소리에도 지지 않을 정도로 큰 목소리인데도 갈라지거나 쉬는 일도 없어서 뒤쪽의 학부모석까지도 꽉 찬 목소리가 똑똑히 들려왔다.

"헐, 뭐야 진짜 횡재잖아…… 꿈인가?"

옆에서 히나코가 멍하니 중얼거렸다. 분명 운동회에 잠입한 악질 사생 스토커를 감시하러 온 긴박한 상황인데도 운동장에 나타난 치에다 코우의 늠름한 퍼포먼스에 완전히 녹아내려버린 모양이다.

그렇게 새하얗게 불타오르는 응원대결 가운데 쇼헤이는 학부모석에서 일어난 변화를 눈치 챘다.

"야, 저 사람…… 지금 뭐하는 거야?"

하고 속삭이며 동생 어깨를 두들긴다. 히나코가 갑자기 표정을 굳히더니 야구모자 쓴 여성에게 날카로운 시선을 던졌다.

야구모자를 뒤집어 쓴 용의자는 아까부터 손에 든 카메라를 돗자리 위에 올려놓고 왼손 손목에 끼고 있는 손목시계를 계속 내려다보고 있었다. 기껏 치에다 코우가 늠름한 모습을 피로하고 있는데 운동장은 보려고도 하지 않는다.

쇼헤이는 고개를 갸웃거리며 자기 왼손을 보았다. 손목시계는 오전 11시 59분을 가리키고 있었다.

"행사가 예정보다 늦어지고 있는 건가?"

"아니, 시간 맞춰서 진행되고 있어."

"응? 그걸 히나 네가 어떻게 알아?"

"초등학교 홈페이지에 각 응원단장이 손 편지로 쓴 메시지가 올라왔었어. 이름은 이니셜만 적혀 있었지만 백팀란에는 '아홉 번째 식순인 응원대결은 조회대 위에서 백팀의 사기를 북돋을 겁니다. 11시 50분부터 15분 동안 저의 스포트라이트 순간입니다.'라고 적혀있었어."

"흐음, 그래?"

아무리 그래도 이상했다. 히나코가 스토커라고 단정 지은 저 야구모자를 쓴 여성은 히나코가 사랑스러워 견디지 못할 정도로 오늘 최고로 빛이 나는 치에다 코우의 씩씩한 모습을 향해 몸조차 향하지 않은 채로 도대체 뭘 저렇게 신경 쓰고 있는 걸까?

"손목시계…… 시간…… 라스트 운동회…… 아름답게 칠해줄게……."

옆에서 동생이 중얼중얼 거리는 소리가 들렸다.

바로 그 순간, 히나코가 갑자기 달려갔다.

"코우군!"

돗자리 틈 사이로 달려가 학부모석 맨 앞줄로 향한다.

"코우군! 도망쳐! 내려가!"

학부모석에 히나코의 고함소리가 울려 퍼졌다. 일정한 리듬을 연주하는 일본 큰북 소리 사이로 빠져나간 히나코의 목소리가 운동장까지 전달된 모양이었다. 조회대 위에서 치에다 코우가 놀란 듯 소리가 난 쪽으로 고개를 돌린다.

야구모자를 쓴 여성이 손목시계에서 눈을 떼고 히나코를 향해 고개를 돌렸다. 그 얼굴에는 놀라움과 분노의 빛이 어렸다. 안경 속으로 눈을 부릅떴다. 입술이 "어떻게?" 라고 말하는 모양으로 움직였다.

"코우군, 위험해! 거기서 도망 쳐—"

히나코가 한 번 더 외친 순간이었다.

커다란 폭발음이 귀를 찢었다.

공기가 쪼개지는 것 같은 충격음과 함께 운동장 한가운데 있던 조회대가 한 순간에 보이지 않았다.

높게 솟은 불꽃이 튀기면서 하얀 연기가 뭉게뭉게 피어올랐다.

자기도 모르게 눈을 감고 몸을 숙였다. 사방에서 비명소리가 들려온다. 바람을 타고 흘러들어온 연기에 목이 막혀 쇼헤이는 쿨룩쿨룩 기침을 터트렸다.

몸을 숙인 쇼헤이가 다시 운동장 중앙으로 몸을 돌렸을 때는 충격적인 광경이 보였다.

운동장에서 응원하던 백팀 6학년들이 제자리에서 머리를 두 팔로 감싸며 웅크리고 부들부들 떤다. 그리고 그 바로 앞, 파손된 조회대 바로 옆에는 어린아이 한 명의 모습이 보였다.

하얀 기모노에 남색 하카마를 입은 조그마한 소년.

방금 전까지 힘차게 응원전을 통솔하던 백팀 응원단장은 운동장 한가운데에 웅크린 채 쓰러져 있었다.

머리 주변에는 커다란 피 웅덩이가 퍼져나간다. 소년은 더 이상 꿈틀거리지도 않았다.

· 📷 ·

선생님이나 학부모회 관계자가 모두 비명을 지르며 치에다 코우 쪽으로 달려가는 와중에 히나코는 혼이 나간 모습으로 운동장 가운데를 바라보고 있었다.

"야, 히나! 뭐가 어떻게 된 거야?"

쇼헤이가 동생 옆으로 달려가자 히나코는 툭 던지듯 "……코우군이 죽어버렸어."하고 중얼거렸다. 그리고 갑자기 야구모자 쓴 여자에게 달려들었다.

"코우군 왜 죽였어! 너가 죽였잖아!"

반쯤 정신이 나가 난리치는 동생을 말리려고 겨드랑이 밑으로 양팔을 넣어 감아올려 억지로 뜯어낸다. 주변에는 구경꾼이 몰리기 시작해 폭탄테러범이 도망칠 곳은 없었다.

이렇게 가까이 와서 보니 여성은 첫인상보다 늙어보였다. 얼굴에 잔주름이 많은 것만 봐도 40줄은 쉽게 넘었으리라. 커다란 뿔테안경 때문에 어느 정도 젊게 보였던 모양이었다.

"히나야, 진정해."

쇼헤이는 히나의 양팔을 붙든 채로 운동장의 상황을 살

폈다. 어른들의 성난 고함소리가 가느다랗게 들려오기는 하지만 여기저기서 점점 구경꾼이 몰려든 탓에 쓰러진 치에다 코우의 모습은 잘 보이지 않는다.

"이 사람이 조회대를 폭파했나요?"

가슴에 '교직원'이라고 인쇄된 하얀 명찰을 단 남성이 인파를 뚫고 들어와 곁에 섰다. "맞아요."하고 히나코가 울면서 고개를 끄덕인다.

"이 여자가 12시에 딱 터지는 시한폭탄을 미리 조회대에 설치했어요. 코우군이 조회대에 올라가서 백팀 응원전을 하는 15분 사이에 폭발시켜서 코우군을 죽이려고 했어요."

"그, 그, 그딴 짓 안 했거든!"

야구모자 쓴 여자가 인상을 구기며 필사적으로 고개를 가로저었다.

"어디서 그딴 거짓말을 해! 무슨 근거로?"

"폭발하기 직전까지 계속 시계 보고 있었잖아요."

"그게 무슨 증거라고 그래? 그냥 몇 신가 궁금해서 그런 건데?"

"정말요? 그럼 경찰이 오면 조사를 받으세요. 이 학교 방범 카메라랑 근처 가게랑 역 방범 카메라 전부 다. 조회대에 당신 지문이 있나 없나. 그리고 폭탄 재료로 쓸 타이머랑 도화선도 당신 집 근처 대형 마트에서 샀나, 안 샀나!"

"바보 아냐? 그런 건 조사해봤자……."

"아하, 그 말은 자기가 직접 손을 더럽히지는 않으셨다? 그러면 실행한 사람은 따로 있다 이거네요? 시한폭탄을 설치하도록 의뢰하고 청부한 거 아니에요? 그 실행범이랑은 어떻게 접촉했는데요? 메일? LINE? 스마트폰으로 상대방 전화번호는 저장했어요? 데이터를 지워도 경찰이 통신사에 요청하면 삭제된 데이터도 다 복구 되거든요? 한 방에 다 들키거든요?"

히나코가 폭포수처럼 따지고 든다. 이런 생각이 마구 쏟아져 나오는 이유는 히나코 본인도 평소 법률의 회색지대를 방랑하는 존재여서겠지.

도중에는 자신만만한 모습을 보이던 야구모자 쓴 여성은 히나코가 다른 실행범의 존재를 의심하기 시작하면서부터 이마에 식은땀이 맺히는 모습을 보이기 시작했다. "윽."하고 낮은 목소리로 신음하면서 원한에 가득 차 저주하는 눈으로 히나코를 노려본다.

말문이 막힌 채로 있던 남자 교사는 "지금 당장 경찰을 부르겠습니다."라며 야구모자를 쓴 여성의 팔을 잡았다. 경찰이 도착할 때까지 용의자를 도망치지 못하게 하려는 것이었다.

"왜 그랬어요?"

쇼헤이의 팔을 뿌리친 히나코가 교사에게 속박된 야구모자를 쓴 여성에게 따지고 들었다.

"'코우군 LOVE'라는 닉네임으로 트위터 계정을 만들고 트윗을 올린 건 당신 맞죠? 마지막에 아름답게 칠해주겠다고 한 거, 폭탄 말한 거 맞죠? 라스트 운동회라고 한 것도 오늘 코우군의 목숨을 빼앗을 생각이었기 때문인거죠!"

"죽이려고 한 게 아니야. 정말로."

히나코의 심문에 겁을 먹었는지 야구모자 쓴 여성이 어물어물거리면서 떨리는 목소리로 말했다.

"그냥 평범하게 돈 주고 사는 불꽃놀이 폭죽으로 만든 거란 말이야. 그래서 소리도 크고 불꽃이 좀 튀길 뿐이지 사람이 죽을 만큼 위력은 없다고, 심해도 어디 좀 다치는 정도라고 생각해서."

"그런건 다 변명이고요! 코우군이 얼마나 운동회를 소중히 생각했는데 왜 그런 쓸 데 없는 짓을 한 거냐고요!

어쩜 그럴 수 있어요…… 미친 거 아니에요? 진짜?!"

또 다시 난동을 피울 것 같은 히나코의 팔을 잡아당겨서 야구모자 쓴 여성에게서 떼어놓았다. 히나코의 옆얼굴이 눈에 들어와 헉 하고 놀랐다. 동생은 눈물을 방울방울 쏟아내고 있었다.

"어떻게 알았지?"

야구모자를 쓴 여성이 눈을 내리깔고 목소리를 쥐어짜며 말했다.

"아무도…… 눈치 못 챌 줄 알았는데."

쇼헤이도 그건 의문이었다. 히나코는 어떻게 이 사람이 위험인물이라고 알아차렸을까? 히나코가 야구모자 쓴 여성을 신경 쓰라고 말하지 않았다면 쇼헤이가 주목하는 일도 없었고 손목시계를 몇 번이고 쳐다보는 수상한 움직임을 알아차리지도 못했을 터였다.

"그러고 보니 아까 힌트가 어쩌고 그랬지?"

히나코를 진정시키려고 뒤에서 슬쩍 말을 걸었다. 히나코는 주먹을 꼭 쥐고 작게 고개를 끄덕였다. 히나코가 야구모자를 쓴 여성에게 말했다.

"'코우군 LOVE'라는 수상한 트위터 계정, 그전부터 알고 있었어요. 당신이 코우군에게 해코지를 하려고 하는 게 아닌가 싶어서 오늘은 학부모석 상황을 주의해서 봤는데, 운동장 사진을 올려서 대강 위치는 파악했죠. 그중에 당신은 혼자서 왔고 코우군 사진을 마구 찍었어요. 그리고 학부모면 가지고 있어야 할 팸플릿도 가지고 있는 티가 안 났어요. 이상하다 생각했어요."

"그러면 최소한 세 명은 있었을 거 아냐?"

쇼헤이가 뒤에서 중얼거리자 히나코가 쇼헤이에게 고개를 돌렸다.

"힌트는 꽤 많았어. 하나는 트위터에 올린 사진 사이즈."

동생은 고개를 가로 저으며 다 포기한 사람처럼 말했다.

"내 아이폰으로 전화면 표시를 했을 때 위아래로 검은 화면이 남아서 레터박스처럼 됐잖아? 일반적인 스마트폰 화면은 16:9비율이야. 그런데 범인이 올린 사진은 비율이 달랐어. 그래서 위아래가 남았던 거야. 대강 봐도 4:3이야."

"그렇다면…… 네 말은 그 사진이 스마트폰으로 찍은 게 아니었다는 말이야?"

"아니, 그렇다고는 말 못해. 안드로이드 기종은 기본적으로 화면이랑 똑같은 비율로 사진이 찍히도록 되어있지만 아이폰은 달라. 기본 카메라 표준 사진 사이즈가 처음에는 4:3비율로 되어있거든. 그래서 보통은 촬영하면 화면 크기랑 다른 사진 비율로 찍혀.

"정말로?"

쇼헤이도 히나코랑 같은 아이폰 유저지만 사진 사이즈나 비율을 명확히 의식한 적은 없었다.

"그럼 히나코가 처음에 범인 후보에서 제외한 세 명 중 한 명은……."

"안드로이드 싸구려 기종을 쓰던 검은 티셔츠 입은 남자."

물론 트위터 앱에서 직접 사진을 찍어 올리는 등 다른 앱을 썼을 가능성도 없지는 않다. 하지만 멀리 있는 치에다 코우를 찍기에는 고정밀 줌 기능이 필요하니까 아마도 기본 카메라 앱을 썼을 터였다.

물론 투고할 때 사진을 수정했을 가능성도 있지만, 그렇다면 3:2 같이 카메라로 찍어야만 나오는 화면비로 설정하는 편이 혹시나 경찰이 사진 사이즈에 주목하게 되었을 때에 조사를 방해할 수 있다. 이번에 올린 사진이 4:3비율인 것은 너무나도 흔해 빠진 것이어서 일부러 가공했다고 생각하기는 어렵다.

이러한 이유에서 안드로이드를 쓰는 사람은 용의선상에서 제외했다, 라고 히나코는 술술 설명했다.

"하지만 이 사람도 스마트폰은 안드로이드인데?"

쇼헤이는 야구모자를 쓴 여성의 주머니에 슬쩍 보이는 스마트폰을 손가락질했다. 계속 연분홍색 미러리스 카메라를 쓰고 있어서 눈치채지 못했지만 진짜 안드로이드 폰을 쓰는 사람이었다.

"이 스마트폰으로 트위터에 업로드를 했다면 4:3이 아니라 16:9 비율이 되는 거 아니야?"

"오빠, 몰랐어? 요즘 디지털 카메라는 와이파이로 데이터 보내는 기능이 있어. 그러니까 카메라로 찍은 사진을 스마트폰으로 보내서 바로 업로드 하는 거 그냥 돼."

그 말을 듣고 아하, 하고 납득했다. 요즘 카메라에는 그런 기능이 붙어있었다니, 전혀 몰랐다.

"그래서 하얀 모자 쓴 여자분이랑 야구모자 쓴 여자, 두 사람만 관찰하기로 한 거야."

히나코는 그 두 사람 가운데 누가 정체를 드러낼지 그 순간을 호시탐탐 노렸다. 초점을 맞추고 있던 포인트는 여덟 번째 식순, 1학년 학생들의 춤이 진행되는 사이에 두 사람의 행동 변화였다.

"두 번째 힌트는 집합시간. 이 운동회에서는 자기가 출전할 경기의 두 경기 전에 미리 대기를 하고 있어야 해. 그 다음은 초등학교 운동회치고는 독특하기는 한데 전학년에 학부모 동반 경기가 준비되어 있고. 오전 스케줄 전반부에 1학년부터 4학년까지 학부모 동반 경기가 다 끝났었어. 그 경기에는 하얀 모자 쓴 여성분도 야구모자 쓴 여자도 참가하지 않았지. 그렇다면 열 번째 식순인 2인3각 장애물 경주에는 무조건 참가해야만 하잖아? 그렇잖아, 자기 자식이 진짜 운동회에 나가 있다면, 혼자서 온 부모는 무조건 학부모 동반 경기 여섯 개 중 하나는 나가야 하잖아?"

그렇지…… 하고 생각을 떠올린다. 운동장에서 여덟 번째 식순인 댄스가 시작될 때 하얀 모자를 쓴 여성은 자기 자리에서 일어나 입구로 이동했다. 검은 티셔츠를 입은 남성도 마찬가지였다.

하지만 야구모자를 쓴 여성은 돗자리에 앉은 채였다.

이 말은 즉 이 운동회에 자기 자식이 출전하지 않았다는 말이다.

"이 사람이 주변 가족과 대화를 한 건 지인이어서가 아니라 무슨 이유를 붙여서든 와이파이 네트워크를 빌리려고 한 게 아닐까 싶어. 스마트폰 테더링 기능을 써도 괜찮겠느냐고 물어보거나 아니면 모바일 라우터를 빌리려고 했겠지."

"뭐 하려고?"

"트위터 계정을 들켰을 때 자기가 쓰는 스마트폰이나 자기가 계약한 인터넷 회선이면 바로 잡혀버리잖아. 지금 가지고 있는 안드로이드 스마트폰도 아마 눈치 봐서 버릴 생각이었을 걸. 맞죠? 틀렸어요?"

히나코가 주변에 모인 구경꾼을 둘러본다. 바로 몇몇이 "제가 테더링 빌려줬어요.", "저한테 물어봤는데 모바일 라우터가 없어서 거절했습니다."같은 증언이 바로 모인다. 야구모자 쓴 여성은 밑을 본 채로 입술을 깨물었다.

바로 옆에서 "거짓말!"이라는 놀란 목소리가 들렸다.

목소리가 난 방향으로 고개를 돌리자마자 쇼헤이는 눈을 동그랗게 떴다.

그곳에는 아까 전까지 쇼헤이가 감시하고 있던 하얀 모자를 쓴 여성이 있었다. 야구모자를 쓴 여자를 응시하며 입가를 손으로 틀어막고 있다. 방금 막 인파를 헤치고 앞으로 나온 모양이었다.

하얀 모자를 쓴 여성은 사람들이 모인 가운데 있는 야구모자를 쓴 여성에게 잰걸음으로 다가가 마스크와 선글라스를 벗었다.

그 얼굴을 본 야구모자를 쓴 여성은 "치, 치에다 씨!"하고 소리를 지른다.

……치에다 씨?

당황하여 흰 모자를 쓴 여성에게 시선을 돌린다.

이 사람 혹시…….

"역시. 저 사람 코우군 엄마였어."

히나코가 귓가에 대고 눈물 섞인 목소리로 속삭였다.

"너, 알고 있었어?"

"대강. 느낌은 왔어. 너무 완벽하게 자외선 차단 복장을 하고 있는 것도 그렇고 맨 앞자리에 커다란 돗자리를 깔고 진을 치고 있는 모습도 그렇고…… 그런 점이 블로그 이미지랑 맞아 떨어지는 느낌인데, 하고."

히나코가 하얀 모자를 쓴 여성을 곁눈질 하고 살짝 한숨 쉬었다.

"도중에 전화를 걸거나 스마트폰을 조작한 건 늦게나마 도착한다고 한 남편 연락을 기다린 게 아닌가 싶어. 식순 열 번째가 학부모 경기라서 그때까지는 와야만 하거든. 하지만 아마 일 때문에 결국 남편이 맞춰서 못 오게 되니까 엄마가 출전하게 된 거겠지."

아까 전까지 하얀 모자를 쓴 여성이 이상할 정도로 허둥대며 이동하기 시작한 때를 떠올린다. 롱스커트에 펌프스라는 차림새로 장애물 경기에 나가야 될 상황이 되어서 동요했던 것이었다.

하얀 모자를 쓴 여성, 다시 말해 치에다 부인이 도끼눈을 뜨고 야구모자를 쓴 여자에게 소리쳤다.

"범인이 나츠노 씨였어요?!"

"나츠노 씨?"

그 성씨를 어디서 들었던 기억이 나서 자기도 모르게 중얼거렸다.

"어? 설마 그 라이벌 아역배우 엄마?"

"맞아요."

치에다 부인이 딱 잘라 말한 순간 옆에 있던 히나코가 "응?!"하고 놀란 소리를 냈다. "스토커가 아니었어?"하고 곤혹스러운 말투로 중얼거리는 소리가 들려온다.

아무리 히나코라도 이러한 전개는 예상하지 못한 모양이었다.

"다음 주 영화 오디션에 우리 코우가 못 나가게 하려고 이런 짓을 한 거예요? 최종심사에 남은 게 소우마랑 우리 코우 둘 밖에 없으니까? 맞죠? 그래서 그런 거죠? 겨우 그런 거 때문에 우리 애한테 그런 흉악한 짓을 한 거죠?!"

치에다 부인이 따지고 들자, 나츠노 부인의 동공이 마구 떨렸다.

정곡을 찔린 모양이었다.

치에다 코우와 함께 양대 천재 아역이라고 불리는 나츠노 소우마는 먼저 성장기를 맞이하고 말아서 인기가 떨어지기 시작했다. 그 엄마는 지독히 자식자랑에 열심인 성격으로 자주 블로그나 SNS에 아들 자랑을 늘어놓고 있다, 오늘 아침에 이런 설명을 히나코에게 들었던 게 생각났다.

지금 이대로라면 아들과 함께 연예계에서 사라지고 만다. 위기를 심하게 느낀 나츠노 부인은 최종심사에 남았다는 이번 영화 오디션에 모든 희망을 걸었다.

그 오디션에서 이기면 아들은 다시 인기를 얻을 수 있다.

하지만 혹시라도 이번 오디션에서 라이벌인 치에다 코우가 선정되고 만다면…….

방금 전 범행은 나츠노 부인에게 있어서 유리한 입장에 선 치에다 코우를 쫓아내고 아들의 재기를 이루기 위한 승부수였던 것이다.

이러한 사실에서 추측해보면 '코우군 LOVE'같은 닉네임으로 계정을 만들어 트윗을 올리고 팬인 척 하고 편지나 선물을 보낸 것은 범인의 프로파일링이 자기와 일치하지 않도록 위장하려는 협잡질이었던 모양이다. 나중에 경찰이 조사해도 '팬으로 보이는 여자가 수상한 행동을 했다'는 식으로 이야기가 진행되면 라이벌 아역 배우의 부모인 자기가 바로 용의선상에서 제거될 거라고 생각했으리라.

"저기이."

눈치를 살피며 히나코가 치에다 부인에게 물었다.

"어머님은 코우군 곁에 안 있어주셔도 괜찮으신가요?"

"아아, 네. 괜찮아요. 하여튼 걔도 참……."나츠노 부인에 대한 분노가 가라앉지 않은 모양인 치에다 부인은 눈살을 찌푸린 채로 "애, 코우!"하고 등 뒤의 인파를 향해 소리쳤다.

"네엡."

종소리처럼 맑은 목소리가 들렸다. 바로 어른들 허리춤 사이로 체구가 작은 소년이 불쑥 얼굴을 내밀었다. "코, 코우군?!"하고 히나코가 얼빠진 소리를 질렀다.

"놀라셨어요? 죄송해요."

치에다 코우가 귀여운 미소를 지으며 사람들 중심으로 들어왔다. 하얀 기모노와 남색 하카마가 흙이 묻어 꽤나 지저분해졌고 팔꿈치는 긁혀서 빨갛게 갈린 상처가 났지만, 단정한 얼굴에는 생채기 하나 보이지 않는다.

"나 있잖아요, 죽은 척 했었어요."

치에다 코우는 두 눈을 반짝반짝 빛내며 신이 난 말투로 말했다.

"누나가 소리쳐줬죠? 그 소리가 들려서 조회대에서 뛰어내려서 도망쳤어요. 그랬더니 바로 눈앞에서 엄청 크게 뭐가 터져서 깜짝 놀랐어요. 아무 생각 없이 조회대 위에 올라가 있었으면 아마 심하게 다쳤을지도 몰라요. 그랬으면 영화 오디션에는 못 갔을지도 모르죠."

누나 고마워요, 하고 치에다 코우가 히나코를 향해 꾸벅 고개를 숙였다. 히나코는 입을 반쯤 벌린 채로 공허한 눈으로 굳어 있었다. 죽었다고 생각한 최애 아역이 갑자기 팔팔하게 살아서 나타났으니 여러 가지 의미로 간이 뚝 떨어졌을 것이다.

"범인은 소우마네 엄마구나아."

치에다 코우가 팔짱을 끼고 얼굴을 비스듬히 기울이며 나츠노 부인을 올려다 보았다.

"그럴 줄은 알았는데."

귀여운 미소를 지은 채로 목소리가 차갑게 얼어붙는다. 등줄기를 얼음으로 쓰다듬은 것 같은 느낌이 들어 쇼헤이는 자기도 모르게 팔을 손으로 비볐다.

"코, 코우군…… 살아있었구나? 그렇게 피가 많이 났는데."

혼이 나간 목소리로 히나코가 중얼거린다. 그러자 치에다 코우가 빙글 몸을 돌리더니 다시 밝은 목소리로 말했다.

"깜짝 놀라게 해서 미안해요. 그거 가짜 피에요."

"가짜…… 피?"

"연극무대에서 쓰는 걸 좀 빌려왔어요."

치에다 코우는 애교 있는 미소를 무너뜨리지 않은 채로 기모노 소매에서 찢어진 비닐 주머니를 꺼냈다. 안쪽에는 검붉은 액체가 조금 남아있다.

"이상한 스토커가 운동회를 보러 올지도 모른다는 말은 엄마한테 들어서 알고 있었어요. 그래서 함정을 파기로 했죠. 응원전에는 나 혼자 조회대에 올라가겠습니다, 몇 번째 순서에 몇 시부터 몇 시까지 합니다, 하고 홈페이지에 올려놓기로요. 스토커라면 반드시 볼 거고 거기다 위험한 계획을 꾸민다면 더더욱 이 정보를 활용하려고 들겠지 싶어서요."

역시 내 생각 대로네, 하고 말한 치에다 코우가 킬킬 웃었다.

"폭발이 일어난 다음 일단은 그 자리에 쓰러져 있어 보기로 했어요. 머리 주변에 피 웅덩이도 만들어 놓고. 그렇잖아요? 혹시라도 내가 죽었다고 생각하면 어른들이 난리가 나서 범인을 바로 잡아 줄 것이고, 범인도 깜짝 놀라서 자백할 지도 모르니까요! 죽는 연기는 영화나 드라마에서 지겹게 했으니까, 별 거 아니었어요."

천재 아역배우가 보인 임기응변에 압도된 쇼헤이는 몇 보 뒤로 물러섰다. 감탄을 넘어 정체를 알 수 없는 공포를 느끼는 사람은 과연 자신뿐일까?

치에다 코우가 갑자기 풀이 죽은 표정을 지으며 히나코에게 다가갔다.

"나 연기 잘했어요? 누나도 속았어요? 울려서 미안."

"응…… 살짝."

눈가에 남은 눈물을 훔치며 히나코가 가느다란 목소리로 말했다. 최애가 바로 옆에 와서 긴장하고 있는 것인지 표정이 상당히 굳었다.

"아, 그리고 아까 전부터 계속 신경이 쓰였는데요, 그 명찰 좀 오래 된 거 같은데요? 올해부터 색이 연보라로 바뀌었는데 누나랑 저 형 거는 그냥 보라네?"

치에다 코우가 히나코와 쇼헤이의 가슴에 달린 명찰을 교대로 가리키며 이상하다는 말투로 지적했다. 얼굴에서 핏기가 가셨다. 자기도 모르게 가슴팍의 명찰을 꽉 쥐었다.

……큰일 났네.

가짜 명찰을 만들 때에 히나코는 작년까지의 데이터를 참고로 했을 터였다.

"아아, 이거?"

히나코가 가슴의 명찰을 가리키며 입술을 떨면서 미소 지었다.

"방금 접수처에서 받았는데 색이 다른 명찰이 섞여 들어간 모양이야. 명찰 놓은 데서 색이 좀 다른 게 내 거 말고도 몇 개 더 있더라고."

"그렇구나. 같은 색 두꺼운 도화지가 모자랐었나보네요."

하지만 좀 이상하네, 하고 치에다 코우가 팔짱을 끼고 살짝 고개를 갸웃거렸다.

"수상한 사람을 막으려고 매년 명찰 색을 조금씩 바꾸기로 했는데 말이에요. 내가 입학했을 때 우리 엄마가 교장 선생님한테 부탁해서 그렇게 하기로 했거든요. 팬이 맘대로 운동장에 들어오면 곤란하니까 말이에요. 그런데도 진한 보라색이랑 연한 보라색이 섞여있었다고요? 그러면 보안이 의미가 없잖아요?"

"아하…… 그랬구나."

"누나랑 저 형이랑 명찰 색이 아무리 봐도 작년 거랑 비슷하단 말이죠…… 하지만 뭐 섞였다고 하면 그랬겠죠 뭐."

치에다 코우는 가슴께에서 퐁 하고 박수를 치고는 빛나는 미소를 다시 꾸며냈다.

"잘못은 수상한 사람을 막으려는 의지도 전혀 없이 개념 없게 보라색 색종이를 두 종류 준비한 선생님들한테 있으니까. 형아랑 누나는 잘못이 없죠. 신경 쓰지 마요!"

그렇게 말한 뒤 "자 그럼, 코우는 경찰 아저씨들한테 증언 좀 하고 올게요." 하고 의뭉스레 경례 포즈를 취하고는 어른들 틈을 빠져나가 어딘가로 달려가 버렸다.

등줄기 털이 죄다 곤두선다.

"히나야."

쇼헤이가 살짝 동생을 불렀다.

다행히 눈앞에서는 치에다, 나츠노 두 부인의 말다툼이 다시 시작되었다. 교사를 포함해 주변 어른들은 모두 아역 배우 어머니끼리 벌이는 추한 전쟁에 주목하고 있었다. 쇼헤이와 히나코는 신경 쓰는 사람이 없어 보였다.

히나코가 다가와 쇼헤이의 팔을 잡는다.

그대로 인파 밖으로 슬쩍 빠져나왔다.

말없이 교문 밖까지 걸어간다. 바로 앞 도로에는 마침 경찰차가 도착했고 뭐라고 소리를 치면서 경찰관이 내렸다. 학교 안으로 향하는 경찰관을 아무렇지 않은 얼굴로 지나치고 성큼성큼 걷는다.

코너를 돈 순간 쇼헤이와 히나코는 전속력으로 역을 향해 내달렸다.

"야, 히나야. 걔 완전 미쳤던데? 다 눈치 챘어, 보니까."

쇼헤이가 숨이 찬 목소리로 대각선 뒤에서 달리는 히나코에게 소리쳤다.

"지금쯤 교사나 경찰을 부르러 간 거 아닐까? 그대로 거기 있었다가는 큰일 날 뻔 했어."

임기응변이 좋다거나 연기가 좋다거나 그런 레벨이 아니다.

……뭐야, 저 천재 아역이란 놈?

"히나야, 저놈이랑 엮이지 않는 게 좋을 거 같아. 더 이상 접근하지 마. 이대로 두면 다음번에는 너가 잡힐라."

그렇게 말하고 옆에서 달리는 동생을 슬쩍 곁눈질했다. 히나코는 눈썹이 축 늘어진 채로 입술을 꾹 다물고 있었다. 눈에는 눈물이 가득 고여 있다.

오빠가 충고하지 않더라도 이미 다 알고 있는 것이리라.

엄청 좋아했던 천재 아역배우의 미소 속에는 천진난만함과 어린아이다운 순수함이 단 한 방울도 없다는 사실을.

모든 게 계산된 행동과 공허한 애교로 만들어져 있다는 사실을.

치에다 코우라는 인간은 어린이이기 이전에 일본을 대표하는 배우이며 어른에게 지지 않을 정도로 연기력과 교활함을 갖춘 사람이라는 사실을.

……일단은 그냥 두자.

쇼헤이는 동생에게 더 이상 말 거는 것을 관두고 그냥 입을 다문 채 뛰기로 마음먹었다.

집으로 돌아와 방에 들어가면 그 사랑스러운 미소가 쇼

헤이와 히나코를 맞이할 것이다.

그런 생각을 하자 갑자기 기운이 쭉 빠졌다.

이럴 거였으면…… 어쩌면 공허한 얼굴의 유령소년 포스터에 둘러싸인 편이 차라리 나을지도 모른다.

♥ 제4화 ♥

## 익명 만화가를 좋아하게 되었어

마시코로이드(@mashikoroid)

[무한RT] 와이프가 연락이 안 됩니다. 어제 저녁 마트에 장을 보러 간다고 나간 뒤로 아직까지 돌아오지 않습니다. 적어놓고 나간 메모도 없고 교통사고나 유괴사건에 휘말렸을 가능성도 있을 것 같습니다. 아내가 무사히 돌아오기 전까지 4컷 만화 업데이트는 한동안 어려울 것 같습니다. 죄송합니다.

마시코로이드(@mashikoroid)

[무한RT] 외출 시 와이프는 베이지 색 셔츠 원피스에 얇은 흰색 카디건을 입고 있었습니다. 약간이라도 짐작이 가는 분이 있으시면 정보를 보내주시기 바랍니다. 부탁드립니다.

콧노래를 부르며 노트북을 켜는데 갑자기 "우와아아!" 하는 감격에 넘치는 목소리가 등 뒤에서 들려왔다.

히나코는 고개를 갸웃거리면서 빙글 의자를 회전시켜 방 한가운데로 시선을 옮겼다. 보니 저녁식사를 마치고 계속 자고 있던 오빠가 침대 위에서 무릎을 꿇고 서서 눈과 입을 동그랗게 벌리고 벽을 바라보고 있었다.

"너…… 설마?"

감격으로 어쩔 줄 모르는 모양인지 오빠가 온몸을 부들부들 떤다.

"결국…… 이런 날이 왔구나."

"응? 이런 날이라니?"

"히나야, 해냈구나! 축하한다!"

"뭔 소리야 갑자기?"

오빠가 파자마를 입은 채로 침대에서 내려와 함박웃음을 지으며 다가왔다. 상대방에게 극찬을 보내는 미국 대통령처럼 히나코 쪽으로 손가락을 향한 채로 천천히 박수를 친다. 참고로 대강 한 4시간 정도 잠에 빠져있던 오빠 머리카락은 심각하게 머리가 떴다. 뻣뻣해 보이는 까만 머리가 우주소년 아톰처럼 뻗쳤다.

"드디어 극복한 거 아니야? 이 방 벽이 이렇게 하얗게 깨끗했구나, 까먹고 있었는데. 아, 길었다…… 정말. 정말 길었다고. 히나 네가 5학년 때부터 시작됐으니까……."

"아하, 아냐아냐아냐아냐."

드디어 오빠의 사고회로가 이해됐다. 오빠가 뭔 소린가 하는 얼굴로 "아냐? 뭐가 아닌데?"하고 물어온다.

아무래도 오빠는 히나코가 열성팬질을 졸업한 줄 아는 모양이다. 이 방 벽에서 사진이 깨끗이 사라진 것을 보고 최애가 이제는 없는 거라고 생각한 것이리라.

미안합니다만…… 완전 헛다리도 이런 헛다리가 없다.

"저기요, 미안한데요. 붙일 사진이 없어서 그런 거예요."

"붙일, 사진이, 없어서?"

오빠가 팔짱을 끼고 눈살을 찌푸렸다. 히나코가 한 말이 무슨 뜻인지 제대로 이해가 가지 않는 모양이다.

"내 요즘 최애는 말이지, '마시코로이드'님이야. 알아?"

"누군데? 들어는 본 것 같은데?"

"정체를 드러내지 않고 인터넷에서 4컷 만화를 연재하는 분이야. 나이는 비공개지만 30대 초반 정도가 아닐까?

사이좋은 아내랑 여섯 살, 네 살 아들, 이렇게 네 명이서 사는데 가정 안에서 벌어지는 여러 가지 에피소드를 4컷 만화로 그린 거야. 진짜 재밌어! 센스도 신급이고 작화도 완전 힐링 되는 스타일인 데다가 성격이 좋아 보이는 느낌이 막 풀풀 풍기고, 진짜 완전 빠져버린다니까? 게다가 개인이 운영하는 홈페이지에서 연재하기 때문에 무려 무료로 볼 수 있다고! 그런 봉사정신 발휘 안 해도 단행본으로 내주면 나 같은 팬이 바로 사다가 포교용으로 여기저기 뿌려서 바로 베스트셀러로 만들어 드릴 텐데. 우리는 언제든 최애를 위한 ATM이 될 준비가 되어있는데 말이야."

"아하, 그러고 보니 어제 전철 속에서 그 이야기하는 여고생이 있었는데. 만화 제목이 뭐였더라?"

"'마시코로이드 가족'이야. 학교에서 마리카한테 추천받아서 읽어보니까 엄청 재미있어서 빠져버렸지 뭐야? 이미 4컷 만화 전편 정주행을 다섯 번이나 했어. 여섯 살 아들 엉덩이가 화장실 변기에 쑥 빠졌는데 변기 세정제 청크린 때문에 파랗게 변했다는 이야기는 진짜 추천! 오빠도 한번 봐봐! 아, 맞다. 만화에도 살짝 나오기는 하는데 마시코로이드 작가님 집이 카나가와현 안에 있는 것 같다던데, 어쩌면 이 근처에서 마주치고 지나갔을지도 몰라. 생각만 해도 가슴이 아파올 정도라니까 진짜……."

"네네, 잘 들었고요. 결론은 익명 만화가니까 얼굴 사진이 없으시다?"

히나코가 혼신의 힘을 다해 추천하는 영업을 오빠가 너무 쉽게 뚝 잘라버렸다. 항상 이런 식이다. 조금만 더 말하는 걸 제대로 들어주면 어디가 덧나나?

"아아, 히나가 이제 스토커 생활 접고 정신 차렸나 했더니, 헛물만 켰네. 진심으로 유감입니다."

"스토커 아니라니까? 열성팬이거든요."

"그렇다 치고. 근데 의외네? 히나 네가 항상 하던 식이라면 작가 본인 얼굴 사진은 돌아다니지 않아도 4컷 만화 자체를 뽑아서 죄다 붙일 것 같은데?"

"으음, 그건 안 돼."

"왜?"

"저작권법 위반."

"왜 굳이 그런데서만 준법정신이 투철하냐?"

"저기요오, 오라버니? 저는요~, 만화도 좋지만요~, 작가님이신 마시코로이드 님 본인에게 반한 거거든요? 그 작가분 사진이 손에 안 들어온 이상 벽 데코레이션도 포기해야 하는 거거든요? 아시겠어요~?"

"그러면 만화 캐릭터 소개 페이지라도 붙이면 되는 거 아니야? 다큐멘터리 만화라면 작가 본인이 주인공일 거 아니야."

"응? 그건 싫어. 그렇잖아, 마시코로이드 작가님은 본인을 살짝 멋없게 그리신단 말이야. 나는 현실세계 속 3D 마시코로이드 작가님이 겉모습도 속모습도 다 상큼한 미중년이라고 생각한다고! 그걸 그대로 그림으로 그리면 질투하는 사람이 나올까봐 일부러 캐릭터 디자인을 그렇게 한 거겠지. 이런 식으로 생각하면 그런 좀 별로인 모습을 벽에 막 덕지덕지 붙이는 게 실례가 되는 거 아니겠어?"

"미쳤냐? 익명 만화가 가지고 망상도 적당히 해라. 그 정도면 재능이다, 재능."

오빠가 어깨를 으쓱하더니 실망한 얼굴로 자기 침대에 다시 누워버렸다. 베갯머리에 놔둔 스마트폰을 충전기에서 뽑고 잠금 해제한 뒤 만지작거리기 시작한다.

히나코도 노트북으로 다시 향했다. 마침 〈마시코로이드 가족〉 151화가 표시되어 있다. 아내가 사탕과 소금을 착각하고 생일케이크를 구워서 네 살 아들이 통곡했다는 에피소드다. 아내와 아들을 달래는 남편의 심경이 그려져 있어 보기만 해도 아주 흐뭇하다.

200화가 넘는 웹툰이기는 하지만, 히나코는 한 번 빠지자마자 이틀 만에 정주행만 여섯 번을 했다. 스토리나 대사는 정주행 3회차 때부터 거의 다 외워버렸지만, 문득 보이는 캐릭터의 표정 같은 세세한 디테일을 관찰하기 시작하면 아무리 읽어도 모자라다. 작가 본인의 얼굴 사진에 대고 숭배가 불가능한 만큼 만화에서 마시코로이드 작가의 모든 것을 읽어내려고 가슴이 불타고 마는 것이었다.

"지금 인터넷 뉴스 보는데, 너도 참…… 너다. 여전하구나."

다음 화를 읽으려고 하는 참에 갑자기 뒤에서 오빠 목소리가 들렸다.

"응?"

"너는 무슨 사건을 끌어들이는 자석도 아니고, 네가 좋다고 찍은 최애는 어떻게 다 이렇게 어디 휘말리냐? 살인사건 범인으로 몰리지를 않나, 불륜 현장이 잡지에 찍혀서 퍼지지를 않나, 운동회 하다 말고 폭탄으로 죽을 뻔하지를 않나. 진짜 너무 불쌍하다 우리 동생."

……헉?

얼굴에서 핏기가 가셨다. 황망히 돌아보며 "무슨 일 터졌어?"하고 오빠에게 묻는다.

"이번에도 보통 아니다, 이거. 마시코로이드 부인이 행방불명 됐다는데? 유괴 아니냐고 인터넷이 지금 난리야."

· 📷 ·

금요일 방과 후, 히나코가 탄 전철 지역노선은 여자 고등학생들이 지르는 비통한 곡소리로 가득 차 있었다. 히나코가 다니는 고등학교 뿐 아니라 주변에 있는 다른 고등학교 학생들 사이에서도 다들 마시코로이드 사건에 관한 소문이 도는 모양이었다.

"뭐야, 진짜 어이 털려. 말도 안 돼. 죽고 싶어."

눈앞에서 손잡이를 잡고 선 마리카가 흔들흔들 하고 상반신을 흔들었다. 그 옆에 선 사키가 피곤에 절은 눈으로 끄덕인다.

"아무리 시험기간에 힘들어도, 클럽활동 하다 짜증이 나도, 〈마시코로이드 가족〉만 읽으면 위로가 되었는데. 앞으로 어떻게 기분전환을 하면 좋단 말이냐고. 삶의 의욕을 잃어버렸어."

"얼레? 사키 너 오늘 클럽활동 있지 않았어?"

"갈 기운이 안 나서."

사키가 한 대답을 들은 마리카가 깜짝 놀란 표정을 지었다. 문예부 유령부원인 히나코나 아예 클럽활동에 들지 않은 마리카와 달리 현악부 소속인 사키는 거의 매일 클럽활동에 나간다는 인상이 있었다. 합동 연습이 없는 날에도 자율연습을 빼먹지 않던 사키가 오후 3시에 히나코랑 마리카와 함께 집에 가고 있다는 사실 자체가 상당히 드문 일이었다.

그런 두 사람 앞에서 히나코는 1인 좌석에 걸터앉은 채 반쯤 넋이 나간 상태로 지하철 천장 가운데 매달린 배너 광고를 멍하니 쳐다보았다.

무료로 읽는 웹툰이기 때문에 고등학생이 바로 달려들어 붐이 일었다. 히나코가 아는 범위에서도 반 학생 대부분이 〈마시코로이드 가족〉의 애독자였다. 뒤늦게 빠진 사람은 다른 최애를 파느라 시간을 썼던 히나코 밖에 없다.

그러나 '뉴비'(신입)팬으로 막 유입되기는 했어도 이제는 히나코가 마시코로이드에 가장 빠져있는 사람이라는 사실 또한 부정할 수 없었다. 반에서 가장 충격을 받은 사람이기도 했다.

……아내분을 찾으면 바로 연재 재개할 거라 믿고 있었

는데.

원흉은 오늘 오전에 갱신된 마시코로이드의 트윗이었다.

마시코로이드(@mashikoroid)

아내와 방금 전 연락이 되었습니다. 가출은 아내의 의지였던 모양입니다. 저와의 생활에 지쳤다, 더 이상은 다시 시작하기도 어렵다, 라는 말을 들었습니다. 행복하게 살고 있다고 생각한 것은 저 혼자만의 착각이었던 모양입니다. 여러분 죄송합니다. 더 이상 만화를 그리지 않기로 결심했습니다. 〈마시코로이드 가족〉은 오늘부로 종료하도록 하겠습니다.

그 트윗이 올라온 직후에 마시코로이드 개인 웹사이트가 폐쇄되었다는 정보가 돌아다녔다.

수학 수업이고 뭐고 모두 자기 스마트폰으로 정보를 수집하고 교환하느라 바빴다. 점심시간 중에도 히나코는 마리카, 사키랑 같이 필사적으로 웹페이지에 접속하려고 해보았다. 하지만 4컷 만화가 연재되던 주소를 어떤 식으로 접속 시도 해보아도 '애독해 주신 여러분 감사합니다.'라는 간결한 문장만 뜰뿐이었다.

"부인이 무사히 발견된 건 좋은데, 우리 입장에서는 좀 미적지근하다고 해야 하나, 납득이 안 가지 않아? 아니, 그렇게 치이마마를 지탱해온 사람은 다름 아닌 남편 마시코로이드 씨였는데?"

마리카가 분개한 말투로 말을 쏟아냈다. 치이마마란 4컷 만화에 나오는 마시코로이드의 아내 닉네임이다. 작가이기도 한 작중 남편이 '마시코로이드', 체격이 작지만 힘이 남아돌아 주체를 못하는 아내가 '치이마마', 여섯 살 아들이 '타로'. 네 살 아들이 '지로'. 이렇게 네 명이 유쾌하고 시끌벅적한 〈마시코로이드 가족〉의 구성 멤버였다.

"그렇게 착하고 포용력 있는 남편을 두고 말없이 가출을 하다니, 치이마마 좀 너무한 거 아니야? 만화 속에서는 자기 멋대로 구는 게 귀여워 보이기는 했는데, 그야 소재로는 재미있었지만 현실에서도 그렇게 행동하는 건 좀 실망. 트윗에서 팬에게 부탁하면서까지 찾았는데, 마시코로이드 씨가 너무 불쌍해."

"하지만, 좀 그래. 만화 그린 사람은 어디까지나 마시코로이드 씨니까, 어쩌면 자기한테 유리하게 여러 가지로 각색했을지도 모르잖아."

사키가 턱에 손을 대고 고민하며 말했다.

"치이마마는 만화 속에서 이상하게 자기를 그리니까 화가 난 건지도 모르지."

"아냐! 그럴 리가 없어! 절대로!"

히나코는 자기도 모르게 벌떡 일어섰다. 너무 깜짝 놀랐는지 마리카와 사키가 상체를 뒤로 젖혔다.

"마시코로이드 작가님은 그런 사람 아니거든. 자기 아내분이랑 자식을 과장되게 그려서 가족을 상처 줄 리가 없어. 안 그래? 〈마시코로이드 가족〉은 치이마마랑 타로랑 지로를 향한 사랑으로 가득 차 있잖아! 마시코로이드 작가님이 사실을 왜곡하면서까지 소중한 가족을 웃음거리로 만들 리가 절대로 없다구!"

"히나, 자신만만하네?"

자세를 바르게 고친 마리카가 쓴웃음을 지었다.

"하지만 나도 비슷하게 생각하는 것 같아. 월요일에 올린 트윗, 와이프가 행방불명 됐다는 거, 오늘 아침에 결과 보고 트윗도 그렇고 SNS에 쓰는 글 같지 않게 되게 진지하게 썼잖아? 나도 마시코로이드 씨는 좋은 사람이라고 생각해."

"알지알지. 그러니까 나 있지, 마시코로이드 작가님이 이런 일로 좌절하고 연재 중단하는 일이 없으셨으면 좋겠어. 진짜 가족이 만화 속하고는 다르게 문제가 있었다고 해서 마시코로이드 작가님이 만화 자체를 그만 두실 필요는 전혀 없는 거니까. 〈마시코로이드 가족〉이 논픽션이 아니었다는 사실이 밝혀졌다고 쳐, 그래도 나는 계속 볼 거거든. 우리가 원한 게 현실에 존재하는 사이좋은 가족 논픽션 에세이 만화는 아니잖아? 마시코로이드라는 만화가 선생님이 그리시는 즐겁고 귀여운 4컷 만화지! 안 그래?"

오오, 하고 차 안이 술렁인다. 히나코가 늘어놓은 혼신의 연설을 주변 고등학생도 자기도 모르게 엿듣게 된 모양이었다. 의도치 않게 주목을 끌고 말았다는 사실을 깨달은 히나코가 확 달아오른 빨간 얼굴을 감추었다.

"맞아! 히나야! 완전 맞는 말 했어! 〈마시코로이드 가족〉을 업데이트 할 기분이 아닌 거야 이해는 하지만 만화 자체를 그만두겠다는 선언을 하거나 연재분을 다 지워버릴 필요는 없는 거잖아? 마시코로이드 씨가 그린 4컷 만화를 좋아하는 사람, 이 전철 안에 탄 사람만 해도 이렇게 많은데."

히나코의 주장에 기운을 받았는지 마리카도 열변을 토했다.

가슴에 손을 댄 히나코가 살짝 고개를 끄덕였다.

……상황을 지금 이대로 두면 절대 안 돼.

자세한 사정은 모르지만 어떻게 해서든 마시코로이드 작가님이 재기하길 바랐다.

만화가로서.

그리고…… 가능하다면 남편으로서, 아버지로서도.

· ·

좋았어, 하고 숨을 내쉬고 양손을 허리에 댔다. 팔을 걷어붙인 채로 지긋이 책상 위 노트를 바라보았다.

벌써 밤이 깊었고 현재 시각은 새벽 2시 반이었다. 내일이 토요일이라 긴장이 풀렸는지 오빠는 방 반대쪽에 놓인 자기 침대 위에 드러누워서 휴대용 게임기로 액션 게임을 즐기고 있다. 대학생은 다 이렇게 맨날 노는 걸까? 만약에 오빠가 대학생 표준이라면 세상 참 말세다.

공식 웹사이트에서 이전 화는 모두 사라져버렸다. 하지만 좋은 것인지 나쁜 것인지 인터넷에는 4컷 만화를 불법으로 스캔하거나 스크린샷으로 찍은 것이 여러 개 돌아다니고 있었다. 히나코는 이 이미지 파일을 하나하나 다 확인해서 다운로드 받았고, 아무리 찾아도 발견이 안 되는 회차는 기억을 바탕으로 노트 위에 직접 그려서 재현했다.

"아마 대강 이 정도면……."

노트를 두 손으로 펼쳐서 들어 올리고 빨간 펜으로 표시를 한 행을 체크한다.

"저기 있잖아, 오빠 놀지? 지금?"

의자를 빙글 돌리며 말을 걸었다. 침대에 드러누워 휴대용 게임을 하던 오빠가 "어? 어."하고 대강 대답했다.

"그러면 내 추리가 틀리지 않았는지 듣고 한번 검토 좀 해줘. 괜찮아?"

"추리? 아! 미안. 나 지금 다음 스테이지 바로 시작해서 바쁘……."

"나랑 게임 중에 뭐가 중요한데?"

"게임!"

"진심?"

"당연히 아니지. 잠깐 5분만."

그렇게 말한 오빠가 정확히 5분이 지나고 게임기를 닫은 뒤 침대에서 일어섰다. 평소에는 항상 뒹굴뒹굴 거리고만 있는데 이럴 때는 의외로 착실하게 약속이나 시간을 지킨다.

"그건 그렇고. 아까 전부터 하루 종일 공책 펴놓고 집중해서 뭐 하던데, 역시나 공부는 아니었구나."

하긴 너는 공부 한 번 시작하면 5분에 한 번씩 집중력이 끊기니까, 하고 실실 웃으며 오빠가 다가왔다. 이런 오빠라도 학교 성적은 의외로 나쁘지 않았으니 중간고사와 기말고사 학년 순위에서 로봇청소기 급으로 저공비행하는 히나코는 뭐라고 반박할 말이 없다.

"그래서, 무슨 추리? 마시코로이드 건? 그 사람 부인이 도망쳐서 만화 안 그린다고 선언하지 않았나? 오늘도 인터넷에 기사 떴던데."

"응. 그래서 집까지 가서 설득해보려고."

"뭐? 어디? 집?"

오빠가 뒤집어지더니 눈을 깜빡깜빡 거렸다.

"너 진짜…… 하아…… 전에 분명히 '최애하고는 접촉 안한다'가 네 철칙이자 신조라고 하지 않았나?"

"아냐아냐. 그게 아니고, '최애에게 민폐 끼치지 않는다.'이거지."

"그게 그거지. 그러면 너는 남의 집에 쳐들어가서 설득하는 게 어떻게 민폐가 아니라고 생각하는 거냐? 유명인 자택을 급습하는 건 완전 민폐짓거리 중에서도 최고 민폐짓거리 아냐?"

"이번에는 긴급사태잖아! 안 그래? 이대로 두면 마시코로이드 작가님이 만화를 안 그릴지도 모르는데. 나는 있지, 나 같은 팬이 전국에 엄청 많을 거라는 사실을 작가님도 제대로 아셨으면 하는 마음이라고. 마시코로이드 작가님은 본명도 얼굴도 일하는 회사도 다 감추고 있는데다가, 책으로 묶여 나오지도 않았으니까 아마 아는 출판사도 없을 거야. 팬하고 교류도 한 적이 없을 거라 생각해. 그러니까 작품을 기다리는 독자가 이렇게 많다는 사실도 잘 모르실 거고, 그래서 '더 이상 만화를 그리지 않기로 결심했습니다.'같은 발언을 쉽게쉽게 하신 거라고! 내 말이 맞아!"

"경찰에 신고 당하면 어떻게 하려고?"

"마시코로이드 작가님은 그런 사람 아니시거든! 이야기도 들어보지 않고 바로 경찰에 전화할 만한 사람이 그렇게 상냥하고 마음 따뜻해지는 힐링 만화를 어떻게 그리겠어? 분명 곤란해서 눈살을 찌푸리는 일 없이 내가 전하는 마음을 정면에서 받아들여 주실 거야. 최고의 매너와 개매너 중 하나라고 친다면 분명 최고의 매너를 보여주실 타입이라고. 분명 그럴 거야."

오빠는 곤란해 하는 표정으로 벅벅 머리를 긁더니 "난 몰라, 너 혼자 알아서 해."하고 선언했다. 그리곤 바로 "응? 잠깐만."하고 고개를 갸웃거린다.

"근본적인 문제를 빼먹었는데…… 애초에 얼굴도 모르는 익명 만화가 주소를 어떻게 찾아내겠다는 거야?"

"그러니까 그걸 추리해서 알아낼 거니까 들어달라고 하는 거야."

히나코가 공책을 오빠에게 들이밀었다. 빨간 표시를 한 행을 가리키며 읽어보라고 채근한다.

아까부터 몇 시간 동안에 걸쳐 히나코가 〈마시코로이드 가족〉 스크린샷을 모으더니 지긋이 바라보며 분석한 것은 4컷 만화 속에 흩어져서 퍼져있는 정보에 산재하는 마시코로이드의 집 주변 정보를 뽑아내기 위해서였다.

총 200화가 넘는 4컷 만화 〈마시코로이드 가족〉 가운데서도 세 가지 에피소드 속 대사와 설정에 히나코는 주목했다.

첫 번째는 기념할만한 제1화다. 지로가 태어난 것을 계기로 새로운 집을 찾으러가는 이야기가 시작된다. 도입부 내레이션에는 네모난 칸으로 자막 처리한 '카나가와현 어느 곳…….'이라는 글자가 적혀있었다. 치이마마가 '역에서 걸어서 3분 거리에 있는 투룸에 거실이 있고 부엌이 있고 복층, 월세 10만 엔 이내'라는 빡빡한 조건을 걸어서 이 조건을 만족시키기 위해 마시코로이드가 "그런 데가 어딨냐고."하고 투정을 부리며 동분서주하는 모습이 그려져 있다.

두 번째는 가족끼리 쇼핑을 가는 이야기였다. 화려하고 귀여운 아동복을 파는 〈마마웨이즈〉라는 가게에 가려고 하는 이야기다. 기껏 집에서 걸어서 15분 조금 더 걸리는 쇼핑몰에 가게가 들어서 있는데도 "걷기 피곤하니까 전철역에 붙어있는 곳으로 갈 것."이라고 치이마마가 못을 박는다. 그래서 할 수 없이 전철로 10분 정도 간 곳에 있는 다른 마마웨이즈 점포로 가게 됐다, 라는 내용으로 이야기를 시작했다.

세 번째는 마시코로이드와 큰아들 타로가 전철을 한 정거장 일찍 내려서 집까지 산책한다는 스토리였다. 깨끗하게 보이는 후지산 사진을 찍거나, 커다랗게 길을 가로지르는 강을 건너는 등 가까이 보이는 풍경에 신이 난 큰아들 타로의 모습에 미소 짓게 만드는 내용이었다. 클라이맥스는 큰아들과 사이좋게 노는 남편을 질투한 치이마마가 차남 지로를 유모차에 태우고 집에서 맹렬한 스피드로 돌진해오는 것이었다.

“우선 첫 번째 표시한 부분인데, 이 제1화만 봐도 마시코로이드 작가님 집이 ‘카나가와현 안’, ‘투룸에 거실과 부엌’, ‘역에서 걸어서 3분 안’, ‘복층’, ‘월세 10만 엔 이내’라는 사실을 확인할 수 있지? 부동산 사이트에서 검색해 봤지만 카나가와현 전체만 해도 이 조건에 해당하는 건물이 한 줌도 안 됐어. 물론 부동산 사이트에 올라온 게 극히 일부기는 하지만 역세권인데 싼 복층이면 역시 얼마 안 나올 것 같아.”

“뭐 그렇지. 우직하게 하나하나 발로 뛰면서 찾으면 어떻게 되긴 하겠네. 하지만 카나가와현에 전철역이 어디 한두 개야? 무수히 많은데?”

“그게 말이지, 의외로 범위를 좁히는 게 가능하더라고. 이거 봐봐!”

히나코는 의자에서 몸을 일으킬 기세로 두 번째 빨간 표시를 손가락질 했다.

“〈마마웨이즈〉라고 하는 아동복 가게는 카나가와현 안에 20점포 있대. 이 4컷 만화에서는 기껏 집에서 걸어서 15분 조금 더 걸리는 곳에 마마웨이즈가 입점한 쇼핑몰이 있다는데 치이마마가 고집을 부려서 일부러 열차로 10분 걸리는 역 안에 입점한 점포로 갔었어."

"이 정보가 힌트라는 거지?"

오빠의 말에 히나코가 고개를 끄덕였다.

"마시코로이드 작가님 집은 역에서 걸어서 3분 거리에 있으니까, 거기서 15분 더 걸어야 하는 마마웨이즈 점포라면, 걸어서 15분에서 20분 정도 걸리는 장소일 거야. 그렇다고 하면 장소가 꽤 좁혀지지."

히나코가 마우스를 잡고 방금 펴두었던 아동복 마마웨이즈 공식 홈페이지를 켰다. 오빠가 옆에서 컴퓨터 화면을 들여다본다.

"일단 카나가와현 마마웨이즈 점포 가운데 역에서 걸어서 15분 정도 걸리는 곳에 있는 쇼핑몰에 입점한 점포는 히라츠카점, 후지사와점, 츠나시마점, 오다와라점, 이렇게 네 곳. 그리고 역사 안에 입점한 마마웨이즈 점포는 미나토미라이점, 히가시토츠카점, 츠지도점, 요코스카중앙점, 이렇게 마찬가지로 네 곳."

오빠가 잘 따라오도록 히나코는 카나가와현 지도상에 표시된 점포 위치를 천천히 가리켰다. 오빠가 흠흠, 하고 고개를 끄덕이며 팔짱을 낀다.

"그래서 이 점포 가운데 전차로 이동시간이 약 10분이라는 조건을 만족하는 데는 히라츠카점 ⇔ 츠지도점 조합이랑 츠나지마점 ⇔ 미나토미라이점 조합 밖에 없어. 히라츠카에서 츠지도로 가려면 JR 토카이도 노선으로 역 두 개를 가야 해. 츠나지마에서 미나토미라이까지는 토큐 토요코 노선 급행으로 역 세 개."

"그러니까, 그 말은."

오빠는 컴퓨터 화면을 지긋이 바라보면서 잠시 생각에 잠겼다.

"마시코로이드가 사는 집은 토카이도 노선 히라츠카역 근처 아니면 토큐 토요코 노선 츠나시마역 근처라는…… 말인가?"

"바로 그거지! 의왼데? 오빠도 머리 좀 돌아가네?"

"만년낙제이신 분이 누구더러 머리가 돌아간대?"

오빠가 딱 잘라 말하더니 "히라츠카랑 츠나시마라……."하고 천장을 올려다보았다.

사가미 만에 접한 카나가와현 남쪽 히라츠카시와 요코하마시 코우호쿠구에 있는 츠나시마. 이 두 지역은 동네 분위기도, 도심지로부터 떨어진 거리도 완전 다르다. 마시코로이드가 회사를 다니는 직장인이고 도쿄도 안으로 통근하는 투잡 만화가라고 한다면 츠나시마일 확률이 크고, 집값이 싼 점을 생각하면 히라츠카의 승리다. 양쪽을 보러 가서 샅샅이 뒤지는 방법도 불가능하지는 않지만 같은 요코하마 시내인 츠나시마라면 몰라도 히라츠카는 좀 멀다. 가더라도 가능하다면 확정을 짓고 가고 싶은 게 솔직한 생각이었다.

“선택지가 이 두 개라면 간단히 의외로 쉽게 알아차릴 것 같은데? 번화가 느낌인지 교외 주택가 느낌인지, 어떤 형태로든 만화 배경에 드러나지 않을까?”

“그게 말이지, 그렇지도 않아. 마시코로이드 작가님 그림 본 적 있어? 전체적으로 선이 적고 배경도 거의 그리지 않는 스타일이야. 일부러 명확하게 그리지 않는 건지, 그런 그림체인 건지는 나도 모르겠지만.”

“그러면 트위터에 올린 트윗 내용은 어때? SNS 분석은 네 특기분야 아니었어?”

“물론 다 체크 했지. 하지만 집 주변 사진은 일절 올리지 않았고 카나가와현 안에 구체적인 장소를 가리킬 만한 힌트도 전혀 없었어. 위치정보가 붙은 트윗도, 없음.”

“흐으음. 꽤나 철저히 감추고 있네.”

오빠는 감탄해 눈을 가늘게 뜬 채로 “하지만 아직 힌트가 남아있어서 포기 안 한 거 아니야?"하고 손에 든 노트를 바라보았다.

"응. 여기서 내가 눈을 돌린 데가 세 번째 빨간 표시, 한 정거장 전에 내려서 가장 가까운 역까지 걸어갔을 때의 주변 풍경. 후지산을 배경으로 사진을 찍는 컷이랑 큰 강에 걸린 다리를 건너는 컷이 있어. 건물이나 표식은 애매하게 그렸지만 후지산이랑 강은 확실하게 그렸어."

"진짜 꼼꼼히도 봤다, 정말. 후지산이 보이면서 큰 강이 근처에 흐르는 장소라면 이미 어딘지 바로 나오는 거 아닌가?"

히나코가 브라우저의 다른 탭을 클릭해 이번에는 구글맵을 켰다.

지도 위의 하늘색 라인을 하나하나 손가락으로 훑으면서 히나코는 오빠에게 꼼꼼히 설명했다.

"히라츠카역이랑, 히라츠카역에서 상행 방면으로 한 정거장 옆인 치가사키역 사이에는 사가미천이 있고, 하행 방면으로 한 정거장 옆인 오이소역 사이에는 하나미즈천이라는 하천이 있는 것 같아. 그리고 츠나시마역의 경우에는 하행 방면으로 한 정거장 옆인 오이소역 사이에 츠루미 강이 있어. 상행 방면인 히요시역 사이에는 아무 하천이 없었고."

"의외로 강이 많네? 하지만 큰 강이라고 한다면 사가미천이나 츠루미천이 유력하지 않아?"

"나도 그렇게 생각해서 치가사키랑 히라츠카 사이랑 오쿠라산이랑 츠나시마 사이에 주목했어. 하지만 살짝 조사해보기만 해도 두 곳에서 다 후지산이 보이는 모양이더라고…… 결정적인 게 없다고 할까?"

히나코는 살짝 한숨을 쉬었다. 힌트를 적어 내려가서 후보를 히라츠카와 츠나시마 두 개로 좁히기까지는 했는데, 여기서 다음 단계로 넘어가지를 못해서 아까부터 끙끙대고 있었던 것이다.

"에이, 아니지. 그건 쉽지."

오빠가 어이가 없다는 얼굴로 말한다. 히나코가 자기도 모르게 "응?"하고 얼빠진 소리를 냈다.

"혹시…… 오빠 뭔지 알겠어?"

"응, 아마도? 히나가 여기 대강 그려놓은 4컷 만화를 보고 알았는데 말이야, 진행방향에 맞춰 후지산이 배치된 게 제대로 된 거 맞지?"

노트 안을 손가락질하면서 오빠가 물어왔다. 손가락으로 가리킨 곳을 보니 히나코가 간단하게 옮겨 그린 4컷 만화로 걸어가는 방향에 대해 왼쪽에 후지산이 그려져 있었다. "아마 맞을 텐데?"하고 대답하자, 오빠가 자신만만한 말투로 "그럼 쉽네."하고 단언했다.

"치가사키도 히라츠카도 카나가와현 남쪽 끝, 사가미만이랑 맞닿는 지역 아냐? 옛날에는 에도[1]와 쿄[2]를 잇는 길을 토카이도라고 불렀어. 토카이도에서 쿄를 향하면 상행, 에도를 향하면 하행이고. 치가사키에서 히라츠카로 걸었으면 말 그대로 토카이도 하행이야. 카나가와현 남쪽 끝을 사가미만을 따라 동쪽에서 서쪽으로 걸어간 거지. 그럼 그때 후지산이 보이는 건 어느 쪽이겠어?"

"왼쪽이 태평양이니까…… 오른쪽인가? 후지산 정면 쪽을 똑바로 마주보는 건가?"

"그렇지. 반대로 오쿠라산에서 츠나시마 쪽으로 가면 토카이도 상행이니까 요코하마 시내를 남쪽에서 북쪽으로 걷는 게 되잖아. 카나가와현에서 북쪽을 향해 걸어가는 경우 시즈오카랑 야마나시에 걸쳐있는 후지산이 보이는 방향은……."

"왼쪽이다!"

히나코가 의자에서 벌떡 일어섰다. "오빠, 대단해! 진짜

1. 도쿄의 옛 이름.

2. 교토의 옛 이름.

해냈잖아?! 완전 고마워!"하고 오빠 손을 꽉 쥐고 붕붕 돌린다.

"마시코로이드 작가님이 사는 지역은 츠나시마였다는 거네. 우리랑 같은 요코하마시였다니 너무 좋아! 내일 바로 다녀올게!"

"제발 부탁인데 경찰한테 잡히지 않게 처신해라. 어디까지나 정공법으로만 행동하라고. 마시코로이드와 대화하려면 제대로 초인종도 누르고 대화를 신청해서 상대방이 대응해 줄 때에만 접근하란 말이야. 만약 잘 안 되면 바로 집으로 들어와. 그리고 맘대로 우편물도 뒤지거나 그러면 안 돼. 베란다로 들어가는 불법침입 같은 짓도 금지."

"아, 알았다고."

오빠가 요즘 좀 관대해진 것 같은 느낌이 든다. 운동회 사건을 계기로 덕질에 모든 것을 거는 히나코가 어떤 기분인지를 조금은 이해해 주게 된 것인지도 모른다.

"고생했어. 잘 자."

히나코는 오빠 등을 밀어 침대로 다시 눕히고, 오빠가 내던져 놓았던 휴대용 게임기도 다시 쥐어준 다음에 자기 장소로 돌아갔다. "굿잠."하고 오빠에게 손을 흔들고 방

한가운데에 구역을 나누는 접이식 가림막을 쳤다.

내일은 아주 바쁜 날이 될 것 같았다.

· 📷 ·

토요일 오후, 히나코가 완전히 지친 모습으로 츠나시마역 근처 공인중개사 앞에 멍하니 서 있었다.

기합을 넣어서 샌들 스타일의 7센티 힐을 신은 탓에 발끝이 아팠다. 뺨에는 땀이 흘렀다. 한 시간이 넘게 공을 들인 화장이 다 무너진 게 아닐까 아까부터 계속 신경이 쓰였다.

"이상하네…… 뭐지?"

손에 든 스마트폰을 바라본다. 공인중개사는 죄다 돌았고, 그래도 포기하지 않고 츠나시마역에서 반경 240미터 안에 있는 복층 집을 세 시간 이상 찾아다녔다. 하지만 수색 결과는 "역에서 도보 3분 이내 복층? 투룸에 거실 부엌 있고 월세 10만엔 이하? 그런 파격적인 조건은 들어본 적도 없는데?", "투룸에 거실이랑 부엌 딸린 복층이라면 역에서 걸어서 10분 이상 되는 곳이라도 월세 13만 엔은 할 거야."라는 공인중개사의 말을 직접 증명하는 꼴이 되고 말았다.

그런 집은 어디에도 없었다.

……어쩌면 이거 사실은 치가사키였던 거 아닐까?

안 좋은 예감이 가슴 속을 간지럽힌다.

다음 순간 손에 들고 있던 스마트폰이 진동했다. '오빠'라는 표시를 보고 바로 통화 버튼을 누른다.

"여보세요?"

'어, 히나야. 어때? 찾았어?'

오빠의 느긋한 목소리가 들려왔다.

"어때고 뭐고 아예 없다고."

히나코는 한심한 목소리로 투정을 부린다.

"완전 실패했어. 요코하마 이 부근에는 그런 조건을 갖춘 집이 있을 리가 없다는 말만 들었어. 한 곳 정도는 조건이 맞는 데가 있어도 되는 거 아니야? 어제 한 추리가 어디 잘못된 걸까."

'그래. 역시.'

오빠는 전혀 놀라는 기색이 없었다. 마치 이렇게 될 줄 미리 예상이라도 한 듯.

"역시라니, 뭐가?"

'아니, 그게 아니라 좀 뭐가 걸려서 조사해 봤는데. 실은

치가사키랑 히라츠카 사이에도 있긴 있는 모양이야. 후지산이 왼쪽에 보이는 장소.'

"응?"

'〈난고의 히다리후지〉라는 게 있더라고. 치가사키에서 히라츠카를 향해 걸어갈 때는 중간부터 계속 국도 1호선을 따라가게 되는데, 토리이도바시라는 곳에서 쭉 북서쪽을 향해 꺾이는 모양이야. 에도에서 교토로 향하는 토카이도 가운데 드물게 진행방향 왼쪽에 후지산이 보이는 장소, 그래서 우타가와 히로시게가 〈토카이도 53역참〉 중에서도 명소라서 풍속화로 남겼을 정도로 경치 좋기로 유명한 곳이래.'

"그 말은 그러니까……."

'응. 4컷 만화 무대가 된 곳은 그곳, 치가사키 난고일 가능성이 높아. 제대로 〈난고의 히다리후지 비〉하고 비석도 서 있고, 이름의 유래를 알려주는 안내판도 서 있는 모양이야.'

미안 미안, 하고 웃으면서 말하는 소리가 전화기 너머로 들려왔다.

"그걸 빨리 알려줘야지 뭐한 거야!"

'어떻게 해 그럼, 방금 일어났는데.'

"왜 이렇게 오래 자! 난 지금 아침부터 네 시간은 걸어 다녔는데!"

'이미 지나간 걸 어쩌겠어, 안 그래? 어젯밤에는 히나너도 다 오케이 했잖아. 아니야? 불만이 있으면 카나가와 지리를 좀 더 공부한 다음에 나한테 뭐라고 해.'

"아니, 길이 북서쪽으로 꺾이는 장소가 있다는 걸 내가 어떻게 알아."

오빠를 향해 투정을 늘어놓으며 히나코는 서둘러 츠나시마역 표 내는 곳으로 뛰어 들어갔다.

토큐 토요코 노선으로 요코하마역까지 가서 토카이도 노선으로 갈아타고 45분. 대강 1시간 정도 걸려서 히나코는 겨우 히라츠카역에 도착했다.

역 근처에 있는 공인중개사 사무실에 뛰어 들어가 일이 없어 보이는 직원을 한 명 한 명 빠짐없이 붙잡고 물어보았다. 츠나시마에서는 전혀 단서가 없었는데, "이 주변에는 복층집이 몇 개 있어.", "이전에 빈 방 나왔던 거긴가 본데? 지금은 월세가 11만 엔이긴 한데."같은 유력한 정보가 꽤나 모였다. 〈마시코로이드 가족〉에서 추측해낸 대략적인 방 구조를 전하자 더욱 후보가 좁혀졌다.

방을 빌릴 리도 없는 여고생임에도 친절하고 꼼꼼하게 응대해준 직원에게 감사 인사를 한 뒤 히나코는 스마트폰을 손에 들고 거리로 달려 나갔다.

유력한 정보는 히라츠카역 남쪽 출구 로터리 바로 옆 장소였다. 역 건물이나 은행이 늘어선 동쪽 출구와는 달리 조금만 걸어도 바로 그럴 듯한 주택가다. 복층 타입 건물도 요코하마 시내보다 많았다.

아까 전 물어본 조사과정에서 가장 가능성이 높다고 판단하게 된 건물이 모두 이 근처에 있었다. 히나코는 손에 든 스마트폰으로 켠 구글 맵을 보고 복층 형태 건물을 하나하나 돌아보기로 마음먹었다.

첫 번째 건물은 비교적 새로 지은 베이지 색 건물이었다.

역세권 치고는 넓어 보이는 건물로 꽤나 살기 좋아 보이는 집이었다.

2층에는 넓은 베란다가 있다. 1층 부분에는 갈색 현관이 딸린 문이 세 개 있었고, 각각 명패가 걸려있었다.

"어라?"

중간에 집 앞에서 자기도 모르게 시선을 멈춘다.

……의외로 알기 쉽네?

명패에 적힌 두 문자를 지긋이 바라보며 히나코는 발을 멈추고 생각에 잠겼다.

주변을 둘러보며 누가 보는 사람이 없는지 확인한 다음 슬쩍 인터폰 옆에 선 우편함으로 다가갔다. 투입구를 검지로 살짝 열어보니 여성패션 통판 카탈로그가 들어있는 게 보였다. 주소란에는 '마시코 나나미 님'이라고 적혀있었다.

……빙고!

4컷 만화 속에서도 치이마마가 통판 카탈로그를 보면서 이런저런 고민을 하는 장면이 있었다. 추측해 보면 나나미라는 이름은 아무래도 가출했다는 아내, 치이마마의 본명인 것 같았다.

후보를 잘 뽑았다고는 해도 첫 번째에 바로 발견한 걸 보면 운이 좋다.

천천히 심호흡을 한 뒤 조심스럽게 인터폰을 눌렀다. 몇 초 뒤 "누구세요."하는 느긋한 여성 목소리가 스피커에서 들려왔다.

……응? 여자?

치이마마일까?

아니, 그럴 리가 없다. 그녀는 이미 떠나버렸으니까.

살짝 혼란스러워하면서도 '남편 분은 집에 계시는지요?' 하고 딱딱하게 격식을 차린 말투로 물었다. "남편이요? 네네."하고 대답이 들리더니 통화가 일단 끊겼다.

안절부절못하면서 기다리고 있는 와중에 철커덕 하는 소리가 나면서 현관문이 열렸다. 나온 사람을 보자마자 히나코의 두 눈이 동그래졌다.

문 너머에 서 있는 사람은 갈색 니트 조끼를 입은 백발의 할아버지였다.

"어?"

자기도 모르게 말문이 턱 막혔다.

"저기, 마시코 씨 되시나요?"

"네. 그런데요?"

……이 할아버지가 마시코로이드 작가님?

패닉상태에 빠지려고 하는 순간— 아니 아니 잠깐만, 하고 스스로에게 되뇌었다.

아마 이렇게 된 거겠지.

마시코로이드 작가님은 사실 자기 부모님과 같이 살고 있는 것이리라. 눈앞의 할아버지가 마시코로이드 작가님의 아버지고 방금 인터폰 너머로 이야기를 한 여성이 마시코로이드 작가님의 어머니.

즉, 마시코로이드 작가님은 4컷 만화에 나오는 등장인물 수를 실제보다 줄였던 것이다. 실제로는 6인 가족인데 4인 가족으로 설정해서 만화를 그렸던 것이다.

그렇다고 한다면…….

"죄송합니다. 살짝 좀 실수가 있었는데요, 아드님 댁에 계신가요?"

"응? 딸이라면 지금 있는데요?"

"따님이요?"

또 머리가 혼란스러워진다.

"아아, 저기…… 나나미 씨 말씀이시죠?"

"지금 불러올게요."

히나코의 반응을 제대로 보지도 않고 백발 할아버지는 집 안으로 들어가 버렸다. 어딘가 창문이 열려있는 모양인지 "나나미, 손님 오셨다."라는 할아버지의 목소리가 들려온다.

바로 타닥타닥 계단을 내려오는 소리가 나더니 현관문이 다시 열렸다.

모습을 드러낸 사람은 체구가 작은 여성이었다. 청바지에 파카를 입은 캐주얼한 모습으로 녹색 뿔테안경을 쓰고 있었다. 나이는 30대 초반 정도로 보인다.

"저기."

상대가 입을 열기 전에 히나코가 먼저 물었다.

"마시코 나나미 씨 되시죠? 마시코로이드 작가님 부인이신."

여성은 안경 속 눈을 동그랗게 떴다. 마시코로이드, 라는 단어를 히나코가 입에 올린 순간 여성의 어깨가 움찔하고 움직이는 것을 히나코는 놓치지 않았다.

"그, 그런데요?"

차분하고 얌전한 성격으로 보이는 여성이 시선을 피하며 우물쭈물 대답한다.

4컷 만화에서 묘사된 치이마마와는 외모도 성격도, 상당히 달라 보인다.

어쩌면 자기한테 유리하게 여러 가지로 각색했을지도 모르잖아…… 라고 말했던 사키를 떠올리며 별다른 이유 없이 불안에 휩싸인다.

"갑자기 이렇게 들이닥쳐서 죄송합니다. 잠깐 마시코로이드 작가님과 이야기를 나누고 싶어서요. 지금 댁에 계신가요?"

"저기."

마시코 나나미가 곤란한 표정을 지었다.

"아시는지 어떤지는 모르겠습니다만, 지금 남편과는 같이 살고 있지 않습니다."

"같이 안 사신다고요?"

히나코가 자기도 모르게 눈을 깜빡였다.

"저기…… 여기, 마시코로이드 작가님 자택 맞지요? 마시코로이드 작가님의 트윗 내용대로라면 아내 분께서 집을 나가셨다고 하셨는데…… 아니었나요?"

조심스레 물어보자 "실은 반대예요."라는 당장에라도 끊어질 것 같은 목소리가 들려왔다. "이 집에 들어와 살 때부터 계속 제 부모님이 같이 살고 있었어요. 그래서 친딸인 제가 이 집을 떠나는 선택지는 애초에 없었어요."

"그래서 마시코로이드 작가님이 집을 나가셨다는 말씀이신 거지요?"

"네. 아들 둘도 남편이 데리고 나갔어요."

마시코 나나미가 답한 말을 들은 히나코는 다리에서 힘이 풀리는 느낌이 들었다.

……여기에는 마시코로이드 작가님이 없어.

오늘 하루 히나코가 들인 공이 모두 수포로 돌아간 것이다.

"그럼, 유괴나 사고의 가능성이 있다고 한 말은……."

“거짓말이에요. 그런 사실은 없습니다. 아내와 별거했다는 식으로 갑자기 트윗을 쓰면 안 믿을 것 같으니까, 좀 이야기를 부풀린 게 아닐까 싶은데요. 자기가 아니라 아내가 나갔다고 한 것도 편의상 그렇게 하지 않을 수 없었던 것이겠지요. 실제로는 부부끼리 제대로 이야기를 나누어서 별거를 정했어요.”

“말도 안 돼…….”

“남편이 갑자기 그런 소동을 일으키고 말아서 팬 여러분에게는 정말 면목이 없습니다.”

히나코는 어깨를 뚝 떨어뜨렸다. 마시코로이드 작가님이 거짓말을 했다니, 믿고 싶지 않았다. 그렇게 따뜻한 만화를 그리는 사람이라면 착하고 상냥하고 다른 사람을 잘 배려하는 정의감 넘치는 사람일 거라고 생각했는데…….

히나코가 주먹을 부르르 떠는 사이 눈앞에 멀뚱히 서 있던 마시코 나나미는 지그시 시선을 떨구고 있었다. 그 슬픈 얼굴을 보는 사이에 스멀스멀 뜨거운 감정이 솟아올랐다.

“나나미 씨…… 아니, 치이마마님은 마시코로이드 작가님이 싫으세요?”

“네? 싫은 건…… 뭐, 사람이 못되지는 않지만.”

“그럼 다시 시작해보시는 것은 어떠세요? 치이마마님과 마시코로이드 작가님 사이에 어떠한 문제가 있었는지는 몰라요. 하지만 만화를 읽어보면 알 수 있어요. 마시코로이드 작가님이 그 누구보다도 가족을 소중히 여긴다는 사실을. 치이마마님과 두 아드님을 마음 속 깊이 사랑하고 있다는 사실을. 그래서 말씀인데, 두 분 사이가 예전으로 돌아가는 것은 무리일까요?”

“그건 못 해요. 마시코로이드랑 제 관계는…… 남편이 트위터로 발언한 대로 이미 끝났으니까요.”

“부탁드려요. 그렇다면 치이마마님께서 직접 마시코로이드 작가님을 설득해주실 수는 없으신가요? 마시코로이드 작가님이 그리는 만화를 너무 좋아하는 사람이 이 세상에 얼마나 많은지 몰라요. 그런데 만화 자체를 그만두신다니, 너무 아까운 일이에요. 저희 팬들이 모두가 너무나 슬퍼하고 있어요. 그렇게, 마시코로이드 작가님께 전해주실 수는 없으신가요?”

한 방 먹은 얼굴이 된 마시코 나나미를 향해 히나코는 비통한 부탁의 말을 늘어놓았다. 하지만 동시에, 히나코의 머릿속에서는 어떤 의문이 하나 고개를 들었다.

……어쩌면?

가슴이 죄어온다.

생각을 조금만 해보아도 몇 가지 위화감이 갈수록 이어지며 퍼져나간다.

……아무리 생각해도 이게 진실인 것 같은데?

알아차린 이상 무시하고 지나가기가 어렵다. 하지만 그것은 아무리 생각해도 믿고 싶지 않은 진실이었다.

두근두근 박동 치는 심장 언저리를 손으로 누르며 천천히 기분을 가라앉혔다.

각오를 굳힌 히나코가 천천히 고개를 들었다.

"갑자기 쳐들어 온데다가 이런 부탁까지 해서 죄송합니다. 하지만 저뿐만이 아니라 많은 독자가 기다리고 있습니다. 그동안 하루하루 최신화 업데이트를 계속 기다렸어요. 꼭 〈마시코로이드 가족〉이 아니어도 돼요. 픽션이든 논픽션이든 상관없어요. 다른 만화를 새로 구상해서 발표해주신다면 팬은 기뻐할 거예요. 마시코로이드 작가님이 그리신 만화로 하루하루를 버티고 사는 사람이 이 세상에는 아주 많아요. 저도 그중 한 명입니다. 마시코로이드 작가님이 마음을 담아 그린 작품이라면 어떠한 작품이라도 응원할 거예요. 이 말을 꼭 전해주셨으면 해서 오늘은 이런 곳까지 결례를 무릅쓰고 찾아왔습니다."

히나코는 잠깐 말을 끊고 마시코 나나미의 얼굴을 정면에서 똑바로 바라보았다.

"나나미 씨. 이 말은…… 저기, 다 제가 눈치채고 말씀드리는 건데요. 저기……."

그리고 히나코는 한 가지 질문을 던졌다.

마시코 나나미는 순간 눈을 번쩍 뜨고 가득 고인 눈물을 펑펑 흘렸다.

· 📷 ·

방금 전부터 메신저 앱 알림이 멈추지 않았다.

'마시코로이드 작가님 활동 복귀! 최고! 완전 최고!'

'헤어진 아내분이 설득하셨대! 〈마시코로이드 가족〉은 끝날지 몰라도 만화 자체를 그만 두는 건 아니지 않냐고 그랬대. 다행이다아!'

히나코가 아무런 말도 하지 않는 와중에 마리카랑 사키가 계속 채팅로그를 쌓아간다.

스마트폰을 공부 책상에 올려놓은 채 히나코는 힘없이 고개를 흔들었다.

"왜 그래? 안 좋아?"

뒤에서 말을 걸어온다. 오빠가 걸어오는 소리가 들리고 책상 위에 회색 그림자가 드리웠다. 오빠는 한동안 아무 말도 하지 않았다. 히나코 스마트폰 알림화면에 차례로 표시되는 마리카와 사키가 보내는 메시지를 읽고 있는 모양이었다.

"너 어제 집에 오고부터 계속 왜 그래? 무슨 일이 있었는데 그렇게 기분이 안 좋아?"

"딱히."

"마시코로이드랑은 제대로 만난 거 맞아?"

"음……."

"그럼 방금 뉴스에 나온 만화가 활동 복귀한다는 거, 히나 네가 가서 무슨 말 한 덕분에 그렇게 된 거 맞나보네?"

"몰라."

"너무 갑자기 식은 거 아냐? 그렇게 열을 올려놓고 이렇게 바로 흥미가 식어버린다고? 혹시 현실 속 마시코로이드가 네 망상보다 못 생겨서 실망한 거야? 그건 솔직히 마시코로이드 작가한테 실례되는 거 아냐? 익명 만화가 얼굴에 너무 큰 기대를 품은 네 잘못이지. 이참에 잘됐다. 히나 너는 반성 좀 할 필요가 있어."

멋대로 한참 떠들던 오빠가 자기 공간으로 돌아갔다.

……너무 큰 기대를 품어서가 아니야.

히나코는 어제 마시코 나나미에게 이렇게 물어보았다.

**"당신이 마시코로이드 작가님 본인인 거죠?"라고.**

결정적인 증거가 된 것은 '마시코(益子)'라는 두 글자만 새겨진 명패였다.

처음에 그 명패를 본 히나코는 그 집이 마시코로이드 작가님의 것이라고 확신했다. 마시코 나나미라는 우편물의 이름은 즉 아내 치이마마를 가리키는 것이라 추측했다. 고령의 남녀가 동거하고 있다는 사실에 놀라기는 했지만 이것도 마시코로이드 작가님의 부모님이라고 생각하면 앞뒤가 맞는다.

하지만, 현관 문 앞에 나타난 마시코 나나미가 말한 내용은 완전히 다른 진실이었다. 고령의 부부는 입주 했을 때부터 같이 산 마시코 나나미 본인의 부모님이고 남편 마시코로이드 작가는 두 아들을 데리고 며칠 전 집을 나갔다고 말했다.

이건 명백히 이상하다.

마시코로이드 부부의 성이 '마시코'라고 한다면 데릴사

위로 들어가 남편이 아내의 성을 따른 게 아닌 이상 마시코 나나미의 부모님 성은 마시코가 아닌 다른 것이어야 했다. 입주할 때부터 계속 같이 살았다는 설명이 진짜라면 어째서 한쪽 성만 명패에 새겨서 달았단 말인가?

애초에 마시코 나나미의 아버지로 보이는 백발의 할아버지에게 "아드님 댁에 계신가요?"라고 히나코가 물어봤을 때 돌아온 대답은 "응? 딸이라면 지금 있는데요?"였다. 혹시라도 그 집에 얼마 전까지 딸 부부와 같이 살고 있었다면 '아드님'이라는 말이 딸의 남편을 가리킨다는 사실을 이해하고 "지금은 집에 없습니다." 같은 설명을 할 법도 하다. 그런데도 그 나이 많은 남성은 딸 말고는 이야기하지 않았다.

—이 집에는 애초에 딸 밖에 없다, 라고 말하기라도 하듯.

진실에 도달한 히나코 앞에 마시코 나나미라는 이름의 익명 만화가는 무언가 씐 것이 떨어져 나가기라도 한 듯 울음을 멈추지 못했다.

'마시코로이드'라는 닉네임으로 만화를 그리기 시작한 지도 벌써 10년이 넘어요, 라고 마시코 나나미는 오열하며 말했다.

취업에 실패한 충격으로 대학도 안 나가고 그대로 은둔형 외톨이 생활을 하게 되었다. 아무리 시간이 지나도 밖으로 나갈 생각을 하지 못하고 일한 경험도 없이 세월만 흘렀다.

그러던 중에도 원래부터 좋아했던 만화만큼은 자기 방 안에서 멈추지 않고 계속 그려왔다. 장르는 순정만화. 만화 일을 하게 되면 부모님께도 효도할 수 있다고 믿고 온 힘을 다해 작품을 완성시켜 출판사로 보냈다. 하지만 아무리 노력해도 만화가로 인정받지를 못했다.

몇 번이고 출판사로부터 받은 피드백 코멘트는 다 비슷비슷했다. "주인공에게 매력이 없다.", "더 밝고 긍정적인 주인공으로 가는 편이 좋지 않을까?", "등장인물에게 감정이입이 안 된다."

……하나하나가 전부 정곡을 찔러 가슴에 박혔다.

은둔형 외톨이 생활을 한지 10년이 넘은 작년, 반쯤 에라 모르겠다라는 기분으로 예전부터 사용하던 '마시코로이드'라는 이름으로 트위터 계정을 만들었다. 도쿄도내 회사에 다니면서 아내와 아들 둘과 함께 재미나게 살고 있는 30대의 육아분담에 철저한 남자라는 가공의 프로필을 설정한 다음 논픽션을 표방하면서 4컷 만화 업데이트를 시작했다.

자신과는 완전히 다른 가공의 인물.

이상적인 직장과 가정을 가진 자신과 정반대인 남성.

그런 남성을 연기하며 만화를 그리면 이상할 정도로 술술 풀려나갔다. 전부 거짓말이라 생각하면 자기도 놀랄 정도로 가벼운 마음으로 그림을 그릴 수 있었다. 그림도 복잡하게 선을 덧붙이는 일 없이 최소한도로 필요한 만큼만 써서 구성하기로 했다.

오랜만에 만화를 그리는 게 너무 재미있었다.

트위터를 통해 퍼져나간 만화 〈마시코로이드 가족〉은 점점 인기를 얻었다. 순식간에 가공의 마시코로이드는 인기 만화가 대열에 낄 만큼 유명해졌다.

출판사로부터 인터넷을 통해 책으로 묶어 내자는 제안도 있었다. 하지만 그렇게 하면 마시코로이드라는 만화가의 정체가 실은 은둔형 외톨이 독신여성이고 4컷 만화 에피소드는 모두 가공의 이야기라는 사실을 출판사 사람에게 들키고 만다. 그 사실이 두려워 사람과 만나는 일은 완고히 거절해왔다. 만화 연재장소는 개인이 작성한 홈페이지로 옮겼고 최신화 업로드를 할 때만 트위터에 링크를 걸기로 했다. 광고수입으로 번 돈은 모두 집에 넣었다.

독자가 늘고 트위터에서 전해져오는 감상이 늘어날 때마다 괴로움도 늘어갔다.

'안녕하세요. 마시코로이드 작가님과 같은 아이 키우는 아빠라서 항상 공감하면서 읽고 있습니다.'

'회사에 다니면서 만화를 그리시기 힘들지 않으세요? 저도 열심히 해야겠다는 생각이 듭니다.'

나쁜 마음이라고는 없는 응원 메시지가 하나하나 가슴에 못으로 박혔다.

나는 독자를 속이고 있다.

마시코로이드도 치이마마도 타로도 지로도, 모두 가공의 인물이라는 사실이 알려진다면 독자들이 얼마나 실망할까?

죄악감만 차올랐다. 부담감으로 짓눌려 박살이 날 것 같은 느낌이 들었고 점점 그림 진도가 나가지 않았다.

이제는 모든 것을 다 내던지고 싶어졌다. 그리고 트위터에 '와이프, 치이마마'가 행방불명 됐다는 사건을 꾸며냈다. 그런 사정이라면 어쩔 수 없지, 하고 많은 팬이 납득하지 않을까 싶어서 억지로 짜낸 거짓말이었다. 소동이 벌어지자, 불길이 더욱 커지도록 주목을 모은 다음 만화를 더 이상 그리지 않겠다고 선언하고 붓을 꺾었다.

그대로 조용히 사라져버리자고 생각했다.

“하지만…… 솔직히 계속, 계속, 그림을 그리고 싶었어요.”

그렇게 마시코 나나미는 말했다.

갑자기 집을 찾아온 여자 고등학생 앞에서 마시코 나나미는 눈물을 흘리며 계속 호소했다. 걱정하던 부모님이 현관까지 보러 나왔지만 뒤를 신경 쓸 겨를이 전혀 없이 마시코 나나미는 히나코를 향해 몇 번이고 고개를 숙였다.

“고맙습니다. 제 만화를 좋아해주시다니. 픽션이라도 좋다고 말씀해주셔서. 정말…… 정말 너무너무 기뻤어요.”

하고 말하면서 눈물을 훔치던 나나코 마스미를 향해 “앞으로도 힘내주세요.” 하고 인사를 한 히나코가 말없이 그 자리를 떴다.

그 뒤로 꼬박 하루가 지난 오늘 저녁 마시코로이드의 트위터에서 웹사이트 부활과 새로운 4컷 만화 연재를 시작한다는 소식을 발표했다.

물론 그가 그리는 만화를 다시 보게 된 사실은 매우 기뻤다. 마시코로이드 작가님의 4컷 만화는 보면 아주 재미

있다. 그림도 귀엽고 스토리가 재미있다. 단어 선택도 아주 능숙하고 캐릭터도 사랑스럽다.

매일매일 업데이트 될 한 화 한 화를 읽어가는 동안 기분이 한결 나아진다. 내일도 힘내자, 하고 긍정적인 기분도 든다.

하지만…….

"하아아아……."

커다란 한숨이 새어나온다.

우상은 멀리서 숭배할 때만이 빛나 보인다.

히나코가 겨우 찾아낸 최애의 모습은, 역시 어떠한 방향이든 간에 히나코가 예상한 것과는 너무 멀리 떨어져 있었다.

"역시 여자를 연애대상으로 삼는 건 아직까지는 좀 부담스러운 거 같아."

히나코는 침대에 몸을 던졌다. 베개에 얼굴을 묻고 있는 힘껏 절규한다. "마시코로이드! 당신은 왜! 여자! 인! 거냐고!"하고, 로미오와 줄리엣 속 대사 느낌으로.

"야야야야야! 왜 그래? 무슨 일이야? 드디어 정신줄을 놓은 거야? 뭐라고? 아까 뭐라고 그랬어?"

당황한 오빠가 하는 말이 방 반대쪽에서 들려왔지만 히

나코는 베개에 대고 계속 소리 질렀다.

이렇게, 상냥한 육아 전담 아빠 마시코로이드를 향한 히나코의 풋사랑은 어이없이 박살나고 말았다.

♥ 제5화 ♥

## 수상을 좋아하게 되었어

이 블로그를 읽고 계실 많은 국민들에게 꼭 전하고 싶은 게 있다.

타카스기 코지로를 내각 총리대신(수상)자리에 더 이상 앉혀두는 것은 위험하다.

나는 목숨을 내놓을 각오로 이 발언을 하고 있다. 내가 장관 자리에서 경질되었다는 뉴스나 아내 혹은 딸이 내게 학을 떼서 집을 나갔다는 주간 잡지 보도 기사를 본 사람이라면, 이제 내 중의원 생명이 얼마 남지 않았고 또 잃을 게 아무 것도 없는 상황이라는 사실을 잘 알 것이다. 그렇기에 더더욱 진실을 말할 수 있다는 사실 또한 알아차렸을 것이다.

그 남자는 내각 총리대신이 될 그릇이 못 된다.

정치가로서 모든 것을 잃은 내게 그 남자는 '뒷거래'를 하려고 들었다. 정치적 편의를 제공할 테니, 그 대신 막대한 금액을 요구했다. 그

뿐만이 아니라 내 딸을 인질로 내놓고 충성을 맹세하라는 천인공노할 요구를 해왔다.

그러한 인간쓰레기가 나라의 수장으로 올라서는 일은 우리 모두가 무슨 수를 써서라도 용납해서는 안 된다.

증거로 내가 타카스기 코지로와 전화통화한 녹음기록을 공개한다.

이 녹음을 듣고 각자 자신의 귀와 머리로 판단해 주기를 바란다.

타카스기 코지로가 일본 수상에 정말로 어울리는 존재인가 아닌가를.

눈꺼풀 너머로 아침햇살이 비쳐보였다.

아니다, 벌써 해가 중천에 떴을지도 모른다. 아침이든 낮이든 평범한 사람이 월요일에 잠에서 깰 시간이 한참 지난 것만큼은 확실했다.

그 사실을 충분히 이해하고 있기는 해도, 어지간히도 눈을 뜰 용기가 안 났다.

이유는 단순명쾌했다. 어젯밤 여동생이 벽에다 대고 무슨 작업을 하면서 무언가를 붙이고 있었기 때문이다.

기껏 마시코로이드 작가 덕분에 같이 쓰는 방 전체가 새하얀 벽으로 돌아왔는데 겨우 2주도 안 지나서 수백 개의 시선에 둘러싸이는 불편하고 부담스러운 방으로 되돌아가 버린 것이다. 손재주가 좋은 여동생이 하는 일이니 쇼헤이가 자고 있는 동안에 이미 작업을 끝냈으리라. 침대에서 몸을 일으키면 막다른 골목이다. 여동생 손으로 〈도배〉를 마친 방의 모습이 눈에 들어올 것이고 그 하얗고 아름다운 벽과는 이번 생에서는 다시는 못 만나리라는 사실을 받아들여야만 한다.

자, 이번 최애는 누구냐.

“이제는 뭐가 튀어나와도 그러려니 할 것 같다.”

자학하듯 중얼거린 쇼헤이는 으라차차 힘차게 몸을 일으켰다.

벽에 붙어있는 무수한 사진 가운데 하나가 눈에 들어왔다. 양복 입은 중년 남성이 팔짱끼고 가슴을 쫙 편 모습으로 대각선 위를 올려다본다.

잘 가꾼 늘씬한 몸에 지적인 표정. 그 눈동자가 바라보는 먼 곳은 이 나라의 미래인가, 아니면 또 다른 무엇인가…….

“와와와와와와와와이와이와이, 왜! 와이! 와아이이!”

하고, 침대에서 굴러 떨어진 쇼헤이가 소리쳤다. 그 소리가 밑의 층까지 들린 모양이다. “쇼헤이, 일어났으면 아침밥 먹어~. 좀 있으면 12시야~."라는 어머니 목소리가 가늘게 들려왔다.

"엄마 잠깐만요! 히나가 이제 완전히 갔어요, 지금! 난 몰라요, 이제. 막장도 이런 막장이 어딨냐고?! 다 끝났어. 끝이야, 끝!"

쇼헤이가 복도로 뛰쳐나가 1층에 있는 어머니를 불렀다. 몇 초 뒤 거실 미닫이문이 열리는 소리가 나더니 늘어지는 느긋한 목소리로 대답이 돌아왔다.

"히나 어디 안 가고 여기 있는데~?"

"네?"

"히나야, 오빠가 부르네? 위에 한 번 가봐."

네에에, 하고 대답하는 소리가 이어지더니 또박또박 발소리가 났다. 곧바로 계단 아래에서 동생이 모습을 드러냈다. "뭐가 막장인데. 뭐가 끝나. 웃겨, 진짜."하고 투정을 부린다. 동생은 편한 옷을 입었고 머리에 헝클어진 그대로다.

"너, 학교는?"

"오늘 가을방학. 딱 하루밖에 안 되지만. 더 쉬게 해주면 안 되나?"

10월 1일. 2학기제라면 그런 시기이리라. 하지만 2학기제고 3학기제고 알 바가 아니었다.

"너 그러다 암살당해."

"응? 뭐가?"

"이 사람은 위험해. 관둬."

"왜?"

"진짜로…… 진짜 이 사람이 지금 최애냐?"

"응! 그런데?"

히나가 명랑하게 대답하는 말을 들은 쇼헤이는 어깨를 뚝 떨궜다.

생각조차 하기 싫다. 히나코가 평소 하던 대로 스토커 기질을 발동해서 이 사람을 쫓아다니면 도대체 동생에게 어떤 일이 벌어질 것인가.

쇼헤이는 방으로 돌아가 벽에 붙어있는 양복 차림을 한 사진을 새삼 관찰했다. 프린터로 뽑은 그림도 있는 모양이었지만 신문 스크랩도 많다.

"코지로 수상님, 멋있지?"

계단을 올라와 방에 들어온 동생이 황홀해 하는 표정으로 슈헤이 눈앞에 붙여준 신문 스크랩을 쓰다듬었다.

"솔직히 역대 수상 중에서 가장 매력적이야. 누가 봐도. 늘씬한 잔근육에 얼굴도 나쁘지 않고, 나이도 젊어. 1940

년대 이후로 가장 어린 만 49세 수상. 초엘리트!"

히나코가 팬심을 뿜어내는 대상은 자유민정당 총재 타카스기 코지로의 얼굴 사진이었다.

두 말 하면 입 아픈 바로 그 사람, 현재 일본 내각 총리대신, 즉 수상이다.

"수상관저 집무실 의자에 앉아 대쪽 같은 얼굴로 일하는 모습 같은 걸 나도 모르게 망상해버린다니까. 총리대신 의자라면 아마 분명 푹신푹신한 가죽의자겠지? 비싼 융단이 깔린 방에서 산더미처럼 쌓인 서류에 서명하고 막 그럴까? 아아아아아아, 그 모습을 상상만 해도 너무 숭고해서 미칠 것 같아! 난 있지, 가능하면 그 집무실 구석에 놓인 관엽식물이 되고 싶어. 그리고 매일매일 격무에 시달려 피곤해 하실 코지로 수상님에게 신선한 산소를 보내주고 싶어."

"미쳤냐? 정신 차려. 수상 가지고 망상하지 마. 포기해."

"으응? 좋은 걸 어떡해?"

"어쩌다 이 지경이 된 거냐……."

쇼헤이가 이마에 손을 짚자 히나코가 의기양양하게 이야기를 풀어놓았다.

“곧 있으면 중의원 선거가 있으니까, 텔레비전에 요사이 자주 나오잖아? 당당하게 연설하는 모습이라든가 당황하지 않고 국회에서 답변하는 모습이라든가 여러 모습을 보다가 좋아하게 되어버렸어. 오히려 왜 지금까지 멋있는 줄 몰랐을까? 하고 나 자신에게 깜짝 놀랄 정도라니까! 남색 양복이 이렇게 잘 어울리는 사람은 연예인 중에도 찾아보기 힘들다구.”

“웃기고 있네, 솔직히 그 정도로 멋있지는 않아. 총리대신 치고는 젊은 거고, 그냥 아저씨지.”

“뭐래 지금? 평균보다는 한참 위거든? 솔직히 오빠가 중년이 되면 저렇게 멋있어질 것 같아?”

“네 최애를 높이겠다고 날 깎아내리지 마라.”

“맞다, 말하다 생각났다!”

쇼헤이가 말을 듣고 있는지는 신경도 쓰지 않고 히나코가 신이 나서 이야기를 퍼부었다.

“특히 멋있다고 생각한 부분이 뭐냐면 얼마 전 텔레비전에서 보여줬던 타카스기 수상이 아동요양 시설을 방문했다는 뉴스. 국회에서는 진지한 표정만 짓고 있었는데 얼굴에 막 주름 질 정도로 아이들에게 함박웃음을 짓고 계시더라고. 그게 너무너무너무 귀여운 거야! 뭐랄까?

단숨에 포로가 되어버렸어. 아이들에게 상냥한 남자 진짜 멋있게 보이는 거 알지? 오빠도 그렇게 생각하지? 그치?"

"너 지금…… 이야기 한 거 전부 다 진심으로 말하는 거 맞아?"

"당연하지."

"하아, 이해가 안 간다. 총리대신을 연애대상으로 보는 놈이 세상에 어디 있냐?"

갓 입학한 초등학교 1학년처럼 "저요!"하고 히나코가 전장을 향해 똑바로 손을 들어올렸다.

다시 한 번 더 방 안을 쭉 둘러본다. 중의원 선거가 다가오고 있어서 그런 것인지 어딘가 모르게 자유민정당에 투표하라고 강요받는 느낌이 들었다.

"히나야, 있잖아."

"응?"

"스다 유야든 리키오센이든 치에다 코우든 마시코로이드든 다 좋아. 하지만 타카스기 코지로는 네가 연애 대상으로 삼아도 될 사람이 아니야. 정치 파벌이라든가 사상이라든가 안티라든가 좌익이라든가 우익이라든가…… 왜 있잖아, 뭔가 좀 복잡하고 골치 아픈 거 잔뜩 있잖아. 너

같은 아무 생각 없는 여고생이 발을 들여도 괜찮은 영역이 아니라니까.”

“오빠, 알기나 해? 나, 올해로 만 17세.”

“응, 그래서?”

“내년에는 선거권이 생겨.”

“아…… 그랬지, 참.”

“정계에 관심을 가져 두는 게 절대 나쁘지 않을 시기일 텐데, 아니야?”

“그렇긴 한데. 하지만…….”

“코지로 수상님을 좋아하게 된 뒤로 정치에 관한 지식이 점점 늘어나고 있다구. 더 많이 공부하면 나 대학도 정치학부 쪽으로 그냥 진학할 정도로 박식해질 지도 몰라. 그럼 대단한 거 아냐? 아빠랑 엄마도 엄청 좋아하실 걸? 이대로는 엄마 아빠의 귀한 딸 히나는 입시에서 다 떨어지게 생겼다고 생각하시니까. 낙제가 많으니까 수시도 못하는 판에.”

“틀린 말은 아니긴 한데.”

“그럼 수상 덕질 한다고 해서 나쁠 게 없네. 좋은 거 밖에 없잖아. 장래에 도움도 되고. 그치?”

동생이 씩 미소 짓는다.

……또 논파 당했네.

적어도 딱 한 가지 반론할 방법이라면 "히나 네가 그렇게 계속 팬심을 유지할 수 있을까? 그럴 리가 없지."라는 사실을 들이대는 것이고, 그렇게 하고 싶다. 하지만 연심을 불태우는 동생에게 그런 말을 했다가는 어떠한 보복을 당할 지 상상도 하기 싫었다.

"히나야, 부탁이니까 제발 공안한테 마크 당하거나 경호팀한테 붙잡히는 일은 없게끔 해줘라."

"알았어, 알았어."

"동생이 국가의 적이 되는 모습은 보고 싶지 않다고."

"괜찮아, 노 프라블럼!"

히나코가 장난스럽게 경례하면서 대답하고는 "배고프다! 점심이나 먹자."하고 복도로 나가버렸다. 계단을 내려가는 발소리를 들으며 쇼헤이는 이마에 손을 짚었다.

……뭐가 노 프라블럼이야.

요 몇 개월 사이 히나코의 취향이 점점 이상해지는 것 같은 느낌이 든다.

동생이 연극 배우나 프로 스모 선수에게 열을 올리던 몇 개월 전이 아주 오래 전의 그리운 추억처럼 느껴졌다.

· 📷 ·

수상의 열성팬으로서 활동하는 게 이렇게나 쉽고 편한 일이었다니, 예전에는 전혀 몰랐다.

자유민정당 공식 홈페이지만 가면 수상의 선거유세 지원운동 연설정보가 쭉 실려 있었다.

다 차려진 밥상이라고?

가수의 전국 투어 저리가라 할 정도로 일시와 장소까지 제대로 기록되어 있다고?

SNS에 올린 글을 두고 행간을 읽어 내거나 블로그 비공개기사를 억지로 접근해서 읽어 내거나, 만화를 구석구석 읽어낼 필요도 없이 팬 활동에 필요한 정보를 빠짐없이 손에 넣을 수 있다고?

……이거 팬 서비스가 너무 쩌는 거 아냐?!

여러 가지로 조사하면서 히나코는 완전히 신이 나 어쩔 줄 몰랐다.

타카스기 수상이 페이스북을 하고 있다는 점도 팬에게 있어서는 감사하기 그지없었다. SNS를 안 하는 최애, 예를 들어 최근이라면 유명 아역배우 치에다 코우를 덕질할 때는 최애가 평소 무슨 생각을 하고 어떻게 지내는 지

정보를 파악할 수단이 없었다. 팬으로서 아쉬운 마음이 드는 때도 가끔 있었다. 그 점에 있어서 이번에는 총리대신이라고 해서 정보가 기밀사항으로 감춰지는 일도 없고, 본인이 직접 쓴 글이나 직접 올린 사진도 뒤져볼 수 있었다. 살펴보다 보면 나가노현에 있는 별장에서 수상이 여름휴가를 보낼 때의 릴렉스 한 모습, 가까운 데서 열린 스와 호수 불꽃놀이 축제를 보러 갔을 때 입은 유카타 모습, 그 때 마신 캔맥주 사진까지 아낌없이 올라가 있다는 사실을 알게 된다. 히나코가 유카타를 입은 사진을 바로 프린트해서 벽에 붙였다는 사실은 굳이 언급할 필요조차 없으리라.

이렇게 정보가 잔뜩 굴러다니니 아무리 덕질을 해도 떡밥이 줄어들지를 않는다. 교통비 이외에는 돈도 들지 않으니 빡빡한 고등학생 용돈 사정에도 딱 좋다.

……뭐 굳이 따지자면 이렇게 자세한 스케줄이 공개 된 것도 다 선거기간 한정으로 그러는 거겠지만.

"어디보자, 여기 쯤일까나~."

히나코가 중얼중얼 혼잣말을 하면서 신바시역 앞 SL광장 안을 걸어 다니고 있었다. 시각은 오후 5시를 지났다. 퇴근길 정체가 시작할 때쯤인지 아니면 영업직이 회사로 돌아가고 있는 것인지 주변에는 잰걸음으로 돌아다니는 회사원이 잔뜩 있었다.

"음. 여기가 좋겠네! 웃챠."

한참 고민한 끝에 히나코는 드디어 대기 장소를 눈대중으로 정했다. 차도 옆까지 걸어가 작은 돗자리를 깔고 앉는다.

갑자기 주변에서 힐끔힐끔 자기를 들여다보는 시선을 느꼈다. 자기처럼 대기하고 있는 사람들이 몇 명 있기는 해도 아직 선거권도 없는 연령의 여성은 그 사이에서도 확실히 붕 떠 보이는 것일지도 모른다.

그렇다 할지라도 더 큰 일을 위해 잡다한 일에 눈길을 돌릴 수는 없다.

……그렇잖아, 이게 훨씬 확률이 높은 걸 어떡해.

타카스기 수상의 선거유세 지원연설 일정을 히나코는 모두 자기 수첩에 옮겨 적었다. 자기가 봐도 수상 비서의 수첩과 뭐가 다른가 싶을 정도다. 그렇게 파악했다고는 해도 통장 잔고와 시간문제상 수도권 이외 지역까지 따라다니기는 무리고, 학교에 가야 하는 평일 낮 시간도 어렵다. 최애와 만나기 전에는 꼼꼼히 준비를 할 필요도 있었고 연설 직전에 달려간다고 해도 특등석을 따내거나 하는 것도 아니라는 점을 고려해보면 히나코가 보러갈 수 있는 날은 한정적이었다.

중의원 선거 투표일이 오기까지 히나코가 타카스기 수상과 만날 기회는 딱 두 번 뿐이었다.

첫 번째가 바로 오늘, 금요일 오후 7시부터 이곳 신바시역 앞. 두 번째는 투표일 전날인 내일 밤 진행되는 이케부쿠로역 앞 최종 지원연설.

그 기념비적인 첫날인 오늘을 히나코는 열흘도 넘게 기다리면서 고대하고 있었다. 내일인 최종 지원연설에도 참가할 생각이기는 하지만 역시 최애의 모습을 처음으로 육안으로 볼 때 느껴질 기쁨은 그 무엇과도 바꾸기 어려운 법이다.

오늘은 종례가 끝나자마자 "오늘은 들를 곳이 있어서 먼저 갈게!"라고 마리카에게 선언하고 바로 교실을 나왔다. 현악부실로 향하려던 사키도 놀라서 "그렇게 급히 어딜 가?"라고 물어봤지만 "나중에 알려줄게!"하고 대꾸한 뒤 승강구로 향했다.

가장 가까운 역에서 전철에 뛰어들어 요코하마역에서 토카이도 노선으로 갈아 탄 뒤 4시 전에는 신바시역에 도착했다. 그 뒤로 역 화장실에서 한 시간 이상을 투자해서 꼼꼼히 화장을 한 다음 표 내는 곳을 나와 이렇게 자리를 잡았다.

평소대로라면 엄청 신경 써서 고른 새 옷으로 갈아입었을 텐데, 오늘은 아니었다.

신바시 같은 회사원이 잔뜩 돌아다니는 거리가 전쟁터라고 한다면…… 결정타 패션은 이것뿐이다.

—교복.

2시간 전부터 맨 앞줄에 진을 치고 있는 여자 고등학생이 있다는 말을 들으면 타카스기 수상은 도대체 어떤 표정을 지을 것인가?

텔레비전 속 아동 요양시설에 있는 아이들에게 미소를 지어보일 때처럼 히나코에게도 미소를 지어 줄 것인가?

상상하기만 해도 점점 몸이 배배 꼬이고 만다.

공기는 청량한데도, 볼이 뜨겁다.

축 쳐진 회색 구름 아래에서 히나코는 선거유세 트럭이 도착하길 기다렸다. 앉아서 기다리기 시작했을 때에는 붕 떠 보였지만 점점 주변에 사람이 모이기 시작하더니 히나코를 중심으로 한 무리가 모였다. 평일 저녁 이른 시간인데도 아줌마 팬 집단이나 자유민정단원 등 지지자가 속속들이 모이기 시작한 모양이었다.

도착한 지 한 시간 반이 지났을 즈음 히나코는 돗자리를 학교 가방 안에 접어 넣고 일어섰다. 그 자리에서 거칠게 뛰는 가슴을 안고 기다리자 연설 개시 예정 시각 15분 전이 되었고 그제야 멀리서 여성의 확성기 목소리가 들려왔다.

'타도코로 요시에, 타도코로 요시에입니다! 잘 부탁드립니다, 여러분!"

자유민정당 여성후보를 태운 선거유세차량이 딱 히나코 눈앞에 정차했다.

나이스!

히나코는 자기도 모르게 소심한 세리모니를 했다.

곧바로 '타도코로 요시에'라고 적혀있는 어깨띠를 건 여성이 선거유세 차량 위에 나타났다. 일부 인원이 "요시에!"하는 굵직한 환성이 들리기는 했지만 대부분은 딱히 흥미를 보이지 않았다. 나이도 아직 30대 전후로 보이는 편이고 하니 그다지 지명도가 없는 모양이다. 관중 가운데 반 이상은 타도코로 후보보다 타카스기 수상이 등장하기를 기대하고 있었다.

정작 타카스기 수상은 아직 모습을 보이지 않았다. 아마도 수상은 여기 오기 전에도 사이타마현에서 따른 후보

지원유세를 하러 갔다가 오는 길일 테니까 늦게 올 것으로 예상 되었다.

"신바시의 유권자 여러분 안녕하십니까. 이렇게 많은 분이 모여 주셔서 정말 감개무량합니다. 이 도쿄 2구에서 자유민정당에 입후보한 타도코로 요시에입니다. 예전에는 회사를 다녔습니다만, 말 그대로 이 주변 오피스 빌딩을 매일매일 출퇴근했습니다. 여러분 앞으로도 아무쪼록 잘 부탁드리겠습니다."

타도코로 요시에는 아주 짧은 단발에 새하얀 바지를 입은 정장차림이 주는 느낌과 같이 아주 기가 센 말투로 말하는 여성이었다.

"거두절미하고 바로 시작하겠습니다. 매일 아침 신바시역으로 출퇴근길에 오르던 사람 중 한 명으로서 제가 가장 여러분께 드리고 싶은 말씀은 테러대책에 철저해야 한다는 점입니다."

몇 가지 자기소개와 인사말을 늘어놓은 뒤 타도코로는 우선 첫 번째로 대형 범죄 예방책에 대해 이야기하기 시작했다.

"여러분, 기억하고 계십니까? 지금으로부터 15년 전, 말 그대로 이 신바시역이라는 장소에서 비통한 사건이 벌어지고 말았습니다. 맞습니다. 사이비 종교인 '은혜미래교'신자가 아침 통근 길로 붐비는 시간에 역 구내에 나타나 폭탄 여러 개를 터트렸습니다. 그 사건으로 인해 사망자가 13명, 사상자는 무려 150여명을 넘는 대참사가 벌어졌습니다. 교단은 그 사건 직후 해체되었으며, 3년 전 주모자인 구시마 아츠오도 사형집행을 받았습니다만, 이걸로 모든 문제가 해결되었다고 보기는 어렵습니다. 글로벌화가 진행되는 지금 일본은 또 다시 테러 위협에 직면하고 있습니다. 저는 그런 공포를 국민 여러분이 다시 한 번 맛보는 일을 절대 원치 않습니다……."

타도코로 요시에의 단독 연설은 30분 정도 이어졌다. 테러 대책으로 시작해 보육시설 대기 아동문제 해소, 교육제도 개정 등 아주 다양한 매니페스토 공약이 연달아 이어졌다.

연설이 종반에 치달았을 즈음 10미터 정도 떨어진 곳에 검은 색 세단이 미끄러지듯 들어왔다.

하얀 장갑을 낀 운전수가 내려 차문을 연다. 차에서 내린 사람은 양복 차림을 한 키가 큰 중년 남성이었다.

갑자기 관중이 동요한다. 히나코는 자기도 모르게 두 손으로 입을 틀어막고 숨을 삼켰다.

"코지로 씨!", "총리님!"하는 환성이 여기저기서 동시에 터진다.

그 순간 세단 근처에서 진을 치고 있던 여성 팬이 타카스기 수상을 향해 달려들었다. 출발을 놓친 히나코는 그 자리에 선 채로 엉망진창으로 밀리는 수상 일행을 지켜보았다.

경호팀의 가이드에 따라 타카스기 수상이 이동한다. 타카스기 수상은 "감사합니다, 감사합니다."하고 반복하면서 한 명 한 명 하이파이브를 했다.

……나도 뛰어들었어야 했는데!

뾰로통하게 나온 입을 삐죽 비틀며 히나코가 발을 동동 굴렀다. 수상이니까 보안이 철저할 거라는 선입견이 있었는데 너무 겁먹을 필요가 없었던 것 같다. 하이파이브도 웃으면서 일일이 해준다니 아이돌이나 배우보다도 훨씬 화끈하지 않은가?

조사가 부족한 탓이야.

다음에는 무조건 기회를 놓치지 않겠어! 하고 히나코가 분한 마음을 추스르는 사이 타카스기 수상은 혼잡한 인파를 헤치고 선거유세 차량으로 들어갔다. 그리고 바로 차 위에서 모습을 드러냈다. 타카스기 수상이 인파를 향해 손을 흔들자 커다란 박수가 터져 나왔다. 다른 사람도 아니고 수상이 등장한 탓인지 역 주변을 지나다니던 회사원들도 속속들이 인파에 합류하기 시작한다.

정신을 차려보니 SL광장은 군중으로 꽉 차버렸다.

방금 전까지 소리를 높이던 여성후보 타도코로 요시에와 악수를 나눈 타카스기 수상은 마이크를 손에 쥐었다.

"신바시의 유권자 여러분 안녕하십니까. 자유민정당 타카스기 코지로입니다. 오늘은 퇴근시간임에도 불구하고 이렇게 모여 주셔서 대단히 감사드립니다."

타카스기 수상이 낭랑한 목소리로 연설을 시작했다. 낮고 부드러운 목소리가 히나코의 온 몸 구석구석까지 울려 퍼졌다. 히나코는 가슴에 두 손을 댄 채로 선거유세 차량에 선 수상을 바라보았다. 만 49세 젊은 수상의 모습은 텔레비전으로 볼 때보다 훨씬 늠름하고 활력에 가득 차 보였다.

꿈같은 시간이었다. 타카스기 수상이 천천히 하는 말이 귀에 쏙쏙 들어온다. 여태까지 정치에 흥미가 없었던 히나코라도 자유민정당의 정책이나 방침을 눈 깜빡할 새에 흡수했다. 고등학교 1학년 때 배운 현대사회 수업보다도 훨씬 알기 쉽다.

아마도 진짜로 머리가 좋은 사람이니까 더더욱 난해한 단어로 장식을 하거나 애매한 표현으로 얼버무리려 하지 않고 중요한 점만 똑바로 전달할 수 있는 것이리라.

"여기 타도코로 요시에 후보님은 만 29세 신인입니다. 이 신바시 부근에 있는 대형 광고기획사에서 7년 간 근무했고, 이번에 정치에 뜻을 품게 됐습니다. 이런 타도코로 요시에 후보님이 테러대책 강화를 역설하고 있습니다. 이 신바시역에서 벌어진 '은혜미래교'에 의한 폭탄테러 사건을 저는 한시도 잊은 적이 없습니다. 일본이 다시금 그러한 공포에 휩싸이는 일이 없도록 하기 위해서라도 저는 타도코로 요시에 후보님과 힘을 합쳐 일본이 안심할 수 있는 안전한 미래를 위해 온 힘을 쏟고 싶습니다. 진심으로 염원합니다."

타카스기 수상이 말하는 내용도 큰 줄기는 타도코로 요시에와 비슷했다. 장소가 장소인 만큼 15년 전 신흥종교 신도가 저지른 신바시역 폭탄테러 사건도 언급하면서 테러대책 필요성을 제기하고 있었고 보육시설 대기 아동문제 해소나 무상교육이라는 주요 공약에 대해서도 열변을 토했다.

"이 나라의 미래란 곧 우리 아이들의 미래와 같습니다.

여러분의 자녀분, 혹은 손자분, 친척이나 지역에서 함께 자라나는 아이들. 저출산 고령화가 이어지며 육아가 어려운 환경에 놓여있는 이 시대기에 더더욱 미래를 위한 투자가 필요합니다. 육아가 편한 사회를 만들기 위해 보육원을 늘리고 보육사 급여를 높이겠습니다. 초등학교와 중학교뿐 아니라 고등학교 또한 완전무상교육을 이룩하고 의무교육화를 이끌어 내겠습니다. 또한 학대나 방치 문제도 좌시하고 넘어갈 수 없는 현재의 입양제도를 충실히 개선하고 친자인지율도 높이는 게 중요한 과제입니다. 현재 일본의 위탁 입양률은 아직도 20퍼센트에도 미치지 못하고 있습니다. 이는 다른 나라에 비해 상당히 낮은 수치입니다. 많은 아이들이 시설에서 지내야만 하는 상황을 강요당하는 현재를 우리가 바꾸어 나가야만 합니다. 저는 이를 국민 여러분과 함께 하나하나 실현해나가고 싶습니다.'

역시 수상님은 어린이를 좋아하는구나, 하고 느낀다.

텔레비전에서 보여준 아동보호시설 방문도 그렇고 지금 이야기하는 연설 내용도 그렇다. 타카스기 수상은 유권자 대부분을 점하는 중장년층에게만 꼬리를 흔드는 게 아니라 이 나라의 미래 그 자체인 어린이의 행복을 바라면서 정치가로서 활동하고 있다. 이런 사람이 총리대신을 맡았으니 이 나라에 이보다 좋은 일이 또 있을까?

10분 정도, 타카스기 수상에 의한 타도코로 요시에 후보 지원 연설이 계속되었다. 지원자나 행인의 박수가 터져 나오는 가운데 히나코는 몸을 웅크리고 검은 세단 옆으로 이동했다.

……이번에는 나도 수상님하고 꼭 하이파이브 할 거야!

각오를 다지고 선거유세 차량에서 내려오는 타카스기 수상을 기다린다.

잠시 뒤 수상이 인도로 내려와 서서 세단을 향해 걸어갔다. 그 순간 아까보다 더 거세게 팬이 몰려들어 수상을 향해 열심히 손을 뻗기 시작했다.

"코지로 씨! 타카스기 총리님!"

히나코도 큰 소리로 외치면서 앞으로 나가 몇 미터 앞에 있는 타카스기 수상을 향해 손을 흔들었다. 어지간히도 히나코 쪽을 돌아보지 않는다. 뒤에서도 팬이 잔뜩 모여들어서 히나코는 점점 앞으로, 또 앞으로 밀려갔다.

몇 번이고 넘어질 뻔 하면서도 어떻게든 고개를 들고 인파 속 중심부를 헤쳐 나간다. 어디에 타카스기 수상이 있는지 키가 작은 히나코 시점에서는 더 이상 확인하는 게 불가능했다.

바로 그때, 타카스기 수상의 머리가 보였다. 바로 대각선 위 초근접상태.

"코지로 수상님! 이쪽 좀 봐주세요!"

지금이다, 하고 히나코가 외친다.

타카스기 수상이 빙글 히나코 쪽을 돌아봤다.

텔레비전에서 몇 번이나 보았던 상냥한 눈매가 히나코 쪽으로 아낌없이 시선을 쏟아 붓는다.

하이파이브를 하려고 두 손을 높이 든 자세 그대로 히나코는 너무 긴장한 나머지 그 자리에서 굳어버리고 말았다.

그 순간 퉁, 하고 등에서 충격을 느낀 히나코가 그대로 앞으로 떠밀렸다.

수상의 배 언저리에 강하게 머리를 처박는 꼴이 되고 말았다. 중심을 잡으려고 자기도 모르게 수상의 양복 재킷을 잡는다. 오른손이 주머니에 걸려 무언가 하얀 것이 팔락팔락 지면으로 떨어졌다.

"위험해요! 물러나세요!"

성난 목소리가 머리 위에서 들려왔다. 수상이 아니라 호위 중인 경호원 혹은 경비하고 있는 경찰관이 지른 소리다. 히나코가 황망히 인파 속에서 네 발로 기듯 엎드린 채로 수상의 주머니에서 떨어진 하얀 종이를 찾았다.

"저, 저기!"

많은 사람들에게 짓밟혀 엉망진창으로 구겨진 하얀 종이를 겨우 주워 올리고 말을 걸려고 했을 때에는 이미 타카스기 수상 일행이 세단에 올라타고 있을 즈음이었다. 쫓아가 보려고 했지만 군중에 둘러싸여 다가는 게 불가능하다. 헛수고만 들였다. 타카스기 수상을 태운 검은 세단이 천천히 출발하여 길 건너편으로 사라졌다.

……뭐지, 이게?

히나코는 인파를 빠져나와 세 번 접은 종이를 펼쳤다. 종이에는 동글동글한 글자로 손 글씨가 적혀있었다.

내용을 훑어본 히나코가 고개를 갸웃거렸다.

……이런 편지를 왜 타카스기 수상님께서 가지고 계신 걸까?

머리를 굴려보아도 답은 떠오르지 않는다.

"집에 가서 오빠하고 상의 좀 해볼까나."

히나코가 편지를 학생용 가방 앞주머니에 넣고 역 안의 표 내는 곳으로 향했다. 수상이 떠난 신바시역 SL광장에서는 다시 한 번 자유민정당의 젊은 여성후보 타도코로 요시에의 연설이 시작하는 참이었다.

· 📷 ·

"이거, 정말로 타카스기 수상이 가지고 있었어? 무슨 소리야, 이게?"

편지지를 팔락팔락 흔들며 오빠가 어깨를 으쓱했다. 그 뒤에서는 엄마가 콧노래를 부르면서 설거지 중이다.

오이카케 하우스 거실에서는 아까 전부터 이 편지를 두고 활발한 토론이 벌어지고 있었다.

참고로 히나코가 타카스기 수상이 떨어트린 물건을 주워왔다는 이야기를 했을 때, 두 사람의 반응은 대조적이었다. 오빠가 "총리대신 개인 물건을 가지고 오면 어떻게 해?"하고 새파랗게 질려 거실 한가운데에서 우왕좌왕하기 시작하는 한편 엄마는 "어머, 그럼 그거 엄청 값어치가 있는 물건 아니야? 아빠 오면 알려달라고 해."하고 방실방실 웃었다.

하지만 그런 두 사람도 편지 내용에 관한 감상은 매한가지였다.

뭐라는 거야? ……이 말 말고는 할 말이 없다.

아빠에게

걱정하게 해서 미안해요. 난 잘 있어요. 나 괜찮으니까,

아빠 꼭 이겨요.

-미키에가

딱 이렇게만 적힌 문장이었다.

그 아래에는 같은 필체로 주소가 적혀있다. 나가노현 치쿠마시라고 적혀 있는 것 같아 보였다.

"아무리 봐도 딸이 아빠한테 보낸 편지 같은데 말이지. 타카스기 수상 부부한테는 애가 없단 말이야? 왜 타카스기 수상이 이런 걸 가지고 있는 걸까? 그 전에 '꼭 이겨요'라니, 무슨 말이야? 선거전에서 이기라는 거야?"

"수상한테 숨겨둔 자식이 있는 거야, 분명. 이 애는 나가노현 치쿠마시에 사는 엄마가 혼자 키우는 걸 거야. 여기 이 주소에 사는 거지."

어머니가 아까부터 계속 같은 지론을 반복했다.

"히나랑 동갑이거나 좀 더 연하인 여자애고 반항기가 한창인 걸 거야. 요즘 어쩌다보니 아빠랑 싸워서 현재 반성 중. 전국을 막 날아다니면서 선거유세 지원연설을 하느라 바쁜 아빠에게 편지를 쓴 거지. '아빠, 사랑해요. 꼭

이겨요. 일본을 잘 부탁해요.'하고."

"숨겨둔 자식 같은 게 있으면 큰일 나! 지금 스캔들이 터져버리면 선거는 자유민정당이 진단 말이야! 코지로 수상님이 수상 자리에서 물러나게 되면 절대 안 돼! 너무 싫어!"

히나코가 답답함에 손발을 버둥버둥거리자 "이 스캔들을 터트릴 도화선을 가져온 게 누구였더라. 아이고, 여기 계셨네?"하고 오빠가 냉정하게 비꼬았다.

생각하면 할수록 머릿속 실타래가 엉켜서 풀리지를 않는다.

—미키에가 도대체 누구야?

—누구한테 아빠라고 그러는 거야?

엄마 말대로 타카스기 수상이 부인이 아닌 여자와 과거에 관계를 가진 게 사실이면 어떡하지? 그 상냥하고 품위가 넘쳐흘러 보이던 수상 부인을 배신하고 딴 여자와 만든 아이가 세상에 알려지지 않은 채 중고등학생 정도로 자랐다고 한다면 어떡하지?

아마도 히나코는 그 사실을 견디지 못할 게 뻔하다.

"안 돼! 절대 안 돼! 믿을 수 없어! 아냐, 아닐 거야, 못 믿어, 안 믿어!"

"아, 시끄러. 애초에 네가 수상 주머니에서 맘대로 꺼내서 들고 온 거 아냐? 자업자득인데 누굴 탓 해? 도둑이 제발 저려 무덤 지가 팜."

"와아, 누가 들으면 진짜 도둑인 줄 알겠네. 훔친 거 아니거든?"

"애들아, 싸우면 안 돼~."

어머니가 부드럽게 싸움을 말리자 히나코와 오빠는 아무 말 없이 텔레비전으로 시선을 돌렸다.

중의원 선거 이틀 전이기도 해서 각 지역마다 행해지는 선거전 모습이 방영 중이다. 도중에 방금 히나코가 보고 온 신바시역 앞 지원 연설 모습도 방송됐다. 맨 앞줄에 있어서 몰랐는데 뒤에는 방송국 카메라가 있었던 모양이다. '이 나라의 미래란 곧 우리 아이들의 미래와 같습니다.'라고 말하는 타카스기 수상의 강한 발언이 아까 전부터 몇 번이고 반복해서 방송됐다.

한참 뒤에 선거전 영상이 끝나고 화면이 스튜디오로 돌아왔다.

왠지 모르게 저녁 뉴스를 담당하는 남자 아나운서와 여자 아나운서가 곤혹스러운 표정으로 손에 든 원고를 만지작만지작 거렸다.

'방금 들어온 소식입니다.'

남자 아나운서가 딱딱하게 굳은 표정으로 손에 든 원고를 읽었다.

'타카스기 코지로 수상이 전 법무대신을 협박했다는 혐의가 제기되었습니다.'

"뭐?"

히나코의 말문이 턱 막혔다. "뭐라고?"하는 오빠의 어이없어 하는 목소리가 이어진다. 엄마도 틀어놓은 수도꼭지를 잠갔다.

'방금 전 자유민정당 카노 요시아키 전 법무대신이 타카스기 수상에게 협박당했다는 내용의 블로그 글을 올렸습니다. 블로그 글에는 뒷거래를 제안했다는 주장과 함께, 막대한 양의 금품과 카노 전 대신의 딸을 타카스기 수상이 요구했다는 내용이 적혀있습니다. 또한 카노 전 대신은 동영상 공유 사이트에 통화 녹음을 공개했습니다.'

남성 아나운서가 하는 말을 들으면서 점점 머리가 어질어질해졌다.

"뭔 소리야, 이게? 말도 안 돼. 이상해. 코지로 수상님이 협박? 그런 짓을 왜 하는데?"

자기도 모르게 목소리가 떨린다. 하지만 그 직후에 흘러

나온 음성은 히나코의 희망을 한 순간에 파괴할 만한 위력이 있었다.

'……딸을 이쪽으로 넘기면 손해 보지 않게 해주겠다. 어때, 다시 한 번 더 생각해주게.'

'……확실하게 받았다. 다음은 딸하고 돈을 교환하는 것이다. 거래 장소는 별장으로 해도 괜찮겠지?'

전화상으로 숨죽이고 말하는 목소리가 텔레비전 스피커에서 흘러나왔다.

그 목소리는…… 틀림없이 그 타카스기 수상 목소리였다. 수상 연설을 셀 수 없이 반복 재생한 히나코의 귀는 속일 수 없다.

부드러우면서도 낮고 심지가 굳은 목소리.

정치의 어두운 부분이나 뒷거래와는 전혀 관련이 없을 것처럼 느껴졌던 언제나 당당한 그 목소리.

화면이 전환되며 여자 아나운서가 곤혹스러운 모습으로 코멘트를 남겼다.

'타카스기 수상은 〈뒷거래〉로 〈편의〉를 제공하는 대신 인질로서 카노 전 대신의 딸을 내놓으라고 명령했고, 카노 전 대신은 할 수 없이 요구에 응했으며, 그 뒤 이번에는 딸을 무사히 돌려받는 조건으로 금품을 요구했다고 합니다. 그래서 카노 전 대신이 크게 분노하여 이번에 블로그 글로 이 사실을 폭로하게 되었다……. 이렇게 정리가 될 것 같습니다만.'

'그런 듯합니다. 이 음성이 타카스기 수상의 육성이라고 확인이 되지는 않은 상태입니다만, 목소리의 느낌은 상당히 닮아있지 않나 생각됩니다.'

남성 아나운서가 말을 이었다.

'그런데 카노 요시아키 전 법무대신은 몇 개월 전 법무대신 직에서 경질되었지 않습니까? 〈여자나 하는 쉬어빠진 보육교사가 무슨 일이냐〉라는 여성차별 발언을 공적인 자리에서 하고 말아 큰 반발을 산 것이 아직 기억에 생생합니다. 그러니 이번 선거에서는 상당히 궁지에 몰린 상황인데요.'

'다시 말해 타카스기 수상은 그런 카노 전 대신의 약점을 쥐고 이러한 협박 행위를 했다는 말이 되겠네요. 〈편의〉라는 말은 다시 말해 그 카노 전 대신을 다시 내각 자리에 앉혀주겠다는…….'

'그 부분은 아직 확실하게 단언하기 어려운 부분이겠지

요. 이 사건에 대해서 타카스기 수상은 아직 아무런 답변을 내놓고 있지 않습니다. 억측은 접어두고 후속 보도를 기다려야 하겠습니다. 하지만 블로그 글에 적힌 내용이 거짓인지 진실인지에 관계없이 선거전에 영향을 주는 것 만큼은 피할 수 없게 된 것 같습니다.'

오이카케 하우스 거실에 긴 침묵이 흘렀다.

"야, 이거. 히나야. 너 진짜 어마무시한 걸 집에 들고 온 거 아냐?"

처음 입을 연 사람은 오빠였다.

"이 편지 쓴 '미키에'라는 여자애, 성이 '카노' 아냐? 카노 미키에?"

"설마 그럼 이 '아빠에게'에서 '아빠'가?"

"뻔하지. 카노 요시아키지."

"그럼 '난 잘 있어요.'는 무슨 뜻?"

"감금은 됐어도 무사하단 말이지."

"그럼 '아빠 꼭 이겨요.'는 무슨 뜻?"

"이런 못된 짓을 하는 타카스기 코지로에게 꼭 이기리란 말이지."

"그럼…… 이 편지를 타카스기 수상이 가지고 있는 이유는?"

"카노 미키에한테 이 편지를 쓰라고 강요한 장본인이니까. 카노 요시아키 쪽이 딸이 무사한 지 알려달라고 요구했겠지. 거래 장소인 나가노 별장 주소도 같이 쓰게 시켜서 이걸 부치려고 한 거야."

"수상님이 굳이 그런 짓을 할 필요가 있다고?"

"뭐, 그냥 생각해보면 없지만…… 타카스기 코지로는 실제로는 아내가 있는데도 불구하고 미성년자 여자에게 성범죄를 가하는 인간쓰레기였다는 가능성이 0%는 아니니까. 수상의 사생활이 어떤지 우리 같은 일반인이 알 방법도 없고 말이야. 어쩌면 본성은 입에 올리지도 못할 놈일지도 모르지. 아동요양시설 방문도 그냥 페도필리아 변태여서였을지도 모르잖아."

오빠에게서 툭툭 나오는 추리를 들으며 히나코는 멍하니 허공을 바라보았다.

……아니야.

타카스기 수상이 전 각료 구성원의 딸을 유괴했다고?

……그런 걸 어떻게 믿어?

어금니를 꽉 깨문 채 스마트폰을 꺼내들고 인터넷 브라우저를 켰다. '타카스기 수상', '성문', '검증'이라고 검색어를 입력하자 몇 건이 검색에 걸렸다. 텔레비전에서 뉴스가 나오기 한참 전부터 이미 인터넷에서 난리가 났었던 모양이었다.

그중에서도 '【검증 결과】 카노 요시아키가 공개한 음성이 타카스기 수상의 성문과 완전히 일치'라는 헤드라인을 발견했다. 사이트 내용을 확인하는 사이 핏기가 가셔 새파랗게 질렸다.

"도대체 왜? 아니, 그렇게 지지율도 높은데…… 뭐 하러 카노 요시아키를 협박해서 뒷거래를 할 필요가 있냐고, 지금도 충분히 잘 돌아가는데……."

어느새 히나코는 두 눈에는 눈물이 흘러내릴 듯이 그렁그렁 맺혔다.

슬쩍 다이닝 테이블 위에 둔 편지지를 집었다. 작은 손 떨림이 멈추지 않는다.

한 번 더 편지 내용을 확인해본다. 사실을 받아들이기가 어렵다. 지금 당장에라도 맺힌 눈물이 쏟아질 것 같았다.

멍하니 손으로 쓴 동글동글한 소녀 글씨체를 바라보는 사이 문득 위화감을 느꼈다.

……응?

편지의 어느 부분을 검지로 짚으며 깊이 생각에 잠긴다. 무언가가 분명 잘못됐다.

어쩌면, 여기에는 일본에서 아무도 눈치채지 못한 사실이 감추어져 있는 게 아닐까?

"오빠."

"응?"

"지금 운전 가능하지?"

"어. 저번에 스모 도장 때 하고 운전 한 적이 없긴 한데."

"그럼 지금 당장 나가노까지 좀 태워 줘."

"저기요?"

눈을 주먹만큼 크게 뜬 오빠에게 빨리 빨리, 하고 채근한다. 부엌에서 수건으로 손을 닦던 어머니가 "지금 나가노로 가려고? 차 써도 돼. 조심해서 갔다 와~."하고 느긋한 말투로 말했다.

"엄마, 뭐라고 좀 해주세요. 히나가 나가노에 지금 가자고 하는데. 게다가 이 맥락에 나가노라고 하면 목적지가 뻔하잖아요, 수상 별장……."

"어차피 내일 토요일이잖아? 학교 안 가는데 뭐 문제 될 게 있겠니?"

"오빠~. 제발, 부탁이야. 응? 응? 응?"

엄마라는 강력한 지원군을 얻어 분위기를 탄 히나코가

두 손을 팡하고 박수치듯 합장하며 고개를 숙인 채 눈만 위로 떠서 애교를 부린다. 오빠가 "하여튼 간에 제멋대로라니까! 그럼 운전만 한다?"하고 말하며 자리에서 일어났다.

오빠는 이러니저러니 해도 항상 부탁을 들어주는 착한 오빠다.

……나중에 학교 근처 그 서양과자점에서 또 슈크림 사다 줘야겠네.

이번에는 기왕인데 다섯 개들이 세트로 선물해줄까, 하고 생각하면서 히나코는 방한대책을 세우러 방으로 돌아갔다.

분명 10월 밤의 나가노는 추울 테니까.

· 📷 ·

오늘 저녁 썼던 블로그 글에 큰 반응이 있었다.

너무나도 감사한 일이나 그중에는 아무래도 비판도 뒤섞여 있는 모양이다. 〈이렇게 갑자기 뜬금없는 소리를 하는데, 제대로 된 근거도 없지 않느냐? 역시 그냥 헛소리가 아닌가?〉와 같은 비판이었다.

오늘은 여기에 대해 한마디 하고 싶다.

음성녹음은 어디까지나 빙산의 일각일 뿐이다.

타카스기 코지로의 악행은 아직도 뿌리가 깊다. 나에게 협박을 가한 일 따위 아주 사소한 수준이다.

실은 법무대신을 할 때 나는 어떤 비밀을 손에 넣고 말았다.

과거 신바시역에서 벌어진 폭탄테러 사건의 주모자인 구시마 아츠오와 현재 일본 총리대신을 맡고 있는 타카스기 코지로 사이에는 깊은 커넥션이 존재한다…… 라는 것이 비밀의 정체다.

청렴결백하다면 지금이라도 바로 성명서를 발표하면 된다. 그런데도 타카스기 코지로는 왜 침묵을 고집하고 있는가? 국민 여러분은 이미 알아차리셨으리라 믿는다.

국민 여러분은 타카스기 코지로 입에서 진실을 들으시기를 바라실 것이다.

"히나야…… 난 참 이럴 때마다 우리 동생이 걱정돼서 마음이 좀 그렇다?"

핸들을 꽉 쥐고 밤의 츄오 자동차도를 운전하면서 쇼헤

이는 조수석에 말없이 앉아있는 동생에게 말을 걸었다.

"열렬하게 사랑하던 사람이 차례차례 험난한 사건에 휘말리니까 말이야. 사건을 부르는 팔자, 이제는 농담으로 웃어넘기기 어려운 수준이 된 것 같아. 괜히 네가 총리대신 같은 사람을 좋아한 탓에 이번에는 일본의 미래가 뒤틀리게 생겼잖아."

"누가 들으면 내 탓인 줄 알겠어. 그렇게 말하지 말아주라."

"타카스기 수상은 지지율이 60%를 넘기지 않았던가? 그냥 있으면 이번 총선거도 자유민정당이 압승이었을 텐데, 안됐네. 잠깐만, 어쩌면 혹시 만약에 정권교체가 일어나면 어떡하지?"

"오빠, 말도 안 되는 소리 하지 마."

히나코가 불쾌하다는 말투로 내뱉었다.

"왜 카노 요시아키가 늘어놓은 말을 그대로 받아들이는 거야? 그 인간이 블로그에 쓴 내용이 전부 진짜인지 아닌지 아직 검증도 안 되었잖아. 코지로 수상님은 아직 이 건에 대해 아무런 발언도 하지 않았고."

"뭐, 그렇긴 하지. 타카스기 수상이 그렇게 극악무도한 악당이라고는 믿기 어려우니까 말이야, 하지만…… 수상한 건 사실이잖아? 아니 땐 굴뚝에 연기 나겠냐는 말대로 아니면 아니라고 바로 부정하면 될 걸, 왜 그러지 않느냐는 거지."

"너무 밤늦은 시간이라 그런 걸 수도 있지."

"에이, 아니지. 무슨 동네 소문도 아니고."

그렇게 대꾸하자, 히나코가 다시 입을 다물어 버렸다. 손에 든 스마트폰을 만지면서 고개를 푹 숙인다.

너무 심하게 놀렸나, 하고 반성한다. 항상 긍정적으로 생각하고 자기 입맛에 맞게 궤변을 늘어놓는 동생인데 아무리 그래도 이번만큼은 풀이 죽은 모양이었다.

뭐, 생각해 보면 그럴 법도 하지. 아직은 그냥 고등학생이니까. 내각 총리대신에게 씐 의혹을 풀기에는 부담이 너무 크겠지.

"인터넷에는 뭐 다른 움직임이 보여?"

최대한 상냥한 목소리로 물어보자. "겁나 많아."하고 화난 목소리로 대꾸했다.

"카노 요시아키가 또 블로그에 글을 올렸어. 이번에는 코지로 수상님이 〈은혜미래교〉랑 커넥션이 있다는 말까지 했어.

"〈은혜미래교〉라고? 그거 옛날에 폭탄테러 일으켰던 사이비 아냐?"

"응."

다시 한 번 차 안에 침묵이 가득 찼다.

……도대체 뭔 생각들을 하는 거야? 카노 요시아키며 타카스기 수상이며, 게다가 우리 동생까지.

뉴스에서 흘러나왔던 음성녹음 내용에 '거래 장소는 별장으로 해도 괜찮겠지?'라는 말이 있었던 것을 떠올린다. 그 난리가 난 곳으로 뛰어 들어가려고 한다는 사실을 깨달은 쇼헤이는 몸을 부르르 떨었다.

"왜 수상 별장으로 가고 있는 거지? 우리는."

츄오 자동차도를 빠져나와 나가노 자동차도로 들어갔을 때쯤, 쇼헤이는 아까 전부터 머리에서 맴돌던 의문을 동생에게 던져보았다.

"거래 현장에 가서 뭐라도 증거를 잡아보려고 하는 거야? 괜히 쓸데없는 짓 하는 거 아닌가 싶은데. 카노 요시아키가 그렇게 도발적인 소리를 블로그에 쓴 이상 더 이상 교섭은 안 하겠다는 말인데. 게다가 혹시라도 거래가 진행될 가능성에 도박을 걸어본다고 하더라도 모레…… 아니다, 새벽이니까 이제 내일이구나. 중의원 선거가 끝날 때까지 수상이 나가노로 오는 건 솔직히 말해서 무리지. 이 타이밍에 가서 무슨 소용이 있나 싶은데……?"

"별장에 딸이 감금되어 있을지도 모르니까."

"어?"

"오늘 밤은 그 애를 구출해서 돌아가는 거야. 그게 우리 퀘스트 미션."

퀘스트 미션…….

"잠깐잠깐잠깐, 무슨 근거로 그런 말을 하는 건데?"

너무 갑작스럽고 황당해서 하마터면 추월차선으로 끼어들어갈 뻔했다. 마침 뒤에서 오는 하얀색 소형 봉고차가 필요 이상으로 거리를 두면서 맹렬한 스피드로 쇼헤이가 모는 자동차를 추월해버렸다.

"카노 요시아키가 공개한 음성에는 '딸과 돈을 교환'이라는 단어가 있었잖아? 그렇다면 거래현장에는 딸도 있을 거 아냐."

"근거가 그거 밖에 없어?"

"응?"

"진심이냐…… 그 정도 근거만 가지고 지금 나가노까지 차를 몰고, 아니지, 나더러 운전하라고 시킨 거냐?"

"잘 생각해 봐, 우리는 지금 거래장소의 주소를 손에 넣었잖아? 바로 행동에 옮겨야지. 이런 희귀한 정보를 손에 넣은 국민은 일본에서 우리 말고는 없을 테니까."

"아니아니아니, 잠깐만. 선생님? 먼저 생각을 좀 해보세요. 보통 이렇게 뻔히 다 들킬만한 데다가 감금을 하겠어? 혹시 히나 네 말 대로라고 하더라도 그런 뉴스가 뜬 이상 수상 별장에는 지금쯤 가택수사가 들어갔겠지. 아무리 생각해도 우리가 낄 상황이 아니야."

아니 끼고 자시고 간에, 하고 흥분한 쇼헤이가 침까지 튀겨가며 말을 이었다.

"타카스기 수상 별장에 숨어 들어가서 감금된 카노 전 대신 딸을 구출한다니 일반인이 그걸 어떻게 해내냐고. 동네 아저씨도 아니고 총리대신이다? 프로페셔널한 경비원이라든가 침입자를 바로 잡아내는 경비견이라든가, 분명 그런 게 잔뜩 있을 거 아냐?"

"가봐야 알지, 그건."

"낙관적인 것도 정도가 있지."

"오빠는 걱정 안 해도 돼. 내가 알아서 할게."

히나코가 힘차게 끄덕이더니 가슴을 탕 치는 모습이 시야 한 구석에 보였다.

……도대체 어디 있는 근거에서 그런 자신감이 나오는 걸까.

법정 속도를 정확히 지키면서 가로등이 없는 나가노 자동차도를 달리던 쇼헤이가 크게 한숨을 내쉬었다.

'목적지에 거의 다 왔습니다. 경로안내를 종료합니다.'

자동차 내비게이션이 정해진 대사를 말한 것은 차가 굽이굽이 오르막을 오르기 시작한 지 20분이 지난 시점이었다.

전조등을 끄자 새까만 어둠이 차 안까지 스며들어왔다.

아무 것도 안 보인다. 높은 나무가 바람에 사각사각 흔들리는 소리만 들려온다.

"여기에 별장이 있다고? 아무 것도 안 보이는데?"

"아니. 여기서 걸어서 한 5분정도는 가야 별장이 나와. 여기서 가야지, 근처까지 가면 들킬 거 아냐. 자, 가자!"

어느새 안전띠도 풀어버린 히나코가 바깥의 어둠은 신경도 안 쓰고 힘차게 문을 열고 나갔다. 쇼헤이도 황급히 동생 뒤를 쫓는다.

히나코가 손에 든 스마트폰 불빛이 어둠 속에 붕 떠있는 것처럼 보였다. 천천히 걸어가는 히나코에게 들러붙으려는 충동을 억누르며 쇼헤이는 신중히 눈에 힘을 주고 동생 뒤를 쫓았다.

시각은 심야 3시를 지났다. 차가운 바람이 불어 닥쳐 쇼헤이의 셔츠를 펄럭이게 만든다. 나가노인 데다가 산중턱이다 보니 요코하마와 비교도 안 될 만큼 춥다. 히나코처럼 두꺼운 카디건이라도 입고 왔어야 했는데…… 하고, 쇼헤이는 살짝 후회했다.

"저기야!"

스마트폰 화면을 보고 있던 히나코가 쇼헤이에게 귓속말을 했다.

앞쪽에 은은한 오렌지색 불빛이 보였다. 아무래도 나무로 둘러싸인 부지 안에 집 건물이 서 있는 모양이다. 윤곽이 흐릿해서 얼마나 큰 건물인지는 판단이 안 섰다.

가까이 걸어서 다가가자 겨우 건물 모습이 보였다. 히나코와 쇼헤이가 걸어가던 아스팔트 도로는 오른쪽으로 크게 꺾였지만 앞쪽에 똑바로 이어지는 비포장도로인 가느다란 사유도로가 있고, 안쪽으로 죽 들어가면 1층으로 지은 통나무집이 보인다. 아까부터 깜빡깜빡 점멸하는 오렌지색 불빛은 별장 현관등이었다.

"여기가 타카스기 수상의 별장?"

물어보니 히나코가 "쉿."하고 소리를 냈다.

"오빠, 목소리 좀 줄여."

"차를 주차시켜놨는데. 두 대…… 인가?"

성큼성큼 사유도로를 나아가려는 히나코의 팔을 붙잡은 쇼헤이는 자기도 모르게 뒷걸음질 쳤다.

"그런 거 같은데?"

"사람이 있다는 말이지. 수상 부하들 아냐? 들키면 큰일이야."

"괜찮아. 방 불은 다 꺼져있고, 딱 보니 파수견이나 보초도 없어 보여. 아마 다 자고 있을 거야."

"그럼 다행인데."

"이렇게 살금살금 밤중에 기습을 걸 사람이 찾아오리라고는 생각도 못 했을 거라고 생각해. 지금 바로 되찾아 와야 해."

"넌 안 무서워?"

"안 무섭겠어? 그래도 해야지. 여자애 혼자 여기 갇혀있을지도 모르잖아. 어떻게 그냥 놔둬?"

히나코가 자기 팔을 잡은 쇼헤이의 손을 떼어놓았다. 그 손에는 땀이 축축하게 배어나와 있었다.

……정말로 여기에 카노 요시아키의 딸이 갇혀있기는 한 걸까?

히나코는 자신만만한 모습이지만 쇼헤이는 반신반의였다.

애초에 여기가 수상 별장이라고 한다면 경비태세가 너무 엉망이지 않은가? 문도 철책도 없으니까 쇼헤이나 히나코 같은 일반인이라도 이렇게 간단히 부지 안으로 들어올 수 있지 않은가?

어쩌면 문을 억지로 열려고 하거나 창문을 깨려고 들면 경보음이 울리는 장치가 있을지도 모른다, 라고 생각해 현관등이 비추고 있는 나무로 된 문을 관찰했다. 익숙한 경비회사 스티커가 붙어있는 것처럼 보이지는 않았다. 오히려 문도 외벽도 꽤나 낡아빠져서, 최신식 경비 시스템이 갖춰져 있다고는 생각하기가 힘들었다.

……여기가 세상에 알려지지 않은, 수상이 몰래 찾아오는 그런 장소인 건가?

그런 생각을 하면서 쇼헤이는 다시 걸음을 옮기는 동생의 뒤를 쫓았다.

뚝, 하고 신발 밑에서 잔가지가 부러지는 소리가 난다. 운 좋게도 개가 튀어나오거나 집안 불이 켜지거나 하는 일 없이 쇼헤이와 히나코는 무사히 현관 바로 옆까지 이동했다.

현관등 아래를 향해 히나코가 살짝 옆으로 손가락질 했다. 외벽을 따라 건물을 한 바퀴 빙 둘러서 갈 생각인 모양인가 보다. 쇼헤이는 말없이 살짝 고개를 끄덕였다.

히나코는 스마트폰을 배낭에 넣고 바로 탐색을 개시했다.

살금살금. 조심조심. 슬금슬금.

벽에 귀를 대고 안에서 나는 소리를 들어보려고도 하고, 창문에서는 몸을 낮추어 어떤 움직임이라도 있으면 바로 도망칠 수 있도록 신경을 곤두세우고……. 쇼헤이와 히나코가 하는 짓은 누가 봐도 빈집털이 강도짓이었다.

건물 뒤쪽까지 나아가 벽을 따라 코너를 돌았을 때 문득 눈앞을 빛이 찔러왔다.

눈 앞 벽에 붙은 작은 창문.

거기에는 오렌지색 빛이 밖으로 새어나오고 있다.

이마에 찐득하게 땀이 배어나오고 심장이 급격히 뛰기 시작했다. 쇼헤이는 히나코와 얼굴을 마주보고 귀를 벽에 딱 붙였다.

훌쩍훌쩍 우는 목소리가 가늘게 들려왔다.

"누가 울고 있어."

히나코가 불쑥 중얼거린다. 그리고 눈 깜빡할 사이에 창문으로 다가가 대담하게도 불빛이 들어온 방 안을 훔쳐보았다.

"여자애야!"

히나코가 날카롭게 속삭였다. 공포를 잊은 쇼헤이도 서둘러 작은 창문으로 얼굴을 가져다 댔다.

세 평도 안 되는 작은 방이었다. 바로 앞에 침대가 놓여 있고 그 위에 소녀가 누워있다. 소녀는 오른손이 끈으로 묶여있었고 그 끝은 침대 기둥에 매여 있었다.

엎드린 채 소녀는 조용히 울고 있는 모양이었다. 구속당한 오른손을 든 채로 베개에 얼굴을 파묻고 있다. 편지에 적힌 동글동글한 글자를 통해 상상한 대로 중학생이나 고등학생 쯤 되어 보이는 소녀였다. 히나코보다는 살짝 어려 보인다.

"큰일이네. 붙박이식 창문이야. 이러면 안에서도 못 열어."

창문 모습을 본 쇼헤이가 인상을 구겼다. 애초에 이 창문은 너무 작았다. 설령 연다고 해도 남자 몸으로는 안에 못 들어간다.

신장이 150센티미터를 조금 넘고 깡마른 몸인 히나코라면…… 아슬아슬하게 가능할까?

콩콩, 하고 히나코가 창문을 두드렸다.

소녀가 고개를 확 들어 올리고 히나코 쪽을 올려다보았

다. 상당히 겁을 먹은 상태인 모양인지 그 표정은 공포로 가득 차 있었다. 두 눈은 크게 부릅뜨고 입술은 가늘게 떨렸다.

"미키에, 구하러 왔어."

그리곤 히나코가 침대에서 비키라는 손짓을 했다. 겨우 이해한 미키에가 주춤거리면서 침대에서 내려오자 히나코는 가방을 뒤적뒤적 더듬기 시작했다.

히나코가 꺼낸 가늘고 긴 도구를 본 쇼헤이가 뭐지? 하고 고개를 갸웃거렸다.

"그거 뭐야?"

"일자 드라이버. 아빠 연장통에서 가져왔어."

"뭐하려고?"

"유리 깨게."

"뭐?"

"큰 소리 안 나게 유리 깨는 법 알거든. 지금이 바로 실험해 볼 순간!"

히나코가 스스로를 고무시키려는 양 선언하더니 창틀과 유리 틈을 노리고 일자 드라이버를 힘차게 박아 넣었다.

통, 하고 충격음이 난다. 쇼헤이는 자기도 모르게 움찔했다. 방 안 소녀도 불안한 표정으로 복도 쪽 문을 돌아봤다. 다행히 모두가 느낀 것보다는 작은 소리였던 모양이다. 소녀를 감금하고 있는 실행범이 움직이는 낌새는 없었다.

히나코는 두 번 더 일자 드라이버를 창틀과 유리 사이에 끼워 넣었다. 아래, 옆, 위, 한 번씩 충격을 주자, 유리에 몇 줄기 금이 갔다.

"삼각치기라는 기술이래. 일본 도둑이 가장 많이 쓰는 유리 깨는 기술."

무슨 훌륭한 일도 아닌데 히나코는 의기양양하게 설명했다.

"사람이 살면서 뭔 일이 터질지 모르니까 언젠가 쓸 날이 있을지 몰라서 계속 방법만 미리 조사했었거든. 역시 배우면 다 써먹을 때가 있다니까? 역시 난 대단해. 선견지명."

"설마…… 너 이거 최애 집에 몰래 침입하려고 알아본 거냐?"

"에이, 오빠. 말씀이 너무 지나치시네요, 선생님. 물론 상상 속에서는 몇 번 그런 적이 있기는 하지만."

……역시 넌 예비 범죄자야.

아니, 정확히 말하자면 조금 다르다. 별장 부지 안에 침입한 시점에서 불법침입 죄를 저지른 셈이니까 이미 어엿한 범죄자다. 그런 의미에서는 쇼헤이도 한통속 한패거리 취급을 받아도 할 말이 없었다.

아아, 동생하고 괜히 엮여서 내 인생도 이렇게 막을 내리는구나. 내 삶도 끝장 났네…….

쇼헤이가 한탄하는 사이 히나코는 위태롭게 무너질 것 같은 유리를 차례로 떼서 땅에다 내던진다. 누가 봐도 여자 고등학생이 할 법한 짓거리나 기술로 보일 리가 없다.

붙박이식 창문은 네모난 구멍으로 바뀌었다. 히나코가 머리를 집어넣고 작게 떨고 있는 소녀에게 말을 걸었다.

"미키에 맞지? 구하러 왔어! 그 끈 바로 풀어줄게."

그렇게 말하면서 히나코는 창 안으로 상반신을 집어넣었다. 히나코가 방 안으로 굴러 떨어지지 않도록 쇼헤이는 급히 창밖으로 튀어나온 히나코의 두 다리를 받쳐준다. 쇼헤이의 예상대로 작은 창문은 마른 체구인 히나코가 어깨를 겨우 통과시킬 정도밖에 안 됐다. 이 창문으로 사람이 들락날락 할 것이라고는 소녀를 감금한 놈들도 상상하지 못했으리라.

쇼헤이가 도와준 덕분에 히나코는 신중하게 침대 위로 착지했다. "오빠, 가방 줘봐."라는 지시에 따라 가방을 방

안으로 집어넣자, 히나코는 커터칼을 꺼내 소녀의 오른손과 침대 기둥을 묶은 끈을 끊었다.

"절대 소리 내지 마요."

히나코가 소녀에게 말한 뒤 먼저 창밖으로 나가라고 재촉했다.

소녀는 침대 위로 올라가 두 다리를 창밖으로 내밀었다. 상반신을 히나코에게 부축 받으며, 소녀가 미끄러질 뻔하면서도 무사히 밖으로 나간다. 쇼헤이는 황급히 소녀의 몸을 떠받쳤다. 그 직후 똑같은 방법으로 히나코가 창문 밖으로 나왔다.

"가자!"

히나코가 소녀의 어깨를 민다. 창문으로 새어나오는 빛과 현관등 불빛에만 의존하여 세 명은 건물 정면으로 돌아 나왔다.

살금살금. 조심조심. 슬금슬금.

건물에서 몇 미터쯤 멀어지자마자, 단숨에 내달렸다.

스마트폰 플래시를 켜서 발밑을 비춘다. 그 다음부터는 제정신이 아니었다. 쇼헤이와 히나코가 양쪽에서 소녀의 손을 잡고 차를 세워둔 곳까지 산길을 뛰어 내려갔다.

넘어져 굴러들어가는 기세로 차에 올라타 바로 시동을

걸었다. 주변 나무에 들이 받을 뻔 하면서 차를 돌린 쇼헤이는 힘차게 가속페달을 밟았다.

산을 내려갈 때까지 소녀도 히나코도 쇼헤이도 누구하나 입을 열지 않았다. 어찌저찌해서 겨우 산기슭까지 내려와 톨게이트를 지나 나가노 자동차도를 빠져나오고서야 겨우 팽팽했던 분위기가 풀렸다.

"고맙습니다. 정말 고맙습니다."

뒷좌석에서 소녀가 또 훌쩍훌쩍 울기 시작했다. 옆에 앉은 히나코가 "이제 괜찮아요."하고 소녀의 머리를 안아주고 몇 번이고 쓰다듬어 주었다.

"이대로 도쿄까지 데려다줄게. 내비에 주소 넣어야 하니까 이따가 집 주소 좀 알려줘."

"네. 저기…… 두 분은 어떻게 되세요? 아빠 지인분이세요? 당 관계자신가요?"

"아니. 아니야. 그냥 일반인. 뉴스 보고 혹시나 싶어서 여기 보러 와본 거야."

"일반인이시라고요? 그런데 어떻게?"

"높으신 정치가 양반들은 아무리 미키에를 구해내고 싶어도 아까 우리가 한 것처럼은 못하잖아? 불법을 저지르다 걸리면 정치가 생명이 끝나버리니까. 마크도 안 당하고 적진에 뛰어들 수 있는 게 일반인의 특권이지!"

히나코가 가슴을 쫙 펴자, 소녀는 "우와아."하고 감격의 환성을 질렀다.

뭐가 일반인의 특권이지냐? 하고 쇼헤이는 핸들을 돌리며 한숨을 내쉰다. ……한 발만 삐끗했어도 너나나나 지금 경찰차에서 울고 있었을 걸?

"성함이 어떻게 되시는지 알려주세요. 꼭 사례하고 싶어요."

"오이카케 쇼헤이랑, 히나코. 남매야. 오빠는 대학교 2학년, 나는 고등학교 2학년."

"네에? 진짜요?"

쇼헤이와 히나코가 나이가 어리다는 점에 소녀는 깜짝 놀란 모양이었다. "저는 고1이에요."하고 가는 목소리로 말한다.

"와아! 나이 차이 얼마 안 나네?"

히나코가 기뻐서 소리 질렀다.

"도쿄까지는 한 서너 시간 걸릴 거 같은데, 잘 부탁해. 타카스기 미키에."

순간, 깜짝 놀라서 급브레이크를 밟을 뻔 했다.

"잠깐만, 그쪽 분 이름 카노 미키에 아니야? 타카스기 수상이 카노 전 대신을 협박해서 그 집 딸을 인질로 잡은 거라고 뉴스에서 그러지 않았나? 헷갈린 거 아냐?"

"아냐, 아냐. 아닐 걸. 그렇지?"

백미러를 보니, 소녀 얼굴을 바라보는 히나코의 모습이 보였다.

"네. 제 이름은…… 타카스기 미키에가 맞아요."

아까까지는 모기처럼 가는 목소리로 말하던 소녀가 똑 부러지게 말했다. 게다가 몸을 앞쪽 좌석으로 내밀면서 절박한 말투로 물어왔다.

"타카스기 수상이 카노 아저씨를 협박했다니, 그게 무슨 말이에요? 제가 카노 아저씨 딸이라는 건 또 무슨 말이에요? 그런 뉴스가 지금 나오고 있나요?"

연달아 날아드는 질문에 짓눌려 쇼헤이는 핸들을 쥔 채로 동공을 떨었다. 곤혹스러워하며 백미러에 반사된 히나코에게 도와달라고 눈짓하자 히나코는 "아직도 모르겠어? 지금?"하고 평소 하던 대로 잘난 척을 하며 팔짱을 탁 낀다.

"오빠. 아까 그 별장 보안 상태에 대해서 어떻게 생각했어?"

"어떻게라니……. '왜 이렇게 느슨하지?'라고 생각하기는 했지. 건물도 낡았고 보초도 없고. 한 나라의 톱인 사람이 이런 곳에서 휴가를 즐긴다는 게 말이나 되나, 괜찮은 건가, 걱정도 되고 그랬지."

"그런 걱정은 안 해도 돼."

히나코가 잘난 척하며 말한다.

"거기는 타카스기 수상님의 별장이 아니거든."

"어?"

"그리고 이 친구는 타카스기 수상님의 따님."

"뭐……?"

"오빠, 반대인 거야. 딸을 유괴당한 건 타카스기 수상님이라고. 이 사건의 범인은 그 별장 주인…… 카노 요시아키였다, 이 말이야."

반대, 라고 갑자기 그래도 바로 머릿속에서 정리가 되지는 않았다.

"자, 자, 자, 잠깐만, 순서대로 차근차근 설명 좀 해줘봐. 일단 우리는 카노 요시아키의 별장에 숨어 들어갔던 거야? 타카스기 수상이 아니라?"

"맞아."

"왜 안 알려줬어."

"그렇잖아, 내가 알려주면 오빠가 또 막 놀라서 어쩔 줄 몰라 허둥대다가 들키면 어떡해? 타카스기 수상 별장이 아니라고 미리 알려주면 긴장을 풀게 뻔하고. 그러면 또 실수해서 방해할지도 모르고. 지나치다 싶을 정도로 신중하게 가는 편이 딱 적당하다고 생각했거든."

"와, 까분다. 진짜."

쇼헤이가 이를 갈았다. 정말 유감이지만 뭐 하나 아니라고 부정할 구석이 없었다.

"나가노에 가고 싶다고 할 때부터 히나, 네 목적지는 카노 요시아키 별장이었단 말이야, 그럼?"

"그렇답니다."

"그렇다고 해도 카노 요시아키가 자작극을 벌이고 있다는 걸 어떻게 알았어?"

"완전 쉽지. 편지에 주소 쓰여 있었잖아."

히나코가 당연하다는 듯 말했다.

"오빠가 추리한 대로 만약 그 편지를 타카스기 코지로 수상님이 카노 요시아키에게 보낼 예정이었다고 한다면 주소는 코지로 수상님 별장을 가리키고 있었겠지. 전화통화 내용을 미루어 볼 때 코지로 수상님이 그곳을 거래장소로 지정했다고 봐야할 테니까. 하지만 좀만 생각해보면 편지 주소가 좀 이상하지 않아?"

"어디가?"

"코지로 수상님 페이스북에는 말이야, 별장에서 시간을 보낼 때 스와 호수 불꽃놀이 축제를 보러 갔다, 라는 글이 올라왔었다고. 유카타 차림에 엄청나게 멋진 사진이었어."

"알아, 네가 바로 인쇄해서 방에다 커다랗게 붙여놨잖아."

"그래그래, 오빠, 그런데 있지. 스와 호수란 건 말이야, 나가노현 어디에 있는 지 알아?"

"어? 어디더라? 올 때도 지나서 왔으니까, 도쿄랑 가깝나?"

"정답. 나가노현 남부."

히나코가 잘난 척하는 말투로 말을 이어간다.

"그런데 말이지, 나가노현이 생긴 게 세로로 길단 말이야? 면적도 전국 도도부현 중에서도 네 번째로 커. 그런 나가노현을 북쪽에서 남쪽으로 이동하려고 하면 시간을 꽤 잡아먹는단 말이야. 고속도로 타도 한 시간은 그냥 지나가."

점점 히나코가 무슨 말을 하려는 것인지 이해가 되기 시작했다.

"센쿠마시가 나가노현 북부에 있었지?"

"맞아. 스와 호수 불꽃놀이 축제가 열린 8월 중순은 나가노현 각 지역에서도 불꽃놀이 축제가 열려. 물론 센쿠마시도 하지. 만약 수상 별장이 센쿠마시에 있다고 치면 굳이 스와 호수까지 갈 이유가 없다는 거야."

그래서 다 반대였던 게 아닌가 하는 생각이 딱 떠오른 거지, 하고 히나코가 말했다.

수상의 별장이 어디에 있는지 인터넷을 뒤져 소문을 모은 다음 위치를 특정해 봤는데 역시나 편지에 적힌 주소일 리가 없다는 확신을 강하게 얻었다. 카노 요시아키 블로그를 다시 읽어보면서 공개된 전화 음성도 다시 한 번 들었다.

'모든 게 반대였다.'라는 가설을 반증하는 근거는 아무것도 없었다.

"그 편지는 코지로 수상님이 카노 요시아키에게 보내려고 한 게 아니라 카노 요시아키가 보낸 편지였던 거야. 다시 말해 편지에 적힌 주소는 카노 요시아키 별장을 가리키고 있는 거지. 이렇게 생각했을 때 '어쩐지. 그럴 줄 알았다'라는 생각이 들었어. 바로 납득이 가더라고. 역시 코지로 수상님은 자식이 있으셨구나, 하고."

"어떻게 아셨어요? 아버지는 제가 있다는 사실을 공표하지 않으셨는데."

쇼헤이와 히나코가 나누는 대화를 말없이 듣고 있던 미키에가 놀라서 큰 소리로 물었다.

"아니, 뻔하지. 그렇게 아동복지정책이나 교육제도 정비에만 집중해서 호소하시잖아? 〈이 나라의 미래란 곧 우리 아이들의 미래와 같습니다.〉 같은 말을 아무런 주저 없이 진심으로 말하려면 코지로 수상님 자기 자신이 사랑하는 아이가 있어야 가능하겠지. 뭐 애초에 아동요양시설 방문을 하는 영상을 텔레비전에서 보았을 때부터 '육아 경험자'느낌이 장난 아니네, 하고 생각했었거든. 나 정도 되는 프로 덕후라면 최애를 슥 보기만 해도 그 정도는 알아차리거든."

"최…… 애?"

"야야, 히나야, 하던 이야기나 마저 하자고."

총리대신 딸이나 되는 인물에게 동생의 본성을 대놓고 드러낼 수는 없다.

쇼헤이가 이야기를 이어서 하라고 채근하자 히나코는 "가장 이상했던 점은 뉴스에서 나오는 녹음된 목소리였어."하고 진지한 말투로 말했다.

"뭐라고 할까, 잘라서 붙인 것 같은 리믹스 느낌이 났단 말이지."

카노 요시아키와 타카스기 수상 사이의 전화회담 내용은 아마 이런 게 아니었을까? 하고, 히나코가 술술 추측을 늘어놓았다.

'타카스기 미키에는 우리 수중에 있다. 돌려받고 싶으면 다음 내각에서 내 자리를 보장해라. 안 그러면 딸의 존재를 세상에 알리고 모든 비밀을 다 불겠다.'

이게 카노 요시아키가 한 말인 거지, 하고 히나코가 설명을 달았다. 실언문제를 일으켜서 온 세상의 욕을 다 들어먹은 카노 요시아키는 일요일에 다가올 다음 총선거가 끝난 뒤 중의원 자리에서 쫓겨날 가능성이 높았다. 그런 점에서 내각의 대신 자리라면 국회의원이 아니라도 일정 수는 취임이 가능하다.

'말도 안 되는 요구는 집어 치우게. 지금 자네에게 내각 자리를 준비하라니, 말이나 되는 소리인가?'

'한 발도 물러날 생각이 없다 이거구만. 각료인사에 응통성 좀 발휘하면 딸도 무사하고 정권도 안정적일 텐데, 꼭 그렇게 정의의 사도가 되어서 내각총리대신 자리까지 잃어야 속이 풀리겠나?'

'아직 늦지 않았네. 다 없던 일로 하고 딸을 이쪽으로 넘기면 손해 보지 않게 해주겠다. 어때, 다시 한 번 더 생각해주게.'

'안 돼. 집어 치우고 내가 하라는 대로 해. 안 그러면 네 소중한 딸이 아주 험한 꼴을 보게 될 줄 알아.'

'……알겠다. 하지만 자네를 내각에 넣는 것은 아무리 그래도 불가능한 일이다. 돈을 줄 테니까 그걸로 어떻게 합의를 봐주게. 하지만 그 전에 딸이 무사한 지부터 확인시켜 주게나."

여기서 그 편지가 수상에게 전달되었다.

그리고 난 다음 두 번째 전화 회담이 진행되었다.

'저번에 이쪽에서 요구했던 딸의 편지는 확실하게 받았다. 다음은 딸하고 돈을 교환하는 것이다. 거래 장소는 별장으로 해도 괜찮겠지? 물론 자네 별장에서다. 편지에 적힌 주소가 맞겠지? 중의원 선거가 끝나면 반드시 찾아가겠다.'

……일이 그렇게 돌아간 거군.

쇼헤이가 핸들을 꽉 쥐었다.

……정보를 맥락에서 떼어내 사태를 정반대로 보이도록 조작하다니, 비겁한 것도 정도가 있지.

“아까도 말했지만 카노 전 대신이란 사람, 정치가로서는 배수진을 쳤잖아? 아니, 배수진을 치기도 전에 이미 정치가 생명은 거의 끊어졌지. 여성차별 발언 문제가 터지고 부인이랑 딸이 집을 나갔다는 기사도 났고 하니까 이제 자승자박인 거지. 타카스기 수상의 약점을 쥐고 어떻게든 자리를 차지하려고 한 게 아닐까 싶어.”

“뭐 그런 말도 안 되는 놈이 다 있냐? 그런 놈이 무슨 대신이야, 끌어내리길 잘 했네.”

“전화 음성을 잘라다 동영상 사이트에 뿌린 것도 아마 즉흥적으로 생각한 거겠지. 수상님을 협박해서 컨트롤하는 것보다 코지로 수상님의 이미지를 엉망으로 짓밟아서 정권교체를 시켜버리는 게 피해를 더 크게 준다고 생각한 거 아닐까? 그러니까 총선거 투표가 있는 날 직전을 노려서 일부러 블로그에 올린 거야.”

히나코는 분노에 찬 말을 내뱉고는 “코지로 수상님을 협박범으로 꾸며내다니 진짜 가만 안 둘 거야!”하고 뒷좌석에서 발을 동동 굴렀다.

"응? 근데 잠깐만."

점점 밝아오는 먼 하늘을 바라보며 쇼헤이가 고개를 갸웃거렸다.

"애초에 기본 전제부터 따져보자면 말인데, 왜 타카스기 수상님은 미키에를 숨기고 있던 거야?"

"그건……."

미키에가 가느다란 목소리로 입을 열다가, 바로 다문다. 미키에의 등을 히나코가 살짝 쓸어내려주는 모습을 백미러를 통해 바라보면서 쇼헤이가 강하게 말했다.

"자기한테 실은 고등학생 딸이 있다, 그 딸이 인질로 잡혀서 협박을 당하고 있다, 나쁜 놈은 내가 아니다, 범인은 카노 요시아키고 전화 통화도 카노가 다 조작한 거다, 이렇게 말하면 다 끝날 문제 아니야? 단순히 생각하면? 왜 안 그런 거야?"

카노 요시아키가 진범이라고 단정하려면 타카스기 수상이 일체 반론을 하지 않으리라는 확신이 카노 요시아키에게 있었다는 전제 하에 가능하다. 안 그러면 총리대신을 협박하거나 자기가 일으킨 유괴사건을 가해자와 피해자를 뒤바꿔서 세상에 알리거나 하는 대담한 짓을 할 리가 없다.

"지지율 60%가 넘는 타카스기 수상 대 여성차별 발언 문제로 주가가 폭락한 카노 전 법무대신이라면 무조건 국민이 타카스기 수상 편을 믿어주고 편을 들어줄 거 아니야. 그런데 왜? 왜 굳이 딸의 존재를 세상에 숨기려고 한 거지? 숨겨둔 자식인 건지, 실은 이혼한 적이 있다거나, 알리지 말라는 게 가족의 의사였다든가, 사정은 모르겠지만 어찌 되었든 간에 일본 정치판이 지금 당장에라도 뒤집어질 판인데 그걸 굳이 감추는 이유가 뭐냐고."

쇼헤이가 의문을 늘어놓는 와중에 갑자기 뒷좌석에서 커다란 울음소리가 터져 나왔다. "미안, 내가 말이 너무 심했지?"하고 쇼헤이가 허둥지둥 미키에에게 말을 걸었지만 미키에는 격하게 고개를 가로저으며 말없이 눈물을 멈추지 못했다.

"저기 있지…… 미키에? 조금 불편할 수도 있는 질문을 하나 하려고 하는데. 괜찮을까?"

히나코가 고민이라도 하는 말투로 미키에에게 말을 걸었다.

"타카스기 미키에. 아주 멋진 이름이라고 생각해. 하지만 이 이름…… 저기, 내가 틀렸다면 미안한데, 어디까지나 상상으로 물어보는 건데, 혹시……."

쇼헤이가 상상도 못했던 질문을 히나코가 미키에에게 던졌다.

· 📷 ·

10월 13일 일요일, 오후 5시. 중의원 선거를 하루 앞둔 이케부쿠로역 앞은 꼼짝도 못할 만큼의 인파로 가득 차 있었다.

자유민정당 선거차량이 정차한 로터리는 발 디딜 곳 없이 사람으로 밀치락달치락 북적거렸다. 대부분이 험상궂은 표정으로 선거 차량을 올려다보고 있었다.

그 중에는 플래카드나 현수막을 든 사람도 있었다. '타카스기 꺼져라.', '총리직 사퇴', '발뺌하지 마라'같은 보기만 해도 기분이 나빠질 것 같은 가시 돋친 말들이 유성 매직으로 휘갈겨 적혀있었다.

타카스기 수상이 지원연설을 개시하기 전부터 이케부쿠로역 앞에서는 안티가 "우우."하고 항의의 목소리를 높이고 있었다. "꺼—져—라—! 꺼—져—라—!", "범죄자! 범죄자!"같은 공격적인 합창이 시종일관 울렸고 방송국 텔레비전 카메라가 그 모습을 찍고 있었다. 구석으로 밀린 팬 그룹이 필사적으로 "타카스기 총리님!", "믿어요!"같은 말을 선거유세 차량을 향해 외치고 있지만 소음의 물량에 밀려서 지워져버리고 말았다.

옆에서 팔짱을 끼고 있는 오빠가 불편한 표정으로 뭐라고 말을 툭 내뱉었다. "응?"하고 히나코가 귀를 가까이 가져가자 "완전 말세네."하고 오빠가 큰 소리로 다시 말했다.

맞는 말이다.

왜 다 큰 어른들이 이렇게 많이 모여서 굳이 이렇게 유치한 말을 토하고 또 토하고 앉았을까?

아주 살짝 짜증이 나는 걸 느끼며 히나코가 가장 앞줄로 발을 내딛었다.

어제 뉴스에서 가장 먼저 다룬 뒤로 지금까지 타카스기 수상은 공공장소에 일절 모습을 보이지 않았다. 그런 탓에 오늘도 인터넷에서는 비난 글이 폭풍처럼 휘몰아쳤고 중의원 선거 특별방송이나 와이드 쇼도 죄다 이 화제로 가득 찼다.

오늘 타카스기 수상이 진행하기로 한 지원유세 연설은 모두 취소되었다. 중의원 선거 투표일 전날에 상정할 수 있는 가장 최악의 전개다. 트위터 상에서는 "그 새끼 도망

갔네.", "자유민정당 끝났네."같은 비판적인 말이 오고갔다.

하지만…… 이케부쿠로역 최종 지원유세 연설에는 분명히 나타날 것이다.

히나코도 그렇게 믿고 세 시간도 넘게 이케부쿠로역 로터리에서 대기했다. 모여든 안티 그룹에게 지지 않겠다는 마음으로 아무리 밀려나도 필사적으로 발로 땅을 단단히 밟고 버텼다. 그 결과 지금 이렇게 지원유세 연설을 시작하려는 타카스기 수상 눈앞 자리에 진을 쳤다.

선거유세 차량 위에는 도쿄10구 자유민정당 후보자가 마이크를 통해 소리를 질러댔다. 몇 선이나 연속으로 중의원을 지낸 베테랑 정치가다. 하지만 그 후보자 연설은 야유소리에 전혀 들리지 않았다.

"왔다!"

누군가가 고함을 질렀다.

문득 정신을 차리자 연설하던 후보 뒤에 타카스기 수상의 모습이 보였다.

오늘은 엄중한 경계태세로 도착했는지 하이파이브나 성원 같은 평화로운 이벤트는 전혀 없었고 직접 선거유세 차량으로 올라간 모양이었다.

타카스기 수상 모습이 보이자마자 이케부쿠로역 앞 소음이 한층 커졌다.

'여러분, 오늘…….'

날카롭게 눈을 뜬 타카스기 수상이 마이크를 들고 이야기를 꺼냈다. 물론 그 소리도 군중에게는 전해지지 않았다.

히나코 바로 뒤에서 리포터가 텔레비전 카메라를 향해 이야기하기 시작했다.

"네에, 방금 타카스기 수상이 응원연설을 시작했습니다. 하지만 야유 소리가 너무 커서 전혀 안 들리는 상황입니다. 수상이 카노 전 법무대신을 협박했다는 어젯밤 보도가 나왔는데도 침묵을 지키고 있던 상황에 사람들의 분노가 극에 달한 모양입니다. 타카스기 수상, 그리고 자유민정당은 내일 선거를 무사히 맞이할 수 있을 지 귀추가 주목됩니다."

무사히 맞이하게 만들어야만 해, 하고 마음속으로 다짐한다.

타카스기 수상은 잘못한 게 아무 것도 없다. 사실을 전혀 모르는 사람들이 수상을 몰아붙이는 광경을 더 이상 보고 싶지 않았다.

"오빠, 준비 됐어?"

커다란 짐을 든 오빠 팔을 툭 치자, "어? 벌써?"하고 벙찐 목소리로 대꾸한다.

"아까는 수상 연설이 시작되고 좀 기다렸다가라고 하지 않았어?"

"할 수 없잖아, 아예 안 들리는데. 아무도 안 듣는 연설을 하면 뭐해, 할수록 손해지."

히나코의 말에 오빠는 중얼중얼 입을 삐죽이며 "알았어."하고 고개를 끄덕였다.

"좋았어. 그럼 간다, 오빠! 고고!"

히나코가 지시하자 오빠가 선거 유세차량 앞으로 뛰쳐나갔다. 옆구리에 낀 쓰레기 봉지에서 목욕탕용 큰 의자를 꺼내 땅에 놓는다. 히나코는 깃털처럼 뛰어와 그 위로 훌쩍 뛰어올랐다.

선거유세 차량을 올려다보며 타카스기 수상에게 살짝 인사한다. 교복 입은 소녀가 갑자기 나타나 놀랐는지 수상은 마이크를 내리고 히나코를 바라보았다.

"히나야! 이거!"

오빠가 확성기를 건넸다. 학교 피난훈련 대비훈련 때 쓰는 확성기를 도내 대형 가전제품 할인마트에서 사온 것이다.

히나코는 결심하고 확성기를 집어 들었다. 전원을 켜고 음량을 최대로 올린 다음 확성기를 입가에 댄다.

"조요오오옹! 야유 그만! 그만하세요! 연설 안 들려요!"

소리친다. 엉뚱하게 여자 고등학생이 등장해 동요한 것인지 방금까지 끊임없이 소리를 질러대던 야유가 줄어들었다. 팬도 안티도 행인도 곤혹스러운 표정으로 히나코를 쳐다보았다.

효과적인 연설을 하기 위해서는 일단 조용해야 했다. 히나코가 일부러 확성기를 내리고 관중을 노려보았다.

점점 히나코에게 시선이 몰려들었고 잡음도 줄어들었다.

"아, 제지하지 말아주세요."

가까이 있던 자유민정당 스태프가 달려들려고 하는 모습을 발견한 히나코가 다시 확성기를 입에 댔다.

"부탁입니다. 잠시만 제 이야기를 들어주세요."

온 몸이 뜨겁게 달아오르고 머릿속은 하얗게 깜빡거렸다. 긴장으로 무릎이 달달 떨렸다. 떨림을 참아내려고 바닥을 단단히 밟으며 히나코는 스태프를 향해 고개를 깊이 숙였다.

스태프들 얼굴에 곤혹스러운 빛이 어렸다. 그 틈을 노려 완전히 조용해진 군중을 향해 히나코가 확성기로 이야기를 쏟아놓았다.

"오늘은 여러분에게 보여드리고 싶은 분이 있습니다. 화를 내시는 분도 걱정하시는 분도 이분 이야기를 들으면 납득이 가실 거라고 생각합니다. 타카스기 수상님, 잘 봐 주세요!"

히나코는 그렇게 말하면서 가장 앞줄에 웅크리고 있는 소녀를 향해 손짓했다. 소녀는 순간 눈을 꼭 감고 가슴에 손을 얹은 채로 히나코를 향해 달려갔다.

곁에 서 있던 오빠가 히나코가 서 있는 목욕탕 의자 옆에 받침대를 하나 놓았다. 그 위를 소녀가 조심조심 올라간다.

소녀가 파카 후드를 벗는 순간 선거유세 차량 위에서 커다란 목소리가 터져 나왔다.

"미키에!"

타카스기 수상이었다. 돌아보며 올려다보자 타카스기 수상이 선거유세 차량 난간에서 몸을 내밀며 받침대 위에 선 사랑하는 딸에게 손을 뻗으려고 했다. 방금까지 굳어 있던 표정도 점점 무너져 내렸고, "무사했구나!"하고 오열

하는 목소리가 수상의 입에서 새어나왔다.

관중이 웅성거렸다. 미키에라니 누구야? 수상이랑 저 소녀는 무슨 관계야? 이케부쿠로역 앞에 모인 사람들이 심하게 동요한다.

"설명하겠습니다."

틈을 주지 않고 히나코가 다시 확성기를 들어올렸다.

"여기에 있는 사람은 타카스기 미키에님입니다. 오늘 아침까지 나가노 산속에 있는 별장에 감금되어 있었습니다."

긴장으로 폐가 짓눌려 터질 것 같았다. 애초에 히나코는 무대울렁증이다. 영어 발표수업을 할 때마다 목까지 빨갛게 달아오를 정도로. 음악 수업 때 노래 발표를 할 때면 목소리가 갈라져서 안 나올 정도로. 고등학교 미인대회에 나와 달라고 부탁을 받았을 때도 자신이 아니라 친구들이 웃으면서 안 된다고 거절할 정도로.

하지만, 최애를 위해서라면.

코지로 수상님을 위해서라면.

아니야, 친구가 된 지 얼마 되지 않은 미키에를 위해서라면.

지금은 한 발도 물러설 수 없었다.

"동영상 사이트에 공개된 그 음성은 일부에 지나지 않았습니다. 타카스기 수상님은 죄가 없습니다. 오히려 이번 사건의 피해자였습니다. 소중한 따님을 유괴당한 데다가 협박범이라는 누명까지 쓰게 된 것입니다."

동요하는 군중을 향해 히나코는 한마디, 한마디 온 힘을 다해 이야기했다. 텔레비전 카메라 몇 대가 히나코 쪽을 찍고 있다는 사실을 느끼자 몸이 더 떨려왔다.

"저도 전혀 몰랐습니다. 타카스기 수상님 부부에게 따님이 있다는 사실을. 하지만 납득도 갑니다. 타카스기 수상님은 아동복지대책에 힘을 쏟고 있습니다. 어젯밤 신바시역 앞에서 행한 지원 연설에서도 이러한 말씀을 하셨습니다. 이 나라의 미래란 곧 우리 아이들의 미래와 같다고, 육아가 편한 사회를 만들기 위해 보육원을 늘리겠다고. 고등학교 수업료를 완전무상화하고 의무교육화를 이끌어내겠다고. 그리고 입양제도를 충실히 하고 친자인지율도 높이고 싶다고. 어떤 아이라도 가정 안에서 건강하게 자랄 권리가 있다는 사실을 타카스기 수상님은 강력히 주장하셨습니다."

……여기서부터는 타카스기 미키에님이 직접 말씀하시도록 하겠습니다.

히나코가 천천히 마지막 말을 하고 옆 받침대에 선 미키에에게 확성기를 건넸다.

나머지는 잘 부탁해, 하고 귓속말로 속삭인다. 미키에는 결심을 굳힌 모습으로 고개를 끄덕였다.

"여러분, 안녕하십니까."

미키에는 확성기를 손에 들고 긴장한 표정으로 군중에게 이야기를 시작했다.

"제 이름은 타카스기 미키에라고 합니다. 타카스기라는 성을 들으시면 아시겠지만, 제 아버지는 타카스기 코지로입니다."

군중이 일제히 술렁인다.

미키에는 눈을 꼭 감고 괴로운 표정으로 말을 이었다.

"하지만, 태어났을 때부터 타카스기라는 성이였던 게 아닙니다. 타카스기 코지로라는 분은 제 양아버지십니다. 15년 전 제가 아직 만 1세일 때부터 저를 키워주셨습니다."

안티 집단 가운데에서 "너무 한 거 아니냐!"하고 야유가 터졌다. "양녀라고 존재를 감추었던 거냐! 그런 차별이 어디 있냐!", "정정당당 떳떳하게 행동할 줄도 모르는 비겁한 새끼야!", "국민을 속이는 쓰레기 수상!"하는 소리가 차례로 미키에와 히나코를 찔러댔다.

"아빠가 제 존재를 세상에 알리지 않으신 데에는 이유가 있습니다. 양녀라서가 아닙니다. 아빠는 제가 불필요하게 사람들의 주목이나 관심을 받지 않도록 계속 저를 지켜주셨던 겁니다."

미키에가 목소리를 높이며 필사적으로 사람들에게 알리려 했다.

"저는 15년 전, 아이가 생기지 않아 입양을 희망하던 타카스기 부부와 인연이 닿아 아빠의 딸이 되었습니다. 어떤 부부에게 어떤 아이가 맡겨지게 되는가는 아동상담소가 판단하기 때문에 입양하는 부모님 쪽이 아이를 고를 권한은 없습니다. 그리고 아이가 마음에 드는 부모를 고르는 것도 불가능합니다. 하지만 지금의 아빠엄마와 함께 살게 된 것이 제게는 정말 행복한 행운이었습니다."

선거유세 차량 위에서 "미키에, 이제 그만……."하고 타카스기 수상이 당황한 얼굴로 불러 세우려 했다. 미키에는 슬쩍 뒤쪽을 신경 쓰더니 똑바로 군중을 향해 진지한 얼굴로 연설을 이어갔다.

"친부모가 어떤 사람이었는지는 전혀 기억하지 못합니다. 당시 만 1세였기 때문에 친부모가 저를 키우지 못하게 되어 고아원에 맡겼다는 사실도, 한동안 시설에서 지내다가 타카스기 부부에게 입양을 갔다는 사실도 전혀 기억하지 못합니다. 하지만 아빠엄마는 저도 모르는 제 정체를 다 파악하고 계셨습니다. 제가 누구 자식이고 어떤 경위를 거쳐 아동상담소에서 보호를 받게 되었는지를."

제 이름은 미키에라고 합니다, 라고, 소녀는 다시 말했다.

미래(未来, 미라이)의 은혜(恵み, 메구미). 세 글자를 이어서, '미키에'(未来恵).

그게 제 이름입니다.

"어렸을 때부터 제 이름은 카타카나로 쓰도록 배웠습니다. 그래서 저는 계속 제 본명이 카타카나로 타카스기 미키에(高杉ミキエ)인줄 알고 있었습니다. 한자가 있다는 사실을 알게 된 것은 중학생이 되고 나서입니다. 아빠는 그 유래를 제대로 알려주셨습니다. 너무나…… 너무나도 큰 충격이었습니다. 제 친부모가 〈은혜미래교〉의 신자였다니. 제가 시설에 들어가게 된 것은 신바시역 폭탄테러사건으로 친부모가 체포되어 외동딸인 저를 돌볼 사람이 없어졌

기 때문이었다니. 제 본명이 '구시마 미키에'(具嶋未来恵)였다니."

미키에의 목소리가 크게 떨리는 것을 느낀 히나코는 잽싸게 손을 내밀었다. 미키에 오른손을, 괜찮아, 하고 꼭 쥔다. 미키에는 펑펑 울고 있었다.

모여 있는 사람들은 더 이상 한마디도 하지 않았다. 울면서 고백하는 수상의 딸을 멍하니 바라보았다.

"저는 테러라는 최악의 범죄를 저지른 아버지의 자식입니다. 물론 타카스기 미키에라고 하는 전혀 다른 이름으로 지내고 있으면 그 사실은 아무도 모를 거라고 생각합니다. 하지만 수상의 딸이라면 그렇게 쉽게 넘어가지 못합니다. 텔레비전, 신문, 잡지, 여러 사람이 수상 본인 뿐만 아니라 가족에게도 주목합니다. 그럴 때 혹시라도 제가 구시마 아츠오의 딸이라는 사실이 밝혀져 버리면 주변 사람의 보는 눈이 바뀌고 제가 평생 괴로워하게 되겠죠. 아빠는 그렇게 말씀하셨습니다. 제게는 전혀 죄가 없다고. 구시마라는 남자에게서 태어났다는 사실은 저 자신이라는 인간을 어떠한 틀에 가두지 못한다고. 그리고 저를 꼭 안아주셨습니다. 아빠가 제 존재를 공식으로 발표하지 않으신 이유는 제 사생활을 지켜주시기 위해서였습니다.

그래서 이번 일과 같은 말도 안 되는 누명을 쓰게 되더라도 진실을 말씀하시지 못한 것입니다."

히나코가 '미키에'라는 이름의 유래를 알아차린 것은 위화감을 느꼈기 때문이었다.

자기 이름을 카타카나로 쓰는 이유는 무엇일까? 원래 그런 이름이었을까? 아니라고 한다면 왜 굳이 한자가 아니라 카타카나로 쓰라고 했을까? 획수가 너무 많아서일까? 아니야, 어쩌면…….

타카스기 수상이 딸의 존재를 단단히 세상에 감추어 온 것이나 카노 요시아키가 블로그에서 〈은혜미래교〉의 구시마 아츠오와 타카스기 수상 사이의 관계를 폭로하겠다는 것과 연결시켜 생각해보았을 때 답은 자연스럽게 떠올랐다.

그리고 어젯밤 나가노에서 도쿄로 돌아오는 차 안에서 히나코는 미키에에게 한 가지 제안을 했다.

……아빠가 쓴 누명을 벗기기 위해서 나서주지 않겠어?

미키에는 주저 없이 결의에 찬 목소리로 대답했다.

—네. 제가 할 수 있는 일이라면 뭐든 할게요.

"미키에, 어떡하려고 그 이야기를……."

뒤에서 타카스기 수상이 갈라진 목소리를 냈다. 마이크

를 잡은 손을 툭 떨구었다.

수상도 스태프도 리포터도 카메라맨도 경비를 서던 경찰관도 팬 집단도 안티 집단도 모두가 눈을 부릅뜨고 확성기를 든 고등학교 1학년 소녀에게 시선을 쏟아 부었다.

“아빠는 아무 말도 하지 않는다는 수단으로 저를 지켜 주셨습니다. 그래서 이번에는 제가 아빠를 도와드리고 싶습니다. 저는 아빠를 함정에 빠뜨리려는 카노 아저씨에게 유괴당해 오늘 아침까지 계속 나가노 산속에 감금당했습니다. 카노 아저씨는 법무대신을 하던 때에 〈은혜미래교〉 관련 조사를 하다가 우연히 구시마 아츠오의 딸이 어떻게 되었는지 알아버렸습니다. 그래서 이번에 그 사실을 구실로 아버지를 협박했습니다. 내각에 자리를 마련하지 않으면 제 정체를 밝혀버리겠다고.”

히나코는 미키에의 손을 꼭 쥔 채로 계속 기도했다.

—힘내, 미키에. 조금만 더, 조금만 더 버텨줘.

“카노 아저씨는 제 친부모인 구시마 아츠오와 길러주신 아빠 사이에 어떠한 특별한 관계가 있다고 의심한 모양입니다. 하지만 그런 일은 절대 불가능합니다. 저는 아동상담소에서 위탁을 받았고, 아직 아빠가 정치가로 입문도 안 하셨을 때 양육을 받았습니다. 만 1세부터 15년 동안 계속 저를 길러주셨으니 잘 압니다. 아빠의 애정은 진짜입니다. 편견도 선입견도 이상한 이해관계도 없이 평범한 여자아이로서 저를 제대로 길러주셨습니다. 아빠가 정치가가 되셨으니 사람 눈을 피하기 위해 기숙사가 있는 여자학교로 입학했고, 가족과 함께 지내지 못하게 되어 마음이 쓸쓸한 일도 많았지만 그것도 모두 다 아빠 나름대로 저를 배려해주신 것이었습니다."

확성기를 쥔 미키에의 손이 크게 떨렸다. 볼은 홍조를 띠고 얼굴은 땀으로 반짝반짝 빛났다.

"저는 타카스기 코지로의 딸입니다. 친부모는 기억도 못하고 저랑은 관계도 없습니다. 그러니 오늘 이야기한 사실이 일본 국민 모두에게 알려진다 하더라도 저는 그동안 그래왔듯 가슴을 펴고 당당히 말씀드릴 수 있습니다. 저는 제 자신을 소중하게 길러주시고 아껴주신 아빠를 마음 속 깊이 사랑합니다. 제 아빠는 타카스기 코지로입니다. 다른 누구도 아닌, 타카스기 코지로의 딸입니다!"

쥐어짜듯 미키에가 소리쳤다.

세상에서 숨어 살아온 15년.

그 긴 시간의 흐름을 뒤집으려는 것처럼.

참아온 많은 감정과 생각을 저녁 하늘 위로 쏟아내려는

것처럼.

확성기를 내린 미키에의 뒤로 다가오는 인물이 있었다.

"미키에!"

"아빠!"

미키에가 울면서 소리쳤다. 받침대 위에서 뛰어내려 타카스기 수상의 품으로 뛰어 들어간다. 품에 안은 딸의 몸을 타카스기 수상이 꼭 안았다. 두 사람의 볼에는 아름다운 눈물이 흘렀다.

짝짝짝, 오빠가 박수를 치기 시작했다.

히나코도 정신을 차리고 박수를 쳤다. 곧 이어 박수는 이케부쿠로역 앞 군중 전체에게 전염되었다.

아빠와 딸은 오랫동안 많은 사람이 지켜보는 가운데 포옹했다. 이윽고 타카스기 수상이 딸에게서 몸을 떼고 머리를 쓰다듬어 주었다.

잦아들던 박수가 다시 끓어올랐다.

"학생이 도와주셨나요?"

타카스기 수상이 고개를 들고 히나코를 쳐다보았다. 부드러운 시선이 똑바로 히나코의 얼굴을 바라본다. "네? 아, 네네."하고 히나코가 당황하며 대답했다. 목덜미가 바로 화끈거린다.

"정말 고마워요. 아무리 감사해도 모자를 정도예요."

선거 포스터보다, 아동보호시설을 방문했을 때 영상보다도, 훨씬 멋진 미소를 짓는 눈앞의 타카스기 수상이 보였다.

타카스기 수상이 커다란 손을 내밀었다. 우물쭈물 황송해하며 악수에 응한다. 수상의 손은 두껍고, 크고, 따스했다.

이번에는 타카스기 수상이 오빠에게도 악수를 청했다. 허둥지둥 당황하며 악수를 하느라 회수하던 의자를 떨어뜨리는 오빠를 곁눈질하며, 히나코가 순식간에 줄행랑을 쳤다.

"야! 히나야! 히나야!"

이케부쿠로역 JR선 표 내는 곳 근처까지 오빠가 쫓아왔다. 오른쪽 어깨에는 목욕탕 의자와 받침대를 넣은 쓰레기 봉지를 걸었다. 오른손에는 확성기를 들고 있다. 짐을 잔뜩 들고 혼잡한 인파 속을 이동한 탓에 에너지 소모가 너무 컸나보다. 허억허억 세찬 숨을 몰아쉰다.

"너 갑자기 왜 그래? 기껏 수상이 고맙다고 악수하자고 했는데, 갑자기 도망치면 어떻게 해? 그냥 거기 있었으면 감사장이라든가 총리대신하고 저녁식사라도 같이 한다거나 총리관저에 초대를 받는다거나 뭐 그런 특별한 보상을 받을 지도 모르잖아!"

오빠가 역설한다. 번뇌와 욕심이 가득한 말을 찍어 누를 기운조차 지금의 히나코에게는 없었다.

"어떻게 해! 그럼, 가슴이 너무 터질 것 같은데."

"야야야, 너 갑자기 왜 그래?"

"허그야, 허그! 눈앞에서…… 는 아니고 1미터 앞이라는 가까운 거리에서 최애랑 사랑하는 딸이 허그. 20초도 넘게 허그하고 있었다고!"

"뭐?"

"아니, 그런 걸 봐버리면 어떡해! 진짜 회복불능이야. 백보 양보해서 머리를 쓰다듬어 주는 건 좋아. 악수까지는 용서 한다 쳐. 딸이 너무 좋아서 못 견디겠다는 모습을 보이는 것도 완전 오케이. 하지만 솔직히 허그는 좀 그렇잖아. 보기 좀 그렇잖아!"

"뭐라는 거야 지금? 네 판단기준을 지금 전혀 이해 못 하겠거든? 아버지가 딸 포옹하는 게 어때서? 흐뭇한 광경 아니냐?"

"이성으로는 나도 그렇게 판단하기는 하는데, 그래도,

뭔가, 아니라고! 연인끼리 하는 짓을 말이야, 최애가 팬 앞에서 하면 어떻게 하냐고! 팬에게는 말이야, 최애에게 그런 정도를 지키는 절제하는 모습을 요구할 권리가 있단 말이야. 손 잡거나 껴안거나 하는 그런 거는 나 같은 팬 앞에서 하면…… 아 몰라 진짜! 최애가 그러는 꼴을 눈앞에서 보면 내 가슴 다 찢어진다고! 박살난다고!"

"아니 대체 뭐야? 뭐래 진짜? 돌았냐?"

"다 싫어 이제!"

히나코가 오빠에게 소리치며 표 내는 곳 안으로 뛰어 들어갔다. "잠깐만 기다려 봐!"하고 뒤에서 쫓아오려는 오빠가 개표기에 걸리는 소리가 들렸다. 짐이 많아서 물리적으로 걸린 건지 교통카드 충전이 안 되서 걸린 건지, 뭔지.

—최애는 그냥 보기만 해도 좋은 건데.

—방을 사진으로 장식하고 즐기기만 하면 그걸로 만족하는 건데.

—그런데…… 그래야만 하는 건데.

—왜 매번 이렇게 거리 조절을 실수하는 걸까?

전철 승강장으로 이어지는 계단을 오르면서 히나코는 몇 번이고 자문자답했다.

이젠 뭐가 뭔지 전혀 모르겠다. 그게 히나코의 운명일지도 몰랐다.

—몰라, 이제 이런 건 다 때려치우자.

승강장에 도착해 슬픈 기분에 젖으면서 전철을 기다리는 줄을 선다. 멍하니 전방을 바라보고 있는데 선로 너머에 붙여놓은 거대한 포스터가 눈에 들어왔다.

야채주스 광고였다. "야채가 최고, 당신에게 최고!"라는 광고문구가 약동하고 있다. 20세 정도로 보이는 젊은 남자가 야채주스 팩을 손에 들고 히나코를 향해 미소 짓고 있었다.

본 적이 없는 연예인이었다. 배우? 모델? 예능인? 혹시 잘 생긴 코미디언 아닐까? 아니겠지.

—저 남자, 누구지?

주머니에 쑤셔 넣은 스마트폰을 한 손으로 스윽 꺼내든다. 잠금을 해제하고 인터넷 브라우저를 켰다.

검색어를 입력하면서 슬쩍 고개를 든다. 야채주스를 광고하는 거대 포스터 속 남자와 시선이 마주쳤다.

촉촉한 피부.

반짝반짝 빛나는 눈동자.

아낌없이 하얀 치아를 드러내는 미소.

웃고 있는 볼에는 귀여운 보조개.

마음이 꾸우욱 조여 왔다.

—어, 다음 사랑의 예감?

〈끝〉

# 짝사랑 탐정 오이카케 히나코

**초판 1쇄** I 2020년 03월 16일

**지은이** 츠지도 유메 I **옮긴이** 손지상

**펴낸이** 서인석 I **펴낸곳** 제우미디어 I **출판등록** 제 3-429호

**등록일자** 1992년 8월 17일 I **주소** 서울시 마포구 독막로 76-1 한주빌딩 5층

**전화** 02-3142-6845 I **팩스** 02-3142-0075 I **홈페이지** www.jeumedia.com

ISBN 978-89-5952-866-0

*파본은 구입하신 서점에서 교환해 드립니다.

**제우미디어 네이버포스트** post.naver.com/jeumediablog

**제우미디어 페이스북** facebook.com/jeumedia

**제우미디어 트위터** twitter.com/Jeumedia

만든 사람들

**출판사업부 총괄** 손대현 I **편집장** 전태준

**책임편집** 박건우 I **기획** 장윤선, 안재욱, 성건우, 서민성, 오사랑, 이주오

**디자인 총괄** 디자인그룹 헌드레드 I **제작, 영업** 김금남, 권혁진